Das Buch:
Claudia, die Protagonistin des Romans, ist Schauspielerin und alleinerziehende Mutter der 15-jährigen Lena, einer jugendlichen Klimaaktivistin. Den Kindsvater sieht sie nach 16 Jahren wieder und trotz einer heissen Liebesnacht kommt es zu keinen weiteren Begegnungen. Claudia unterrichtet an einer Schauspielschule und leitet Theaterkurse an Schulen und in einem Frauengefängnis. Dort lernt sie die spröde Rita kennen, eine Mörderin und Goethe-Expertin, oder auch die junge, drogenabhängige Lady, die ihre Emotionen nur schwer kontrollieren kann. Mit Geduld und Empathie kann sie zu den Frauen nach und nach eine Beziehung aufbauen. Eines Tages trifft sie ihre ehemaligen Schulfreundinnen wieder. Sie finden das alte Vertrauen und erzählen sich Ihre Lebensgeschichten.
Ein Roman über verschiedenste Frauen und ihre Lebensläufe, in dem auch die Männer ihren Platz finden.

Für Walter, Tobias und Nina

Bernie Brack

Drei Schritte hinterm Mond
Roman

Impressum
Text: © 2022 Copyright by Bernie Brack
Umschlag: © 2022 Copyright by Bernie Brack
Verantwortlich
für den Inhalt: Bernie Brack
b.w.brack@bluewin.ch
Druck: epubli – ein Service der Neopubli GmbH, Berlin

1

Der Termin im Tonstudio war in einer halben Stunde. Ich war wie immer viel zu früh. Ein paar Häuser weiter sah ich eine Bar. Davor standen zwei kleine Tische. Grossartig, das versprach mir einen Kaffee und eine Zigarette. Oh Gott, hatte ich überhaupt welche dabei? Ein suchender Griff in meine überladene Handtasche zauberte mir ein Lächeln ins Gesicht. Ich holte mir einen Espresso an der Theke und setzte mich draussen an einen der beiden Tische. Derjenige in der Sonne war bereits besetzt. Aber man sollte sich im Hochsommer doch lieber in den Schatten setzen. Ich suchte nach einem Feuerzeug in der Unendlichkeit meiner Tasche. Ein schriller Schrei liess mich erstarren. „Claudi? Das gibt's doch nicht. Claudia Schneider?" Die Dame am Sonnentisch sprang hoch und stürzte sich auf mich. Das Gesicht kam mir irgendwie bekannt vor, aber… „Claudi, was verschlägt dich denn in diese Gegend. Mein Gott, wie lange ist das jetzt her? Mensch Claudi, Claudi von den Glorreichen Sieben, wie unser Mathelehrer immer sagte." Sibylle, schoss es mir durch den Kopf, das musste meine Schulfreundin Sibylle sein. „Puh", erwiderte ich, „das müssen doch jetzt bestimmt 30 Jahre her sein. Hallo Sibylle, wie geht es Dir?" Ihr Lachen klang hell und sympathisch. „Claudi, wie schön dich zu sehen." „Claudia", sagte ich betont, „tut mir echt leid, dass ich dich nicht sofort erkannt habe, aber ich war gerade in Gedanken." „Kein Ding, das gibt's doch nicht. Claudi, die Wilde, oder wie wir immer sagten: Claudi, der Raudi." „Nee, das gibt's ja wirklich nicht, Bylle mit der Brille", erwiderte ich leicht ironisch, was mir auch gleich leidtat, denn wir waren mal beste Freundinnen. Sie schien meinen

Unterton jedoch nicht zu bemerken und sprudelte drauf los. „Ach, meine Augen habe ich mir schon vor Jahren lasern lassen. Ich kann dir sagen, das ist eine super Sache. Nein, so ein Zufall, ich bin ja sonst nie in dieser Gegend. Ich habe nur meinen Mann zu einem Geschäftstermin begleitet. Das heisst eigentlich ist er nicht mein Mann, noch nicht. Aber wir sind verlobt." Damit hielt sie mir einen Diamantring unter die Augen, der mich durch die Spiegelung der Sonne kurz erblinden liess. „Tja, was soll ich sagen, ich dachte mir, in unserem Alter muss endlich mal ein Kerl her, der auch Geld hat." Ihr herzliches Lachen steckte mich an. In der Zwischenzeit hatte ich ein Feuerzeug gefunden und zündete mir eine Zigarette an. „Claudi, das darf doch nicht wahr sein, du rauchst immer noch? Weisst du noch unsere erste gemeinsame Zigarette? Hinter Meiers Garten? Ach, Mensch, waren das schöne Zeiten." „Ja, das waren sie wirklich", sagte ich, während ich den Rauch tief in die Lunge zog. „Ich habe während meiner Schwangerschaft bereits aufgehört. Aber wenn ich es mir recht überlege, kann ich vielleicht eine haben? Nur so, der alten Zeiten wegen." „Aber du wirst doch jetzt deswegen nicht anfangen, doch nicht der alten Zeiten wegen?", entgegnete ich. „Doch genau, das will ich und dazu trinken wir ein Gläschen Champagner. Nun ja, ich weiss, das war damals kein Champagner, sondern der billigste Rotwein im Tetrapak aus dem Supermarkt. Ich erinnere mich noch ganz genau. Es war der 13. Juni, ein Tag vor meinem 16ten Geburtstag. Wir sind beide zuhause abgehauen und haben uns hinter Meiers Garten getroffen. Ich brachte den Wein mit und du die Zigaretten. Es war wunderbar." „Und gekotzt habe ich zuhause", erwiderte ich leicht ironisch.

„Ja glaubst du denn ich nicht? Meine Eltern haben es Gottseidank gar nicht bemerkt. Die hatten immer soooo viel zu tun. Sie dachten, ich hätte eine Magenverstimmung und haben mich krankgeschrieben. Ich durfte zwei Tage zuhause bleiben. Das ist der Vorteil einer wohlstandsverwahrlosten Kindheit", sagte sie mit einem sarkastischen Unterton. Ich musste an meine Mutter denken. Nein, von Wohlstandsverwahrlosung konnte in meiner Kindheit nicht die Rede sein. Meine Mutter war alleinerziehend. Sie war streng, aber gerecht und liebevoll. Sie hatte mich damals sofort durchschaut. Strafe gab es keine, aber aufstehen musste ich am nächsten Tag trotzdem. „Wer saufen kann, der kann auch zur Schule", sagte sie trocken und mitleidslos. Ich erinnerte mich nun wieder genau an den Tag. Es war der blanke Horror. Mir war hundeelend und der Vormittag schien kein Ende zu nehmen. Als meine Mutter am Abend von der Arbeit nach Hause kam, war ich bereits im Bett. Sie klopfte an meine Türe und stand mit einer Tasse Tee vor mir. „Na, heute viel gelernt?", fragte sie lächelnd. „Überhaupt nichts", murmelte ich. „Ich glaube schon. Vielleicht nichts für die Schule, aber etwas fürs Leben." Sie zwinkerte mir zu, strich mir über den Kopf, stellte die Teetasse neben mein Bett und liess mich schlafen. Wir haben nie mehr darüber gesprochen. Sibylle riss mich aus meinen Gedanken: „Und geredet haben wir nur über Jungs!" Langsam kamen meine Erinnerungen zurück. „Ja, über unsern Klassenprimus Heiner, über den pickligen Hannes und über Roberto mit den schönen langen Haaren." „Ach ja, Roberto," seufzte sie schwärmerisch. „Wir wollten ihn doch alle haben, aber keine von uns hat ihn interessiert. Glaub mir, der war schwul." „Glaub mir, das war er nicht", entfuhr es mir. Der erste Kuss, die ersten Fummeleien. Roberto war behutsam und leidenschaftlich zugleich. Sibylle, die mich erst ungläubig ansah, sprang plötzlich auf. „Nee", rief sie, „Nee, sag, dass das nicht wahr ist! Du hast…mit Roberto…das glaub ich ja nicht. Und du hast mir nie etwas davon gesagt? Wir waren doch best friends. Mensch Claudi." „Eben, deshalb", versuchte ich mich zu verteidigen, „die ganze Clique war doch scharf auf ihn und ich wollte keine Eifersüchteleien." „Aber ich hätte es dir doch gegönnt!" Sibylle sah mich nicht an und ich hatte das Gefühl, dass sie gleich in Tränen ausbrechen würde. „Ach Bylle, es war doch ganz harmlos und dauerte gar nicht lange", sagte ich versöhnlich. Musste ich mich nun tatsächlich nach all den Jahren für diese alte Geschichte noch rechtfertigen? Plötzlich prustete sie los und sang lachend „Claudi und Roberto, Claudi und Roberto." Ihr Lachen steckte mich an. Ich streckte ihr meine Zigaretten entgegen. Sie zündete sich sogleich eine an. „Der ist doch plötzlich von der Schule verschwunden und keiner wusste weshalb." Sibylle sah mich fragend an. „Na, komm schon, du weisst doch etwas." „Ich weiss auch nichts Genaues, aber da war irgendetwas mit der Geschichtslehrerin", versuchte ich abzulenken. „What the fuck, mit unserem verklärten Fräulein Ostermeier? Fräulein Ostermeier mit dem Faltenrock? Das wird mir nun doch zuviel, her mit dem Champagner", lachte sie. „Aus dem Champagner wird leider nichts, ich habe gleich einen Termin und sollte einen klaren Kopf haben." „Ach Mensch, Claudi, wie schade! Dann müssen wir aber unbedingt unsere Nummern tauschen!" Während ich in meinem abgefuckten

Kunstlederbeutel zwischen Taschentüchern, Portemonnaie, Lippenpomaden, leeren Schachteln von Zigaretten und Pfefferminzdragees, Bleistiften, Kugelschreibern und einem Deo nach meinem Handy kramte, zückte Sibylle ihre smarte Handtasche mit den beiden in sich verschlungenen C und hielt ihr Telefon mit einem Griff in Händen. Kopfschüttelnd lachte sie mich an: „Immer noch die gleiche Chaotin." „Du hast leicht reden mit deiner kleinen Doppel-C Tasche. Ist die auch echt?", fragte ich. Ihr verdutztes Gesicht machte mir klar, dass mein Kommentar nicht gerade fair gewesen war. „Sorry", sagte ich schnell, „das war der Neid der Besitzlosen. Die ist echt superschön." „Kein Ding, schön ist sie ja nicht wirklich, wenn wir mal ganz ehrlich sind, aber mein Verlobter hat sie mir geschenkt." Sie lächelte mich an. Das war meine Sibylle, die kein Blatt vor den Mund nahm, immer voller Energie und Lebensfreude. Plötzlich spürte ich die alte Vertrautheit und für einen kurzen Moment schien es mir, als wäre die Zeit stehengeblieben. Wir waren so verschieden, unser ganzes Umfeld hätte nicht konträrer sein können und trotzdem, oder vielleicht gerade deshalb, waren wir uns schon früher sehr nahe gewesen. „Haaallooo, Erde an Claudi! Deine Nummer!" Während ich nun tatsächlich mein Smartphone im Schlund meiner Tasche gefunden hatte, gab ich ihr meine Telefonnummer preis. Ein Blick auf mein Handy liess mich erstarren. „Das darf doch nicht wahr sein, mein Termin", rief ich, „ich bin schon zehn Minuten zu spät." Ich sprang auf. Handy und Zigaretten wanderten zurück in die Tasche. Ich drückte Sibylle einen Kuss auf die Wange und bereits davoneilend rief ich: „War schön, dich zu sehen, Bylle mit der Brille, ruf mich an." „Mach ich, Claudi du Raudi mit Roberto", schrie sie mir lachend hinterher.

Ich rannte über die Strasse, vorbei an den drei Häuserblocks. Vor dem Studio blieb ich kurz stehen, holte tief Luft und trat ein. „Sorry", rief ich in den grossen Raum neben der Eingangstüre, „ich bin etwas zu spät. Ich komme fürs Autohaus Keller." Etwa zehn Augenpaare richteten sich auf mich. Alle steckten hinter einer Brille mit dicken, schwarzen Rändern und sassen vor einem Laptop. Entweder war das modern, oder sie hatten alle geschädigte Augen durch das ständiges Starren auf ihre Computer. Ein langhaariges Wesen erhob sich und kam mir schlurfend entgegen. „Kein Stress", sagte die sonore Stimme, „das Aufnahmestudio ist noch besetzt. Du musst noch etwas warten. Du bist Claudia, nicht wahr?" „Ja!" „Gut Claudi, nebenan stehen eine Kaffeemaschine und Mineralwasser. Bediene dich einfach. Wir rufen dich dann." Damit schlurfte er wieder zu seinem Computer. Hat der jetzt eben auch Claudi gesagt, fragte ich mich, stand das etwa auf meiner Stirne geschrieben? Mit einem „Alles klar, Danke" machte ich mich auf den Weg.

In der hinteren Ecke des Warteraumes stand ein kleiner Tisch mit besagter Kaffeemaschine, Zucker, Kaffeerahm, Mineralwasser, Pappbechern und einer Schale mit Schokolade. Durch Espresso, Zigarette und Sibylle war ich schon ziemlich aufgekratzt und so entschloss ich mich für Mineralwasser. Beim Einschenken sinnierte ich nochmals über die Begegnung mit meiner Schulfreundin. Ihr munteres Geplapper war noch dasselbe wie vor 30 Jahren. Sie hatte sich kaum verändert. Was hatten wir doch alles zusammen erlebt. Sibylle war für jeden Streich zu haben.

Das Gesicht unserer Englischlehrerin, Miss Stuart, als sie sich auf ihr Kissen setzte, das Bylle zuvor mit Wasser besprüht hatte, die Gummischlange auf dem Schreibtisch von Fräulein Ostermeier. Ich musste lachen und dabei goss ich etwas Wasser daneben. „Ist ja typisch! Scheisse!", murmelte ich. „Nana, das habe ich nicht gehört." Eine Hand mit einer warmen Stimme hielt mir ein Papiertaschentuch entgegen. Da ich völlig in Gedanken gewesen war, hatte ich nicht bemerkt, dass jemand den Raum betreten hatte. „Oh, Entschuldigung, ich komme gerade von einer Begegnung mit der Vergangenheit." Was um Gotteswillen redete ich nur für einen Stuss. „Ich…äh..." Jetzt bloss nicht noch mehr Unsinn rauslassen. „Danke!" Ich nahm das angebotene Taschentuch, wischte das Wasser damit auf, nahm einen kräftigen Schluck und setzte mich in eine Ecke. Verlegenheitshalber zückte ich sofort mein Handy und tat so, als ob ich etwas ganz Wichtiges lesen würde. Nach etwa einer halben Minute blickte ich auf und schaute gedankenvoll in die Ferne, wobei ich aus den Augenwinkeln meinen Mitaufenthalter in diesem Raum und den grosszügigen Spender des Taschentuchs beobachten wollte. Er schaute kurz auf und vertiefte sich sogleich wieder in seinen Laptop.

Was ich da sah, gefiel mir nicht schlecht. Ein äusserst attraktiver Mann vielleicht etwas zu geschniegelt. Er musste etwa in meinem Alter sein. Eindeutig ein Geschäftsmann, eindeutig ein erfolgreicher Geschäftsmann. Mein Gott und diese Schuhe. Ich hatte ein Faible für Schuhe, ich hatte ein Faible für das Handwerk der Schuhmacher. Schöne Schuhe konnte ich mir kaum leisten, aber wenn ich mir einmal etwas Luxus gönnte, dann waren es meistens Schuhe. Seine waren handgenäht, das sah ich sofort. Sie mussten ein Vermögen gekostet haben. Wobei mein Vermögen dafür wohl kaum reichen würde, seines jedoch mit Sicherheit. Als ich mich vom Anblick dieses Meisterwerkes lösen konnte, schaute ich wieder hoch und sah, dass nun sein Blick auf mir ruhte. Ich lachte etwas verlegen. „Schöne Schuhe", sagte ich. „Freut mich, dass sie ihnen gefallen. Sie scheinen einen Blick dafür zu haben." Ich blickte nun direkt in seine Augen, die mich an einen kühlen Bergsee in der Frühlingssonne erinnerten. Hör sofort auf, ihn so anzuschauen, warnte mich eine innere Stimme. Ich erhörte sie sogleich, senkte meinen Blick und sagte zu seinen Schuhen: „Mein Grossvater mütterlicherseits war Schuhmacher und ich liebte es als Kind in seiner Werkstatt zu sitzen. Er erzählte mir immer die schönsten Geschichten." Er schaute auf meine Kunstledersneakers und ich sah für einen Augenblick die Enttäuschung in seinem Blick. „Tja", sagte ich etwas verlegen lachend, „das hat man davon, wenn der Nachwuchs vegan ist!" „Wie alt?", fragte er. „Nun, etwa vier Jahre alt." „Sie wissen es nicht so genau? Wie viele haben Sie denn?" „Oh nur zwei Paar!" Was gingen ihn denn meine Schuhe an. „Zweimal Zwillinge? Das ist aber eine stolze Leistung!" „Nein", ich konnte mein Lachen kaum mehr zurückhalten, „Sneakers, ich habe zwei Paar Sneakers und eine Tochter!" Er lachte schallend. „Entschuldigen Sie, ich habe mich noch gar nicht vorgestellt. Keller, Roman Keller." „Claudia Schneider." „Ach", sagte er, „dann sind sie die Sprecherin." Nun ging mir ein Lichtlein auf. „Und sie sind das Autohaus?" Er lachte. „Kann man so sagen. Ich sass in meiner Kindheit auch bei meinem Grossvater in der Werkstatt", erzählte er. „Es war eine Autowerkstatt. Mein Vater hat dann das Autohaus Keller daraus gemacht. Aber ich erinnere mich noch ganz genau an den Öl- und Motorenduft. Und mein Grossvater hat mir auch immer Geschichten erzählt von verwegenen Helden und wilden Indianerschlachten." „Nun, da war ich aber mit dem Duft von Leder und Grimms Märchen wohl besser dran," erwiderte ich. „Das ist ja wohl Geschmackssache. Ich denke..." Bevor er weitersprechen konnte, tönte eine blecherne Stimme aus der Gegensprechanlage: „Roman, Claudia, Ihr könnt dann kommen." Im Studio sass Raffael. Ich kannte ihn bereits von früheren Aufnahmen. „Mensch Claudia, schön, dich wieder mal zu sehen. Das ist ja eine Ewigkeit her, seit du das letzte Mal hier warst. Du hast dich aber kaum verändert." Küsschen links, Küsschen rechts. Gerne hätte ich ihm geantwortet, dass er mich problemlos öfter buchen könnte, aber bevor ich etwas sagen konnte, war er bereits beim Autohaus. „Und du musst wohl Roman sein?" Kein Küsschen. „Ist es ok, wenn wir gleich anfangen? Ich bin etwas unter Zeitdruck." Mit diesen Worten drückte er mir den Werbetext in die Hand. „Du kannst gleich rüber in die Kabine und schon mal was ins Mikro sprechen, damit ich den Soundcheck machen kann." In der Kabine setzte ich mir die Kopfhörer auf. Durch ein Fenster sah ich Raffael am Mischpult und dahinter sass Roman auf dem abgefuckten Sofa und zwinkerte mir zu. „Mit dem neuen Elektroauto fahren wir gemeinsam in eine umweltbewusste Zukunft. Autohaus Keller." Durch das kleine Fenster sah ich, wie Raffael an irgendwelchen Knöpfen drehte und fing wieder von vorne an. „Mit dem neuen Elektro..." Raffael schaltete sich zu mir in die Kabine. „Danke, Claudia, ich hab's. Warte noch schnell." Die beiden Männer unterhielten sich, ich verstand aber kein Wort. Es dauerte circa zwei Minuten, bis sich Raffael wieder an mich wandte. „Also pass auf: erst kommen Waldgeräusche. Du zählst 21, 22, dann sprichst du drüber. Vor Autohaus Keller, das mit Musik unterlegt wird, machst du eine kleine Pause! Also nochmals 21, 22. Ok?" „Ok" sagte ich. „Und bitte!" 21, 22 „Mit dem neuen Elektroauto fahren wir gemeinsam in eine umweltbewusste Zukunft" – 21, 22 - „Autohaus Keller."

„Das war doch schon richtig gut, wir machen gleich noch eine zweite. Und bitte." Nachdem ich den bescheuerten Satz freundlich, neutral ins Mikrofon gesprochen hatte, schaltete sich Raffael wieder zu mir. „Und jetzt mal mit einem Lächeln im Gesicht, jugendlich dynamisch und bitte!" Diese immer gleich tönenden Radiospots gingen mir zwar mächtig auf den Keks, aber folgsam fügte ich mich der Anweisung. „Das war super," tönte es danach. Er schaltete mich wieder weg und ich sah, wie die beiden Männer sich lachend unterhielten. „Ok", erklang Raffaels Stimme wieder in meinem Kopfhörer, „und zum Schluss noch einmal mit sexy Stimme." War ja klar! Was bitte war an einem Elektroauto sexy! Aber der Kunde ist ja schliesslich König und ich konnte das Geld gut gebrauchen. Also befolgte ich die Anweisung brav. „Das wars auch schon, du kannst rauskommen." Gemeinsam hörten wir uns die verschiedenen Varianten an. „Wunderbar", sagte Roman, „vor allem die letzte Aufnahme. Ich habe nicht gedacht, dass wir das in zehn Minuten haben. So schnell möchte ich mein Geld auch mal verdienen." Idiot, dachte ich, der hat ja keine Ahnung. „Tja, Claudia ist eben ein Profi!" Raffael zwinkerte mir zu und sein Kompliment versöhnte mich gleich wieder. „Ich werde das Ganze jetzt gerade fertigschneiden. Wer will, kann noch bleiben, ansonsten: Tschüss und bis zum nächsten Mal." Das war typisch für Tontechniker, immer direkt, immer auf Zack. Ich ging zu Raffael, Küsschen links, Küsschen rechts und streckte Roman meine Hand entgegen, indem ich seine verdutzte Frage: „Du willst wirklich schon gehen?", mit einem bejahenden Kopfnicken beantwortete. „Vergiss nicht draussen das Formular für deine Gage auszufüllen", rief mir Raffael noch nach. Wie könnte ich so etwas vergessen. Ich ging in den grossen Raum mit den zehn schwarz umrandeten Brillen, wartete etwa zwei Minuten, bevor ich ein kurzes „Entschuldigung!" in den Raum schmetterte. Das langhaarige Elend erhob sich und kam mir mit einem Papier entgegen. „Spesen sind schon mit drauf", sagte er, „einmal hier unterschreiben." Nachdem ich unterzeichnet hatte, merkte ich, dass jemand hinter mir stand. „Wenn du noch 20 Minuten wartest, könnten wir nebenan zusammen einen Kaffee trinken, Claudia mit der sexy Stimme." „Tut mir furchtbar leid, Roman mit den blauen Augen, aber meine Tochter wartet auf mich." Damit war wohl alles klar. Aber nicht für Herrn Keller. „Dann gib mir doch deine Telefonnummer, Claudi, dann können wir das mal nachholen." Etwas hilfesuchend drehte ich mich zu meinem langhaarigen Computerfreak. Der zuckte nur mit den Schultern und schlurfte davon. „Kein Bedarf, Romi", antwortete ich keck, „Das ist in diesem soooo unglaublich gut bezahlten Job nicht drin." Damit schnappte ich meine

Tasche und ging eiligen Schrittes nach draussen. Was für ein Schnösel, dachte ich, der glaubt wohl mit seinen blauen Augen, seinen Lederschühchen und dem dicken Portemonnaie sei alles möglich.

Am nächsten Abend wollte ich mich gerade mit einem Glas Wein vor die Glotze legen, als mein Handy surrte. „Hallo Claudi, wie wäre es mit einem Aperitif morgen um 19 Uhr in der Casinobar? Ich würde mich freuen, Roman." Roman? Roman? Wer war denn gleich wieder Roman? Ach nee, schoss es mir durch den Kopf, Monsieur Blauauge mit den Lederschuhen, wie um alles in der Welt kam der zu meiner Nummer? Raffael, oder das langhaarige Elend musste sie ihm gegeben haben.

Ich: „Sorry, keine Zeit!"

Er: „Dann übermorgen!"

Ich: „Leider nein!"

Er: „Na komm schon, Claudi, das kann doch nicht sein!"

Ich: „Kann wohl sein. Du weisst ja, ich habe eine Tochter, die will gefüttert werden."

Er: „Wie alt ist die nochmal?"

Ich: „15." Was ging den eigentlich das Alter meiner Tochter an, dachte ich, nachdem ich die SMS rausgelassen hatte.

Er: „Ach komm, Claudi, die kann doch auch mal allein futtern."

Ich: „Wann, wo und mit wem meine Tochter ihre Mahlzeiten einnimmt, das bestimmen immer noch ich und mein Kind. Zudem heisse ich Claudia und nicht Claudi!"

So, nun war hoffentlich Ruhe. Tatsächlich, das war es auch. Ich schaltete meinen Fernseher ein und schwankte kurz zwischen „Tatort" und „Wer wird Millionär". Die 500-

Euro-Frage lautete: Wer schrieb das Buch „Der Zauberlehrling? A: Schiller, B: Goethe, C: Heine, D: Brecht." „B!", rief ich laut und nahm einen grossen Schluck aus meinem Glas. „Also, ich bin mir fast sicher, dass es Brecht nicht war", antwortete der etwas rundliche Mann mit der Nickelbrille. Ich schaute auf mein Handy. Roman hatte nicht mehr geschrieben. Ich sah jedoch, dass er noch online war. Es überkam mich eine mir unerklärliche innerliche Unruhe. Ob ich mich nochmals melden sollte? Bestimmt nicht! Obwohl, warum eigentlich nicht? Erneuter Schluck Rotwein. „Somit gratuliere ich zu 4000 Euro." Der kleine Dicke war nach drei weiteren Fragen alle Joker los, schien aber hocherfreut über seinen Gewinn. Ich bereute, dass ich zu Roman so zickig gewesen war. Warum eigentlich. Er war doch ganz sympathisch, sah gut aus und schien ganz erfolgreich zu sein mit seinen Elektroautos. Genau, dachte ich nach einem erneuten Schluck, der hat nicht nur Erfolg, der ist auch umweltbewusst. „Bilden Sie einen Satz mit den Worten: reo pro dubio in". „In dubio pro reo", murmelte ich, währenddem ich mir ein zweites Glas Rotwein einschenkte. Die 38-jährige, blonde Renate hatte es als einzige nach 14.7 Sekunden gewusst. Blick aufs Handy. Nichts. Ich fragte mich, ob man tatsächlich Latein können sollte, um in einer Unterhaltungsshow mitspielen zu können. Eine halbe Stunde später nach einem weiteren Glas Wein und immer wiederkehrenden Blicken auf mein Telefon, musste Renate mit 16000 Euro kapitulierend nach Hause gehen. Die Enttäuschung stand ihr ins Gesicht geschrieben. Na immerhin, dachte ich, was würde ich denn mit 16000 Euro machen? Zuerst eine kleine Reise mit meiner Tochter. Ein paar Tage ans Meer, oder in die Berge, in ein völlig überzahltes, glamouröses Luxushotel mit Spa und allem Drum und Dran. Massage vor dem Fünf-Uhr-Cocktail, Beautybehandlung nach dem Frühstück... Herrlich! Und dann ein Paar Schuhe. Handgenähte Schuhe aus feinstem Leder. Blick zum Telefon und genau in diesem Moment surrte es.

Er: „Ich wollte dich nicht bedrängen, hätte dich einfach gerne näher kennengelernt, ganz unverbindlich. Wenn du mal dazu Lust hast, melde dich. Ich würde mich freuen."

Das durfte doch nicht wahr sein, nun war Mister Perfekt auch noch anständig. Ich fasste das Ganze mal gedanklich zusammen. Dieser Mann sah gut aus, hatte Geschmack, wenn man mal von bescheuerten Werbetexten absah, war freundlich, zuvorkommend und anständig. Wo war bloss der Haken? Wahrscheinlich verheiratet und zehn Kinder zuhause. Aber hallo! Ich war Single und er gefiel mir. Warum sollte ich nicht einmal mit ihm ganz unverbindlich...

„Hallo, Mama!" Die Stimme meiner Tochter Lena riss mich aus meinen Gedanken. Sie schmiss sich mit einem erschöpften Seufzer neben mich aufs Sofa. „Na, mein Schatz, wie war dein Tag?" „Voll anstrengend. Bis eben Training, eine ganze Stunde nur Kondition, ich gehe unter die Dusche, bin voll müde." „Und Schule?" rief ich ihr nach, als sie bereits aus dem Zimmer war. Mit dem Seufzer einer uralten Frau gelang es ihr, die zwei Schritte zurück in das Zimmer zu machen. „Alles supi. Mathe ne 3, Deutsch ne 1." „Gratuliere, wie die Mama," antwortete ich voller Stolz. Um Lenas schulische Leistungen musste ich mir keine Sorgen machen. Ihr Kopf in der Tür zeigte mir, dass noch irgendetwas anstand. „Ja?" sagte ich fragend. „Am Samstag ist Geburtstagsparty bei Jenny. Sie wird 16. Wäre mit Übernachtung. Ok?" Sofort kam mir die Begegnung mit Bylle in den Sinn, der Wein hinter Meiers Garten vor ihrem 16. Geburtstag und mein erster Rausch. Oh Gott, nun war es also so weit. Mein Mädchen begab sich auf den steilen, steinigen Weg ins Erwachsenenleben und ihre Mutter musste das alles mittragen oder besser mitertragen. Lena schien meine Gedanken zu erraten. „Keine Angst, Mama, keine Drogen, kein Alkohol und wenn, dann nur mit Kondom!" rief sie mir lachend zu. Sie erblickte mein verdutztes Gesicht und ergänzte grinsend: „War ein Scherz, Mama, wir machen einen Mädchenabend mit Filmen, Chips und Cola, wie in alten Zeiten." Erleichtert lachte ich auf, während Lena endgültig im Badezimmer verschwand. Jenny war bereits in der Grundschule ihre Freundin gewesen. Aber war denn die Jugend heute wirklich so brav. Mädchenabend mit Film Chips und Cola! Wie in alten Zeiten?!? Und das an einem 16. Geburtstag? Wenn die wüssten, was ihnen entgeht, und was den Eltern damit erspart bleibt, dachte ich.

Der Gong im Fernsehen ertönte: „Damit sind wir am Ende unserer Sendung. Jürgen Meister steht bei 8000 Euro. Wir sehen uns in einer Woche wieder. Gute Nacht."

Als am nächsten Morgen der Wecker surrte, hatte ich schon eine Nachricht von Roman auf meinem Handy: „Wünsche dir einen schönen Tag, ClaudiA mit der sexy Stimme." Ausdauer hatte er ja, das musste man ihm lassen. Aber er sollte sich nun erst einmal gedulden. Eine alleinerziehende Mutter hat am Morgen nie Zeit. Aufstehen, Kind wecken, Frühstück machen. Zu meiner grossen Überraschung hörte ich aus der Küche bereits klappernde Geräusche. Eine angezogene, ausnahmsweise ordentlich gekämmte junge Frau rief mir zu: „Mama, ich habe schon mal Kaffee gemacht." Ich setzte mich an den Küchentisch und nahm dankend einen ersten Schluck, der mir wohlig warm die Kehle herunterlief. Mein Kopf brummte. Lena hielt eine halbvolle Rotweinflasche hoch. „Warst du das ganz allein?" Ohne meine Antwort abzuwarten, fuhr sie fort: „Also Samstag? Ist das jetzt gebongt?" „Ja, gebongt", sagte ich. Lena gab mir einen Kuss, was mich etwas stutzig machte. „Also…hm…weisst du, ich bin etwas knapp bei Kasse und ich sollte Jenny doch ein Geschenk bringen…könntest du vielleicht etwas beisteuern?" Langsam wurde der Kaffee teuer. Ich ging zu meinem Geldbeutel und streckte Lena 20 Euro unter die Nase. Mit einem „Du bist die Beste. Bis heute Abend", verliess sie die Küche.

Ich zückte mein Handy und tippte: „Samstag, 21 Uhr Casinobar. Gruss ClaudiA." Kaum hatte ich die Nachricht weggeschickt, bereute ich es auch schon. War ich denn von allen guten Geistern verlassen? Casinobar, das war die angesagteste Bar in unserer Stadt. Da konnte ich doch nicht mit meinen vier Jahre alten Veganlatschen auftauchen und dazu meine beste Hose, die in der linken Tasche bereits ein Loch hatte. Ich sollte vielleicht vor Samstag noch shoppen gehen. Nein, befahl ich mir, du bleibst so, wie du bist, du hast nichts zu verlieren, ausser deiner Selbstachtung. Soll der Schnösel mit seinen handgenähten Lederschuhen doch von mir denken, was er will. Ich will ja nichts von ihm. „Freue mich", stand da auf meinem Display.

Die Zeit bis zum Samstag verging wie im Fluge. Lena ging bereits um 18 Uhr mit ihrem Geschenk, einer kleinen, geschmackvollen Silberkette, und einer Packung Chips aus dem Haus. Blieben mir also noch drei Stunden, die ich gemütlich auf dem Sofa mit einem neuen Buch verbringen wollte. Nach zehn Minuten stand ich vor meinem Kleiderschrank. Was also sollte ich anziehen? Hinter sieben schwarzen, zwei blauen und drei roten T-Shirts fand ich eine zerknitterte weisse Bluse. Optimal! Dazu meine schwarze Hose mit dem Loch in der Tasche. Nachdem ich die Bluse einigermassen gebügelt hatte, was nun nicht gerade meine Stärke war, ging ich wieder zu meinem Buch. Nach weiteren 20 Minuten fand ich mich vor dem Spiegel wieder. Sollte ich mich schminken? Und wie? Bloss kein Makeup! Etwas Mascara und ein zartroter Lippenstift. Das musste genügen. Die Haare band ich zu einem Pferdeschwanz zusammen. Auf dem Balkon rauchte ich noch eine Zigarette und schaute einer Katze zu, die durch die Hinterhöfe schlich. Ein Spatz flog ihr hinterher und beschimpfte sie lautstark. Sollte ich pünktlich in der Bar auftauchen? Oder etwas zu spät? Auf keinen Fall zu früh! Um 21:10 Uhr betrat ich die Casinobar. Sie war schon sehr gut besucht. Ich entdeckte Roman an der Bar. Er winkte mir zu. Vorbei an smarten Männern und aufgebrezelten, nach neuster Mode gekleideten Frauen erreichte ich mein Date und hievte mich auf einen Barhocker.

„Wie schön, dass es doch noch geklappt hat," flüsterte er mir ins Ohr und Küsschen links, Küsschen rechts. „Was darf ich dir denn bestellen? Cocktail, Champagner?" „Gerne einen Cocktail," antwortete ich. „Cosmopolitan, Mojito, Caipi, White Russian, Sex on the Beach? Oder

Cocktail des Hauses?" „Genau in der Reihenfolge," erwiderte ich völlig ahnungslos. Und mit gespielter Lässigkeit fügte ich hinzu: „Wie ist denn der Cocktail des Hauses?" „Sehr fruchtig und erfrischend". Die Antwort kam vom Barkeeper, der im Gegensatz zu Roman meine Unsicherheit mit geübtem Auge anscheinend erkannt hatte. Er zwinkerte mir aufmunternd zu. „Genau das Richtige," gab ich augenzwinkernd zurück. „Und", fragte ich die bergseeblauen Augen, „hast du dir den Werbespot schon angehört?" Wir unterhielten uns eine ganze Weile über das Tonstudio, über Raffael, über Sinn, Zweck und Wirksamkeit von Werbung. Der Barkeeper, den Roman mit Gregor ansprach, stellte uns diskret die Getränke hin. „Wie schmeckt er?", fragte Roman, nachdem wir miteinander angestossen hatten. „Himmlisch," erwiderte ich mit einem Blick zu Gregor, der meinen Kommentar in unserer Nähe abgewartet hatte. „Gregor, Sie sind ein Künstler", ich wandte mich nun direkt an ihn. Nach einer leichten Verbeugung und einem „Danke, Madame" widmete er sich neu ankommenden Gästen. Ich hatte das Gefühl, dass Komplimente für das Personal in dieser Bar nicht an der Tagesordnung waren. „Wie war deine Woche?", fragte Roman und holte sich damit meine Aufmerksamkeit zurück. „Danke, ganz ok." „Was machst du eigentlich, wenn du deine sexy Stimme nicht gerade an Werbespots verschenkst?" „Nun", antwortete ich, „hin und wieder spiele ich Theater. Ein geregeltes Einkommen verschafft mir aber zum einen ein Job als Lehrerin an einer Schauspielschule und zum andern gebe ich Theaterkurse an Schulen und führe Regie bei Schüleraufführungen. Zurzeit probe ich mit einer Abiturklasse „Der ideale Gatte" von…"

Ein schrill ausgestossenes „Roman" liess mich verstummen. Eine hochgewachsene Schönheit kam winkend auf uns zugestürmt. Das heisst, sie kam auf Roman zugestürmt und mit einem „Wie schön, dich wieder einmal zu sehen" fiel sie ihm um den Hals. Aus der Nähe betrachtet hatte ihre Schönheit massiv abgenommen. Ich entdeckte ein dick überschminktes Gesicht, blond gefärbte Haare und die Grösse war auch nur den hochhackigen Schuhen geschuldet, die bestimmt handgenäht waren. „Schöne Schuhe", murmelte ich. Sie schien mich nun tatsächlich wahrzunehmen. „Ja, nicht wahr", sagte sie, während sie mich mit einem kritischen Blick von oben bis unten begutachtete. „Echte Louboutin!" Sie hielt mir die rote Sohle des rechten Fusses entgegen. Das führte dazu, dass sie beinahe den Halt verlor und sich kichernd an Roman festhalten musste. Fasziniert schaute ich dabei in ihr Dekolleté. Obwohl sie das Gleichgewicht verloren hatte, waren ihre Brüste genau dort geblieben, wo sie auch schon vorher waren. Da wackelte nichts, aber auch gar nichts. Sie sah meinen erstaunten Blick und sagte ganz selbstverständlich: „4000 Euro pro Seite." „Ach, das ist übrigens Claudia und das ist Celine, eine alte Freundin", versuchte Roman die darauffolgende Stille zu überbrücken. Ich streckte ihr meine Hand entgegen und brachte ein „Freut mich" über die Lippen. Sie ignorierte mich völlig und schmiegte sich an Roman. Diesem schien die ganze Sache nun doch etwas peinlich zu sein. Er löste sich von ihr und sagte: „Claudia ist Schauspielerin." „Ach ja", fragte sie nun mit gespieltem Interesse, „kennst du vielleicht John Kirk? Ich habe ihn mal bei Freunden auf einer Party getroffen. Eine himmlische Party, auf einer

Jacht in St.Tropez, ein himmlischer Mann und eine himmlische Nacht." „Nö", erwiderte ich, „kenne ich nicht." „Was", das blanke Entsetzen war ihr ins Gesicht geschrieben. „John hat sogar schon internationale Preise abgeholt. John ist ein Star! In welchen Filmen hast du denn mitgespielt?" „Nun, Ich arbeite vor allem im Theater." Damit hatte sie das Interesse an meiner Person völlig verloren. Sie wandte sich wieder an Roman, und die beiden redeten über irgendeine Feier. John Kirk, überlegte ich, von dem hatte ich wirklich noch nie etwas gehört. „Ich finde Theater wundervoll", flüsterte mir Gregor zu und stellte mir einen neuen Cocktail hin, „der geht aufs Haus!" Dankbar nahm ich einen grossen Schluck. In der Zwischenzeit hatte sich ein älterer Herr zu uns gesellt. „Hallo, Max," begrüsste ihn Roman. „Tachchen, mein Lieber, tut mir leid, wenn ich euch störe, aber es warten schon alle auf dich." Der letzte Teil des Satzes war an die Blondgefärbte gerichtet. „Jaja, schon gut. Das Beste kommt ja bekanntlich immer zuletzt", gab sie schnippisch zur Antwort. Sie drückte Roman einen Kuss mitten auf den Mund. „Ruf mich an", flüsterte sie ihm noch zu, indem sie mich gleichzeitig provozierend anschaute.

Wie nach einem Unwetter legte sich eine kurze Stille über uns. „Wirst du sie anrufen?", fragte ich nach einigen Sekunden. „Ach was! Celine ist eine verrückte Nudel, das muss man alles nicht so ernst nehmen." „Und wer ist Max?" „Ihr Mann." „Wohl eher ihr Geldbeutel", gab ich zurück. Roman lachte laut auf und das Eis war gebrochen. Er bestellte mir einen weiteren Cocktail. „Max ist übrigens ein guter Kunde. In seiner Garage stehen mindestens fünf Autos, die er bei mir gekauft hat. Er wartet auch bereits auf

das neue Elektroauto." „Wie ist denn die allgemeine Nachfrage nach diesen Dingern?", fragte ich, um die Unterhaltung irgendwie in Gang zu bringen. Es folgte ein etwa halbstündiger Vortrag über Autos. Geduldig und meinen dritten Cocktail zu Ende schlürfend liess ich Roman reden, während ich aus meinen Augenwinkeln die anderen Gäste der Bar beobachtete. Sie erinnerten mich an das Gedicht „Maskenball im Hochgebirge" von Erich Kästner:
...Manche Frauen trugen nichts als Flitter,
andere Frauen waren in Trikots
Ein Fabrikdirektor kam als Ritter
Und der Helm war ihm zwei Kopf zu gross..
Das Gebirge machte böse Miene ,
Das Gebirge wollte seine Ruh
Und mit einer mittleren Lawine
Deckte es die blöde Bande zu...
„Geschieht ihnen recht", murmelte ich leicht beschwipst. „Wie bitte", Roman riss mich aus meinen Gedanken. „Ich habe gefragt, was du für ein Auto fährst." „Oh, entschuldige, ich besitze kein Auto." „Aber", fügte ich schnell hinzu, „ich habe ein Fahrrad, ja stell dir vor, sogar ein Elektrofahrrad." „Mensch, tut mir leid, ich habe dich wohl gelangweilt!" „Nö, überhaupt nicht. Ich amüsiere mich prächtig." Und das stimmte mittlerweile sogar, wobei der Alkohol wohl auch dazu beitrug. „Weisst du, das hier ist ein wunderbarer Ort für Rollenstudium. Ich habe diesen Typ Frau schon öfter auf der Bühne gespielt, aber ich muss neidlos zugeben, dass die Originale weit besser sind..." „Roman, hättest du vielleicht fünf Minuten für mich?" Max hatte sich zu uns gestellt. „Oh", sagte Roman, „das ist im

Moment gerade nicht so günstig." Er sah mich unsicher an. „Kein Problem", mischte ich mich ein, „ich gehe mal für eine Zigarettenpause raus." Runter vom Barhocker spürte ich den Alkohol nun auch in meinen Beinen. Derart harte Getränke war ich schon lange nicht mehr gewohnt. Nur nichts anmerken lassen, dachte ich und ging beherzten Schrittes in Richtung Balkon. Dabei spürte ich zahlreiche Blicke auf mir ruhen. Tja, Ladies, dachte ich, das ist jetzt eben die neuste Mode. Raus aus den 1000 Euro Kleidern, rein in die Secondhandklamotten, raus aus den Highheels, rein in die Sneakers, raus aus den Makeupschichten, rein in die Natürlichkeit!

Die Aussicht vom Balkon war einzigartig. Es war wunderbar, wie der Alkohol meine Unsicherheit weggewischt hatte. Ich nahm einen kräftigen Zug von meiner Zigarette. „Verrätst du mir dein Geheimnis?" ertönte eine Stimme in meinem Nacken. Ich drehte mich um und blickte in das frisch gebügelte Gesicht von Celine. „Wie bitte, was für ein Geheimnis?" fragte ich. „Was will ein Mann wie Roman von Dir? Da stimmt doch etwas nicht." „Was soll denn daran nicht stimmen." „Naja…" Ihr vernichtender Blick, der mich von oben bis unten abcheckte, sprach Bände. „Weisst du, er hat einfach die Schnauze voll von euch gelifteten, plastifizierten, zugekleisterten Frauen. Er liebt meine Natürlichkeit und soll ich dir etwas verraten: unser Sex ist einmalig, sowas kannst du dir überhaupt nicht vorstellen. Da würde bei dir wohl so einiges platzen!" Ich packte meine Tasche und liess die verdutzte Celine stehen. Roman stand immer noch mit Max zusammen an der Bar. Ich winkte Gregor zu und verliess die Räumlichkeiten so schnell wie möglich.

Draussen atmete ich erleichtert auf. Eines musste man Celine lassen, sie hatte recht, Roman und ich kamen aus zwei verschiedenen Welten. Wir passten nicht zusammen. Ich war mir nicht sicher, ob ich auf dem Nachhauseweg schwankte, fand mich und die ganze Welt jedoch sehr amüsant. Als ich mich zuhause hinlegen wollte, fing sich das ganze Zimmer an karussellartig zu drehen. Also setzte ich mich noch eine Stunde auf mein Sofa. Ich hatte wohl wirklich zu viel und zu schnell getrunken. Ich machte mir einen Tee und suchte im Netz nach John Kirk. Gab es ihn wirklich? Tatsächlich amerikanischer Schauspieler, informierte mich Onkel Google, erhielt 2007 für seinen einzige Film "die goldene Himbeere". Das war die Auszeichnung für den schlechtesten Schauspieler des Jahres.

Bevor ich einschlief, dachte ich nochmals an meinen Abgang. Das war nun nicht gerade eine Meisterleistung gewesen. Eigentlich tat es mir auch schon leid. Roman war ja wirklich nett und sympathisch.

„Sorry für mein überstürztes Verschwinden", tippte ich schlaftrunken in mein Handy, „aber ich musste nach Hause und du warst so in das Gespräch mit Max vertieft." „Alles gut", schrieb Roman zurück, „vielleicht auf ein anderes Mal." „Ja, vielleicht!" war meine Antwort. Und wir wussten wohl beide, dass es dieses andere Mal nie geben würde.

Eine Woche später, ich war mit der 6. Klasse des Hesse-Gymnasiums gerade mitten in einer Probe von Oscar Wilde's „Der ideale Gatte", surrte mein Handy. Ein kurzer Blick auf das Display zeigte eine mir unbekannte, namenlose Nummer an. Bestimmt wieder einer, der mir irgendetwas andrehen will, dachte ich. Das war an diesem Morgen bereits der vierte Anruf. Der Erste wollte mir ein Computerprogramm verkaufen. „Do you speak english?", fragte er mich, währenddem ich genüsslich meinen Frühstückskaffee schlürfte. „Nein!" erwiderte ich in gestochen scharfen Deutsch, was ihn allerdings nicht hinderte, auf Englisch weiterzusprechen. Ich unterbrach das Gespräch kommentarlos. Die zweite Anruferin wollte mir ein Präparat mit Omega-3-Fettsäuren aufschwatzen. Sie war überzeugt, dass ich zu wenig davon zu mir nahm, wie alle Leute in unseren Breitengraden. Omega-3, so versicherte sie mir, das vor allem im Fisch vorkommt, sei sehr wichtig, besonders in einem gewissen Alter. „Wenn sie verstehen, was ich meine". Künstliches Lachen. Als sie nach meinem Speiseplan fragte, erwiderte leicht genervt: „Sie stören mich gerade bei meinem alltäglichen Lachsfrühstück." Ich beendete das Gespräch und nahm einen Bissen von dem vier Tage alten Brot, das ich zuvor in meinen Kaffee getaucht hatte. Frisch geduscht vor meinem Kleiderschrank stehend, kam der dritte Anruf. Eine dramatische Stimme schilderte mir die Situation in meinem Bett. „Milben, Tausende von Milben sind ihre Bettgenossen. Davon kann man sehr krank werden. Nicht jedoch, wenn sie unsere neu entwickelte Anti-Milben-Matratze kaufen." „Vielen Dank, aber es geht sie nichts an, wer sich in meinem Bett herumtreibt. Ich bin nicht interessiert." „Aber diese schrecklichen Tiere, die können..." „Ich liebe Tiere," gab ich zur Antwort und legte auf.

„Am liebsten spreche ich von nichts, denn es ist das Einzige...äh." Der 17jährige Leon, der den Lord Goring spielte, holte mich in die Realität zurück. „Äh…" „Ich spreche gerne von nichts", flüsterte ihm Ronja, unsere Souffleuse, zu. „Ich spreche gerne von nichts, das es ist das Einzige, wovon ich wirklich etwas verstehe", wiederholte er etwas gelangweilt. „Und gleich nochmal, mit etwas mehr Engagement. Gehe ein paar Sätze zurück," mischte ich mich ein. Eine halbe Stunde später war die Probe zu Ende und die Kids stürmten aus der Aula.

Zuhause klingelte das Handy wieder und nochmals dieselbe Nummer. Ich hatte jetzt wirklich keine Lust. Zwei Minuten später eine SMS: „Mensch Claudi, kann dich einfach nicht erreichen. Ruf doch zurück. Gruss Bylle, ohne Brille." Dahinter war ein Kuss-smiley. Mit einem leicht schlechten Gewissen wählte ich die Nummer. „Ach, Süsse, tut mir leid. Ich bin eben erst nach Hause gekommen", entschuldigte ich mich, als ich ihre Stimme vernahm. Was ja auch stimmte. „Kein Ding", antwortete sie und sprudelte gleich wieder los, „unsere Begegnung war so kurz. Ich konnte dich ja nicht mal fragen, was du so machst und wie es dir in den letzten Jahren ergangen ist. Seit dem Abi hatte ich mit niemandem aus unserer Klasse Kontakt. Da hatte ich eine Bombenidee. Ich möchte unsere alte Clique wieder mal sehen. Was sagst du dazu?" Ohne meine Antwort abzuwarten, sprach sie gleich weiter. „Mein Plan: Wir treffen uns jeden ersten Montag im Monat bei einer von uns zuhause und diejenige erzählt dann, was sie in den Jahren seit unserem Abi erlebt hat. Wir treffen uns jeweils um 20 Uhr ohne grosses Tamtam zu einem Glas Wein. Ausser Susanne habe ich die Ladies schon ausfindig gemacht und alle finden, das sei eine super Idee. Was hältst du davon, Claudi von den Glorreichen Sieben? Bist du dabei? Das erste Treffen wäre dann bei mir." Die darauffolgende Pause liess mich vermuten, dass sie fertig war. Ich wollte gerade antworten, aber ich hatte mich geirrt. „Weisst du, ich denke Montag ist der beste Tag. Da ist doch sonst nichts los!" Ich war mir nicht sicher, ob das nun das Ende war. „Du sagst ja gar nichts." „Ach so", antwortete ich zögerlich, „ja, finde ich super." „Prima, dann treffen wir uns am Montag in einer Woche bei mir. 20 Uhr, Sternengasse 43. Ich freue mich! Bis dann, mein Schatz!" Und weg war sie. „Freue mich auch", murmelte ich in das tote Telefon, obwohl ich nicht so genau wusste, ob ich das wirklich tat. Ich versuchte mir meine damaligen Freundinnen wieder vorzustellen. Bylle: die ewige Quasseltante, Susanne: ein schüchternes wohlerzogenes, hilfsbereites Mädchen. Die sportliche, drahtige Anna. Die easy Beate. Sie war unser Mathegenie, zudem unglaublich musikalisch und sprach im zarten Alter von 17 Jahren bereits fünf Sprachen fliessend. „Ist doch alles ganz easy," war ihr steter Spruch. Die schöne Monika war überzeugt, dass sie Model werden würde und das Abitur dafür eigentlich gar nicht brauchte. Das mussten wohl alle sein. Wobei „die Glorreichen Sieben"! Es fehlte noch eine. Natürlich, die pummelige Simone, immer gut gelaunt, immer am Naschen und unglaublich verliebt in unseren Physiklehrer. Herr Siebert war zwar relativ jung und sah gut aus, aber sein Unterricht war todlangweilig. Wollte ich die wirklich alle sehen? Es war so lange her. Aber irgendwie war ich doch neugierig. Wie sie wohl alle aussahen, was sie erlebt hatten in den vergangenen Jahren. Nun sei mal nicht so spiessig, dachte ich und war festentschlossen mich darauf zu freuen.

2

Der Weg zur Sternengasse führte steil bergauf. Trotz eBike musste ich kräftig in die Pedale treten. Einfamilienhaus reihte sich an Einfamilienhaus. Gedanklich ging ich noch einmal die Namen durch. Ob ich sie den jeweiligen Frauen auch zuordnen konnte? Ich war nun doch etwas aufgeregt. In der Sternengasse wurden die netten Einfamilienhäuser immer pompöser und wandelten sich zu echten Villen. Man hatte eine wunderbare Aussicht über die ganze Stadt. Wie hatte Bylle gesagt: der letzte Mann sollte auch Geld haben. Na bravo! Ich parkierte mein Rad vor dem Haus und hörte auch schon die quasselnde Stimme von Bylle. Mit einem „Hallo" stiess ich das gusseiserne Tor auf und befand mich in einem Blumenmeer. Ich atmete tief ein. „Mensch Claudi, wie schön!" Sibylle stürmte auf mich zu und umarmte mich fest. „Anna und Simone sind schon da. Aber pass ja auf, dass du sie nicht verwechselst. Unser Pummelchen Simone sieht echt scharf aus und Anna, naja, schau selbst", flüsterte sie mir zu. Sie führte mich in den Garten hinter dem Haus. Zwei Frauen mit einem Champagnerglas in der Hand schauten mir erwartungsvoll entgegen. „Raudi Claudi", schrie die eine etwas Korpulentere plötzlich, rannte mitsamt ihrem Glas auf mich zu und fiel mir um den Hals. Der Champagner schwappte über und lief mir kalt in den Nacken. Dabei fiel mir auf, dass prickelnder Champagner nur im Mund aufregend war, nicht jedoch, wenn er den Rücken hinunterperlte. Als sie sich von mir löste und ich das Gesicht sehen konnte, war ich doch sehr erstaunt. Das musste tatsächlich unsere einstige Sportskanone Anna sein. Sie strahlte mich mit lustigen Augen an. „Anna", lachte ich, „wie schön dich zu sehen." „Ach ja!" kam als Antwort und es folgte eine erneute Umarmung. „Guten Abend Claudia." Die zweite Frau hatte sich zu uns gesellt und streckte mir die Hand entgegen. Zögernd fragte ich: „Simone?" „Sieht sie nicht Hammer aus?", sagte Anna. Nie im Leben hätte ich diese Frau wiedererkannt. „Ja, das kann man wohl sagen, hallo Simone, schön Dich zu sehen", antwortete ich, indem ich die ausgestreckte Hand ignorierte und Simone ebenfalls umarmte. Sie schien sich dabei nicht ganz wohlzufühlen. Bylle brachte mir ein Glas Champagner. „Ihr dürft Euch nichts aus eurem Leben erzählen", ermahnte sie uns, „sonst ist die Spannung vorbei." Sie war gleich wieder weg, um den Rest der Clique in Empfang zu nehmen. Wir unterhielten uns über das Wetter, die politische Lage und den amerikanischen Präsidenten. Schon waren wir beim Gendern angelangt, als sich easy Beate zu uns gesellte. Sie hatte sich kein bisschen verändert. Nachdem sich alle schwärmerisch über den traumhaften Garten mit dem Swimmingpool ausgelassen hatten und ein Glas Champagner in den Händen hielten, bat uns Sibylle ins Haus mit der Information, dass wir vollzählig seien. Ein riesengrosser Raum erwartete uns. Auf der einen Seite stand ein Esstisch, an dem bestimmt zwölf Leute bequem speisen konnten, auf der anderen Seite war ein Cheminée mit einer grossen weissen Sitzgruppe. An den weissen Wänden waren Bilder moderner Künstler angebracht. Mit „Wow!" „Grossartig!" „Wunderschön!" würdigten wir das geschmackvolle Interieur. Anna entwischte ein lautes, herzhaftes „Geil!". Sie stand vor einem modernen Bild. „Das ist ein echter Tom Mitchell!" „Ach ja?", entfuhr es Sibylle erstaunt. Sie hatte

anscheinend keine grosse Ahnung von der Kunst an ihren eigenen Wänden. „Also Mädels, jetzt setzt euch mal hin. Ich freue mich, dass ihr alle gekommen seid. Es war gar nicht so schwierig, euch alle zu finden. Ausser Anna haben alle noch denselben Nachnamen wie vor 30 Jahren. Doch durch Annas sportliche Vergangenheit war es mit Hilfe von unser aller Freund Google auch nicht wirklich schwer, sie zu finden. Es hat natürlich den Nachteil, dass ich jetzt so ein bisschen etwas von ihr weiss, aber das werde ich euch bestimmt nicht verraten. Es wäre großartig, wenn ihr euch auch nicht gegenseitig im Netz suchen würdet, so dass wir jeweils immer alle mit der gleichen Spannung den jeweiligen Geschichten begegnen können. Monika lebt leider nicht mehr in Europa. Sie ist in Amerika und leitet dort tatsächlich eine Agentur für Kleindarsteller und Models. Wir stehen in Kontakt. Vielleicht kommt sie in den nächsten Wochen mal ihre Mutter besuchen, die hier in einem Altenheim lebt. Ansonsten würde sie mir ihre Geschichte mailen, sodass ich sie euch vorlesen kann. Ja, und Susanne habe ich leider nicht ausfindig gemacht. Weiss vielleicht irgendjemand, was aus ihr geworden ist oder wo sie sich aufhält?" Allgemeines Kopfschütteln. „Naja, ich bleibe dran. Wir sollten am besten erst ausmachen, bei wem wir uns das nächste Mal treffen." Annas Hand schnellte hoch. „Gut, dann bei Anna. Ich habe ja alle eure Nummern. Ich werde einen Gruppenchat einrichten und Anna kann uns dann allen die Koordinaten schicken. Ist das ok?" Nach einem allgemeinen Kopfnicken fing sie an, uns ihre Geschichte zu erzählen.
Sibylle, das wussten wir alle, kam aus einem gut bürgerlichen Elternhaus. Vater und Mutter waren beide

Anwälte und arbeiteten ziemlich viel in der eigenen Kanzlei. Auch Bylle, so dachten wenigstens die Eltern, sollte Jura studieren und später die Kanzlei der beiden übernehmen. Sie war eine unbeschwerte junge Frau und versprach ihren Erzeugern, dass sie nach dem Abitur diesen Bildungsweg einschlagen würde. Zuvor wollte sie jedoch noch einen Sprachaufenthalt in Paris machen. Diesen Kompromiss gingen die Eltern gerne ein und ihr Vater schenkte ihr zum bestandenen Abitur eine hübsche Summe für ihre Reise. Ihre Mutter fand die Idee bezaubernd, wie sie ihr mit strahlenden Augen versicherte, denn auch sie war nach der Schule in Paris gewesen, um ihr Französisch aufzubessern. Sie buchte ihr sogleich den Kurs und ein Hotel. Mit einer Liste ihrer Mutter, welche Quartiere und Gegenden sie meiden und welche Museen und Theater sie unbedingt besuchen sollte, machte sie sich auf den Weg. Im Sprachkurs waren sieben junge Leute, drei Jungs und vier Mädels. Bereits am ersten Tag gingen sie nach dem Unterricht in eine kleine Bar. Sie beschlossen, am nächsten Wochenende Party zu machen im Hôtel de jeunesse, in dem alle ihre MitstudentInnen wohnten. Als Bylle am nächsten Samstag im Jugendhotel ankam, das sich übrigens in einem Quartier aus der Liste ihrer Mutters befand, staunte sie nicht schlecht. Die Gänge waren voll mit jungen Leuten, alle Zimmertüren standen offen und überall hörte man Musik. Die Zimmer waren klein und es standen vier Betten darin. Die Böden waren oft übersäht mit Klamotten und allerlei Krimskrams. Sibylle dachte an ihr Hotelzimmer und fühlte sich plötzlich sehr einsam. „Ich will das auch," murmelte sie. „Was denn?" fragte Denise aus ihrem Kurs. „Na hier wohnen!" Sie erzählte ihr von ihrem Hotel. „Hast du vielleicht auch einen Fernseher?" fragte diese. „Na klar, und jeden Tag frische Wäsche fürs Badezimmer, eine neu aufgefüllte Minibar, und einen Früchteteller." „Geil", staunte Denise, „und du möchtest lieber hier hausen. So ein Hotel, das wäre mein Traum." „Was soll ich euch sagen", erzählte uns Bylle weiter, „wir haben die Hotels einfach getauscht und die schönste Zeit in meinem Leben begann." Bylle wäre nicht Bylle gewesen, wenn sie sich nicht schon bald in einen jungen Franzosen verliebt hätte. Jerôme besuchte die école nationale supérieure des beaux-arts. „Es war für mich eine ganz andere Welt, wie im Film", erzählte sie, „jeden Abend sassen wir mit jungen Künstlern und Künstlerinnen zusammen, wir diskutierten, wir musizierten, wir kifften, wir tranken, wir rauchten. An den Wochenenden fuhren wir mit einem alten Peugeot ans Meer." Sie rief ihre Mutter regelmässig aus einer Telefonkabine an, denn damals gab es ja noch keine Handys. Sie sagte ihr, dass das Telefonnetz im Hotel defekt sei, und berichtete ihr von ihren Museumsbesuchen. Nach etwa zwei Wochen kam eine verstörte Denise zu ihr und informierte sie, dass man sie aus dem Hotel geworfen hatte. Bylles Mutter war dahintergekommen, dass ihre Tochter ausgezogen war. Bei einem erneuten Anruf nach Hause orderte ihr Vater sie sofort zurück. Ansonsten sei der Geldhahn zu und sie könne selbst für sich aufkommen. Bylle, die den süssen Duft der Freiheit und Unabhängigkeit geatmet hatte, blieb weiterhin in Paris. Sie zog in die WG ihres Freundes und versorgte die ganze Gemeinschaft mit dem Geld, das sie von ihrem Vater noch übrighatte. Nach drei Monaten war das Startkapital aufgebraucht und das Interesse der jungen

Wilden an ihrer Person schwand von Tag zu Tag. Jerôme war immer öfter bekifft, brachte immer häufiger andere Frauen mit und schwärmte ihr etwas von freier Liebe vor. Enttäuscht und mit der festen Absicht sich nie wieder zu verlieben, kehrte sie nach Hause zurück. Unter der Voraussetzung sich an der Juristischen Fakultät einzuschreiben, wurde sie in ihrem Elternhaus wieder aufgenommen. Das Verhältnis war allerdings getrübt. Zwei Jahre später, sie war eine ganz passable Studentin geworden, wurde sie schwanger. Der Vater ihres Kindes, mit dem sie nur eine kurze Liaison hatte, war einer ihrer Professoren, verheiratet, 20 Jahre älter und ein Kollege ihrer Eltern. Schlimmer konnten die Umstände nicht sein. Er drängte sie, das Kind abzutreiben. Sibylle weigerte sich. Sie versprach ihm, niemandem von der Vaterschaft zu erzählen, wenn er ihr im Gegenzug Alimente bezahlen würde. Die Schwangerschaft und ihr Stillschweigen über den Kindsvater führten zum definitiven Bruch mit ihren Eltern. Sibylle nahm sich eine kleine Wohnung, schmiss das Studium und fand eine Teilzeitarbeit als Sekretärin in einer Anwaltskanzlei. Sie lebte fortan von den Alimenten und ihrer Arbeit. „Tja, was soll ich euch noch erzählen", sagte Bylle, „mit 25 Jahren bekam ich meine wunderbare Tochter. Wir führten ein einfaches, aber sehr glückliches Leben." „Und was macht deine Tochter heute?", fragte Anna, „lebt sie auch hier?" „Oh, sie hat gerade ihr Medizinstudium beendet und arbeitet bei einer Hilfsorganisation in Afrika." Ich bemerkte, wie dabei ihr linkes Auge zuckte und erinnerte mich:

Mathematik: „Sibylle kommen sie doch mal nach vorn und erklären sie ihren Klassenkameraden die Hausaufgaben."

„Konnte ich leider nicht machen, unsere Katze hat gestern alles vollgekotzt und ich musste notfallmässig mit ihr zum Tierarzt." Ihr Auge zuckte und die ganze Klasse kicherte, denn alle wussten, dass sie gar keine Katze hatte.

Deutschunterricht: „Sibylle, tragen sie uns doch bitte Goethes Zauberlehrling vor." „Konnte ich leider noch nicht lernen, meine kleine Schwester hatte gestern hohes Fieber und ich musste mit ihr zum Kinderarzt. Meine Eltern hatten beide einen sehr komplizierten Gerichtsfall. Sie wissen ja, die Beiden sind sehr gefragte Anwälte und immer sehr besorgt um Gerechtigkeit in dieser Welt." Ihr Auge zuckte, wir mussten das Lachen unterdrücken, denn alle wussten, dass Bylle ein Einzelkind war.

Ihr weiteres Leben verlief relativ ruhig. Sie hatte ihre Arbeit, ihre Tochter und drei beste Freundinnen, mit denen sie sich einmal im Monat zu einem Feierabendbier traf. Dabei lernte sie ihren jetzigen Partner kennen. „Er ist wunderbar", schwärmte sie uns vor. „ich habe hier ein traumhaftes Zuhause gefunden, wie ihr ja sehen könnt. Er verwöhnt mich und liest mir jeden Wunsch von den Augen ab. Etwas Besseres hätte mir nie passieren können." Damit war die offizielle Erzählung ihrer Lebensgeschichte beendet. Anna wollte noch viele Details aus der Pariser Zeit erfahren. Ich verspürte eine ungemeine Lust nach einer Dosis Nikotin und schlich mich nach draussen in die warme Sommernacht. „Kann ich auch eine haben?" Wortlos hielt ich Sibylle meine Zigaretten hin. „Ist das nicht ein toller Abend?", fragte sie, „war doch eine super Idee und das nur, weil ich dich, meine Claudi Raudi wieder zufällig getroffen habe. Glaubst du eigentlich an Zufälle?" Ich zuckte mit den Schultern. Nach einer kurzen Pause fragte ich sie: „Nun sag schon Bylle, was ist los?" „Was meinst du? Was soll denn los sein?" „Dein Auge, du hast es immer noch, es hat gezittert!" „Das hast du wirklich bemerkt?", fragte Sibylle ungläubig. Ich sah, die Tränen in ihren Augen und nahm meine Jugendfreundin in die Arme. „Meine Tochter. Ja, sie wollte wirklich Medizin studieren. Die ersten drei Jahre hat sie mit Bravour hinter sich gebracht. Ich war so unglaublich stolz auf sie. Mein Leben war perfekt. Endlich. Ich hatte einen wunderbaren Partner, der mich verwöhnt und eine grossartige Tochter. Und dann der Unfall!" „Was ist passiert?", fragte ich sie leise. „Sie war mit dem Fahrrad unterwegs. Ein Auto hat sie angefahren. Sie lag sechs Monate im Krankenhaus. Wochenlang wussten wir nicht, ob sie es überhaupt schafft. Ich war jeden Tag bei ihr. Ich glaube, wenn ich meinen Partner nicht gehabt hätte, ich wäre durchgedreht. Es war die Hölle. Physisch ist sie wieder einigermassen ok, aber sie hat sich verändert. Sie hat das Studium geschmissen und schlägt sich mit Gelegenheitsjobs durch. Ich komme kaum mehr an sie ran. Sie will auch keine Unterstützung von mir." „Ach, Bylle, das tut mir unglaublich leid", versuchte ich sie zu trösten. „Bitte, sag den anderen nichts davon. Tut mir auch leid, dass ich dir etwas vorgeheult habe, aber ich war so gerührt, dass du das mit dem Auge bemerkt hast. Du bist eben die Beste." Lächelnd schmiegte sie sich an mich. „Du kommst doch zu meiner Hochzeit, meine Claudi?" „Naja, weisst du, Hochzeiten sind nicht so mein Ding", antwortete ich nach einer kurzen Pause. Nachdem ich nun Sibylles Haus gesehen hatte, konnte ich mir vorstellen, wie ihre Hochzeit in etwa aussehen würde. Als ich den enttäuschten Blick von Sibylle wahrnahm, fügte ich schnell hinzu: „Ich habe ja auch keinen Fummel für so was." „Das ist doch kein Problem, du kannst dir etwas von mir ausleihen, oder besser noch, wir gehen zusammen shoppen und ich kauf dir ein Kleid. Bitte, bitte, nun habe ich dich nach so vielen Jahren wieder gefunden, nun lass ich dich nicht mehr los. Weisst du", fügte sie leise hinzu, „mein Liebster hat so viele Freunde und ich kann meine an einer Hand abzählen. Mit meinen Eltern habe ich auch kaum mehr Kontakt. Keine Ahnung, ob sie zu meiner Hochzeit kommen." Oh Gott, dachte ich, wie komme ich bloss aus der Nummer wieder raus. „Wann steigt denn das grosse Ereignis?", fragte ich. „Im nächsten Frühjahr." Sibylle sah mich mit erwartungsvollen Augen an. „Naja", antwortete ich langsam, „bis dann werde ich wohl den passenden Fummel gefunden haben." „Mensch Claudi, Raudi, du bist einfach die Beste." Wir rauchten stillschweigend nochmals eine Zigarette und gingen dann wieder Arm in Arm zurück in das Haus. Die Stimmung drinnen war unterdessen schon sehr heiter. Anna hatte sich eine Salzstange unter die Nase geklemmt und lief steif vor den andern auf und ab. Dazu sagte sie streng mit einem rollenden R.: „Ich warrrte!" „Doktor Einstein," rief Beate lachend. So hatten wir immer unseren Mathematiklehrer genannt. Simone, die bislang gesittet mit ihrem Minirock auf dem Sofa gesessen hatte und mir nun doch etwas alkoholisiert vorkam, riss ihr die Salzstange aus der Hand, kletterte auf den Esstisch, so dass wir den rosa-glänzenden Slip sehen konnten, der mit angrenzender Wahrscheinlichkeit aus Seide war. „Anna, geben Sie mir ein a!" rief sie mit nasaler Stimme in die heitere Runde. „Aber Herr Schwalbe, sie wissen doch, dass ich total unmusikalisch bin. Sie sehen doch, meine Leidenschaft ist der Sport." Damit zeigte sie selbstironisch, lachend auf ihren gefühlten 100Kilo Körper. „Nun denn, Fräulein Beate, ein a bitte! Mamma mia, das ist ja nicht zum Aushalten". Easy Beate stimmte sogleich „Mamma mia" von den ABBAs an und wir grölten alle zusammen um die Wette. Als Sibylle die sechste Flasche Champagner öffnen wollte, stiess Anna einen Schrei aus. „Mensch Mädels, es ist schon nach 12, ich muss nach Hause." Keine von uns hatte bemerkt, wie schnell die Zeit vergangen war. Wir lagen uns alle in den Armen, dankten Sibylle und versicherten ihr, wir toll ihre Idee gewesen war, als wir ein sonores „Hallo" hörten. „Ach, wie schön, jetzt lernt ihr gerade noch meinen Zukünftigen kennen. Hallo mein Schatz," rief sie nach draussen. Ich drehte mich um und vor mir stand Roman.

3

Tags darauf, ich trank bereits meinen zweiten Espresso, stürmte meine Tochter in die Küche. Sie stoppte abrupt. „Nicht dein Ernst, Mama", rief sie. „Was meinst du." „Du hast gestern schon wieder zu viel Alkohol getrunken. Ich sehe dir das an. Das ist jetzt das dritte Mal innerhalb von zwei Wochen. Muss ich mir Sorgen machen?" „Na klar", antwortete ich lachend, „deine Mutter mutiert langsam zur Alkoholikerin." „Das ist nicht lustig." „Ok, mein Schatz, nun mach dich mal locker, war nur ein Scherz. Du weisst doch, dass ich gestern meine alte Clique aus der Schulzeit getroffen habe. Ist doch klar, dass man da ein bisschen Alkohol zu sich nimmt." Ich wollte sie in die Arme nehmen, denn irgendwie hatte ihre Besorgnis auch etwas Rührendes. „Du stinkst", sagte sie unverfroren und wehrte mich ab. „Habe dich auch lieb. Aber dann gehe ich wohl lieber unter die Dusche." „Und wie wars mit den alten Ladies", wollte sie noch wissen. „Also weisst du, sooo alt sind wir noch gar nicht. Wir sind eigentlich alle noch ganz fit. Wir haben viel gelacht und Sibylle hat uns aus ihrem Leben erzählt." „Sibylle?", fragte sie. „Ja, Sibylle, sie war damals meine vertrauteste Freundin. Mit ihr habe ich zum ersten Mal geraucht, zum ersten Mal Alkohol getrunken, zum…" „Bitte keine weiteren Details", unterbrach sie mich, „hätte ich mir ja denken können. Wie lebt sie denn so?" Ich erzählte ihr von dem wunderschönen Haus. „Und sie lebt allein in dem wunderschönen Haus?" „Nö, sie ist frisch verlobt. Stell dir vor, sie hat mich sogar zu ihrer Hochzeit eingeladen." „Ausgerechnet dich, du und Hochzeit", entgegnete meine Tochter lachend, die meine

Abneigung für solche Feiern kannte. „Und hast du den glücklichen Bräutigam auch kennengelernt?" „Nur ganz kurz." „Und ist er nett?" „Ich glaube schon, aber das kann ich nicht beurteilen. Ich habe ihn nur für einige Sekunden gesehen, als ich gerade gehen wollte." „Du solltest auch wieder mal einen Freund haben. Würde uns beiden guttun", sagte sie, wobei sich eine ihrer Augenbrauen nachdenklich in die Höhe zog. „Vielen Dank für den guten Rat, aber ich glaube, es ist höchste Zeit für die Schule", antwortete ich schnell, „viel Spass." Damit wandte ich mich wieder meinem Kaffee zu. Als sie hinausging, hörte ich noch irgendetwas von Alkohol und „Ich glaubs ja nicht" und weg war sie.

Ich unterrichtete erst am Nachmittag eine Doppelstunde in der Schauspielschule. Das bedeutete, der Morgen gehörte ganz mir. Frisch geduscht genoss ich meinen dritten Kaffee, als mein Handy surrte. Eine SMS von Bylle.

„Mensch, Claudi, du hast ja gestern einen schnellen Abgang gemacht, was war denn los?"

Ja, was war denn los? Roman, der so plötzlich vor mir stand, hielt mir seine Hand entgegen und sagte cool, als ob wir uns noch nie gesehen hätten: „Roman Keller, freut mich dich kennenzulernen." „Ich ehm…ja, freut mich auch," stammelte ich, indem ich seine ausgestreckte Hand ignorierte. „Das ist Claudi, Raudi!" erklärte Bylle mit leicht beschwipster Stimme. Mit einem „Danke für den wunderschönen Abend" umarmte ich Sibylle und stürzte nach draussen.

Was um alles in der Welt sollte ich ihr jetzt antworten. Meine beiden inneren Stimmen mischten sich ein. Die *V*ernunft- und die *H*erzstimme.

H: „Du musst Sibylle die Wahrheit sagen."
V: „Ne, das kannst du nicht machen, das geht dich nichts an."
H: „Natürlich geht dich das etwas an, Sibylle ist deine Freundin."
V: „Eben, du machst ihr nur alles kaputt."
H: „Sie hat dich sogar zur Hochzeit eingeladen."
V: „Ja und? Sie ist doch glücklich, sie ist versorgt, sie lebt in einem wunderschönen Haus, es geht ihr doch gut."
H: „Aber er betrügt sie."
V: „Das weisst du doch gar nicht, oder hast du etwa Beweise für einen Betrug? Du hast ja keine Ahnung, wie der Abend ausgegangen wäre. Der wollte bestimmt nicht mit mir im Bett landen."
H: „Aber er hat so getan, als ob er mich nicht kennen würde. Er hintergeht sie auf jeden Fall."
V: „Ach, mein Herz, sei doch nicht immer so kleinkariert."
H: „Und was ist mit dieser blonden Tussi in der Casinobar. Du glaubst wohl selbst nicht, dass da nichts läuft. Am besten, du gehst da nochmals hin."
V: „Weisst du was, das geht dich einfach überhaupt nichts an."
„Seid still, alle beide," rief ich in mein leeres Schlafzimmer. Ich hatte wirklich keine Lust und Energie jetzt mit Sibylle über Roman zu chatten. Und überhaupt, vielleicht hatte V ja recht und es war besser darüber Stillschweigen zu wahren. „Sorry", tippte ich in mein Telefon, „ich hatte eine SMS von meiner Tochter erhalten. Sie schrieb, dass sie schlüssellos vor unserer Haustür stehe."

H meldete sich nochmals schüchtern: „Wie lautet schon wieder einer deiner Grundsätze, frei nach Voltaire: Das Gesagte sollte wahr sein, aber nicht alles Wahre sollte gesagt sein!" Schnell löschte ich die Notlüge. „Tut mir leid!", tippte ich erneut in mein Handy, „ich vertrage nicht mehr so viel Alkohol, wie früher. Aber es war ein toller Abend, vielen Dank nochmals. Freue mich dich wiederzusehen. Bin gespannt auf Anna." Dahinter setzte ich ein Herz und einen Kussmund. Drei Sekunden später schrieb sie zurück: „Und ich dachte schon, es hatte etwas mit Roman zu tun." Ich liess ihre Nachricht unbeantwortet. Als ich am Nachmittag die Schule betrat, fand ich einen Zettel an meinem Spint. „Komm doch bitte heute noch in mein Büro. Cathy!" Cathy war die Leiterin der Schule. Da ich nichts mehr vorbereiten musste und eine halbe Stunde zu früh war, klopfte ich an ihre Tür. Cathy war schon über 60 Jahre alt. Sie war einst eine nicht unbedeutende Schauspielerin gewesen und hatte mit den besten Regisseuren im deutschsprachigen Raum gearbeitet. Als ihr das Lampenfieber immer mehr zu schaffen machte, beschloss sie vor bereits zehn Jahren, die Bühne hinter sich zu lassen und eine Schauspielschule zu gründen. Sie selbst unterrichtete die Schüler der Abschlussklassen in Improvisation und Rollenstudium. Das tat sie hervorragend. Ihr immer noch bekannter Name in der Theaterszene und die gut ausgebildeten Studenten führten dazu, dass die Schule im ganzen Land bekannt war und die meisten unserer AbsolventInnen nach ihrer Ausbildung auch gleich ein Engagement bekamen.

„Hallo, meine Liebe",begrüsste sie mich, „alles ok?" Ohne meine Antwort abzuwarten, fuhr sie fort: „Ich habe eine

Anfrage von Schwarzheim bekommen. Die möchten dort für ihre Bewohnerinnen einen Schauspielkurs anbieten. Ich dachte das wäre etwas für dich." Schwarzheim war ein Frauengefängnis etwa eine halbe Stunde ausserhalb der Stadt. „Ich, äh…", stammelte ich. „Du kannst es dir in Ruhe überlegen. Es wäre jede Woche eine Doppelstunde. Du könntest dir die Zeit frei einteilen. Die haben ja immer Zeit und laufen dir auch nicht weg." Den letzten Satz fand ich etwas unpassend, aber Cathy fügte gleich hinzu: „Sorry, das war ein dummer Scherz. Gib mir einfach bis übermorgen Bescheid. Es wäre bestimmt anspruchsvoll, aber auch spannend. Ich könnte auch Clarissa fragen, aber ich dachte, das ist was für dich. Und…es ist auch gut bezahlt. Eine Stiftung übernimmt die Kosten. Und jetzt viel Spass mit den jungen Wilden." Ich dankte ihr noch für das Angebot und das Vertrauen und verliess ihr Büro. Gedankenvoll machte ich mich auf den Weg zu meinem Unterrichtsraum.

Ich unterrichtete in den ersten Klassen Sprechunterricht und die Basics der Schauspielkunst. Die meisten meiner Schüler waren bereits anwesend. Einzig Fiona fehlte noch. „Gehen wir heute endlich einmal einen Schritt weiter?", empfing mich Jonas, ein aufgeweckter junger Mann, wie jedes Mal begierig. „Guten Tag, Jonas, freut mich auch, dich zu sehen", sagte ich lächelnd, „Geduld ist eine wichtige Voraussetzung für diesen Beruf." Nachdem Fiona wie üblich mit einem Buch unter der Nase eingetroffen war, fingen wir mit Entspannungsübungen an. Während die jungen Menschen auf dem Boden lagen und sich vorstellen sollten, dass sie sich an einem Strand befänden, das Meer rauschen hörten und sich ihr Atem den Wellen anpassen sollte, dachte ich über das Angebot von Cathy nach. Was mich wohl in einem Frauengefängnis erwarten würde. „Nun ist bei mir aber wirklich Ebbe," holte mich Jonas nach geraumer Zeit in die Wirklichkeit zurück. „Na schön, dann machen wir jetzt noch Sprechübungen!" gab ich mich lachend geschlagen. Während meine Schüler brav im Chor ihr ballalla, ballalle, ballalli, ballallo... sassassa, sassasse, … herunterleierten, kehrten meine Gedanken wieder ins Gefängnis zurück. Die Energie und Neugier meiner jungen Schauspielschüler würde ich dort wohl kaum antreffen. Und doch der Alltag in einem Gefängnis und die Lebensgeschichten der Frauen interessierten mich und würden mir bestimmt auch neue Perspektiven aufzeigen. Eine sicherlich nicht einfache, aber verantwortungsvolle Aufgabe. Bei all den Zweifeln freute ich mich, dass Cathy mir diese Aufgabe übertragen wollte. Es war still geworden und neun Augenpaare schauten mich erwartungsvoll an. Anscheinend hatten sie ihre Übungen beendet. „Bitte Claudia, lass uns doch einmal eine Improvisation machen. Wir haben jetzt schon ein halbes Jahr unsere Sprache und Vorstellungskraft trainiert." Dieses Mal kam der Einwurf von Carla, einer sehr konzentrierten Schülerin. „Nun gut", sagte ich noch etwas gedankenverloren, „ich will einmal nicht so sein. Dann stellt euch also mal vor, ihr seid inhaftiert und sitzt in einer Zelle. Wer will beginnen?" Natürlich schnellte Jonas Hand sofort in die Höhe. Alle andern schienen noch zu zögern. „Christina, willst du mal anfangen?" Wir setzten uns alle an den Rand des Raumes und Christina ging langsam in die Mitte. Sie fing an hin und her zu laufen und murmelte immer „Ich will raus, ich will hier raus." Nach einigen Minuten erlöste ich sie und uns. Die nächsten fünf Minuten gehörten Fiona. Sie fing plötzlich an Goethes "Faust" zu zitieren. Eine weitere Schülerin fragte nach Klebestreifen, nahm ein Blatt Papier, klebte es an die Wand und fing an darauf herumzukritzeln. Die meisten versuchten eine Mischform von umhergehen, schreien, sich hinsetzen. Jonas tobte, er schmiss einen Stuhl durch den Raum, zog sich seine Hose aus und markierte, dass er sich damit am Fensterkreuz aufhängen würde. Dann fiel er mit einem Knall zu Boden. Zum Schluss kam Florian. Er setzte sich in eine Ecke. Nach etwa zwei Minuten, als einige der Mitschüler bereits unruhig auf ihren Stühlen hin und her rutschten, fing er leise an zu weinen. Jonas und Max schauten sich an und grinsten. Plötzlich stand Florian auf und setzte sich wieder an den Rand. „Nun denn", sagte ich nach einer kleinen Pause, „wie geht es euch jetzt? Wie habt ihr euch gefühlt? Wer hat euch am besten gefallen?" „Die Show von Jonas war einzigartig", antwortete Max. Die beiden Jungs klatschten sich ab. Einige nickten anerkennend oder gaben ein „Voll cool" von sich, andere schauten mich erwartungsvoll an. „Genau", sagte ich, „die Show war voll cool." Nochmaliges Abklatschen der beiden Jungs. „Aber…es war eine Show und keine schauspielerische Leistung. Du hast wohl irgendeine Szene eines amerikanischen Filmes nachgespielt. Hast du dir wirklich überlegt, wie es sich anfühlen muss, eingeschlossen, gefangen zu sein? Den ersten Fehler, den du gemacht hast, wie übrigens viele von euch, du hast den ganzen Raum in Beschlag genommen. Keine Zelle ist so gross. Du hast gar nicht erst versucht zu fühlen, wie es sein muss, wenn man in einem kleinen Raum eingesperrt ist, wie sich Enge und Einsamkeit anfühlen. Ich glaube auch kaum, dass man so wütend sein kann und sich in der nächsten Sekunde das Leben nimmt." Ich bemerkte, wie Jonas immer kleiner wurde. „Nun Jonas", wandte ich mich an ihn, „genau deshalb machen wir seit Wochen schon diese Übungen, bei denen wir unsere Vorstellungskraft, unsere Sinne schärfen und dadurch echte Emotionen abrufbar und sichtbar machen wollen. Ihr liegt mir seit Wochen mit Improvisationen in den Ohren. Ihr habt jetzt hoffentlich gesehen, dass das nicht so einfach ist. Mir hat Florian am besten gefallen. Beim ihm hatte ich das Gefühl, dass er die Situation nicht nur gespielt, sondern auch empfunden hat. Möchte noch jemand etwas sagen?" Selina meldete sich: „Mir hat Florian auch am besten gefallen." „Gut", sagte ich, „dann möchte ich jetzt, dass sich jeweils drei von euch fünf Minuten lang in die Ecke setzen. Ihr müsst niemandem etwas vorspielen, sondern nur versuchen nachzuempfinden, wie es sich anfühlt, wenn man jede Nacht alleine in einer Zelle verbringen muss. Versucht nur das Alleinsein, die Einsamkeit zu spüren. Für euch und nur für euch. Ich werde es hinterher auch nicht kommentieren." Eigentlich hatte ich selbst keine Ahnung, wie es wirklich war, im Knast zu sein, eingesperrt zu sein. Nach dem Unterricht kam Jonas zu mir „Ich glaube, ich habs gecheckt, ich werde mich also künftig ohne Widerrede an ihren Rhythmus halten", sagte er lachend. „Weisst du was, antwortete ich, DAS finde ich voll cool." Wir klatschten uns ab. Bevor ich nach Hause ging, schaute ich noch bei Cathy vorbei. „Ich machs", rief ich ihr zu. „Finde ich gut", antwortete sie, „noch Zeit für ein Feierabendbier?" „Aber nur eines, meine Tochter macht sich nämlich schon Sorgen, dass ich Alkoholikerin werde."

„Na, wenns weiter nichts ist!" sagte Cathy lachend, während sie ihr Büro abschloss. Wir gingen zu Karl. Er hatte eine kleine Kneipe gleich um die Ecke. Clarissa und Sebastian, die beide auch an der Schauspielschule unterrichteten, sassen schon vor ihrem Bier. Wir trafen uns oft bei Karl und redeten mal über den Unterricht, mal über Probleme der StudentInnen, mal über ein Theaterstück, oder ganz einfach über unsere Familien oder den nächsten Urlaub. Ich erzählte ihnen von meiner Impro. „Nun", sagte Cathy, „die Ungeduld der jungen Leute ist manchmal echt mühsam, aber gleichzeitig sooo verständlich." Sie fing an über ihre Zeit in der Schauspielschule zu erzählen und jeder von uns hatte eine kleine Anekdote zu diesem Thema. Als ich meine Zeche bezahlen wollte, stellte Karl uns allen ein weiteres Bier auf den Tisch mit dem knappen Satz: „Runde aufs Haus!" Ichverbrachte noch eine weitere halbe Stunde mit meinen Kollegen, bevor ich mich eiligst auf den Heimweg machte. In der Hoffnung, dass Lena noch nicht zu Hause war und mir genügend Zeit blieb, ihr eine Stulle zu streichen, hetzte ich in die Wohnung, die glücklicherweise noch leer war. Nach einer halben Stunde, der Tisch war gedeckt, die Brote vorbereitet, die Zähne geputzt, damit mein Atem nicht meinen Alkoholkonsum verriet, surrte mein Handy: Esse heute bei Paula. Kuss Lena.

Na toll!

4

Zwei Wochen später sass ich im Nahverkehrszug nach Schwarzheim. Ich hatte mein erstes Gespräch mit der Gefängnisleiterin und war nun doch etwas aufgeregt. „Noch frei?", fragte mich ein älterer Mann mit einem grossen, zottligen Hund. Mit einem „Ja, klar" rückte ich etwas näher zum Fenster. Das Abteil nebenan, ja der ganze Wagen waren vollkommen leer. Warum musste er sich mit seinem Zottelbären gerade hierhin setzen? Die Antwort liess nicht lange auf sich warten. Er hatte Redebedarf. „Na, junge Frau, wo solls denn hingehen?" „Schwarzheim", sagte ich mürrisch, in der Hoffnung, damit zu signalisieren, dass ich meine Ruhe haben wollte. Er schien es nicht zu bemerken. „Jemanden besuchen? Oder selbst einen Kuraufenthalt gebucht?", fragte er lachend und ohne meine Antwort abzuwarten fuhr er fort, „das ist Zottel und ich bin der Sepp. Wissen Se, gnädiges Fräulein, ich bin ja der direkte Nachbar von dem Knast. Also zwischen meinem Hof und dem Knast liegen zwar gute fünf Kilometer, aber dazwischen ist das reine Nichts!" Es folgte eine ausführliche Erzählung über seinen Bauernhof, der seit fünf Jahren, seit dem Tod seiner herzensguten Gemahlin, nur noch aus zwei Kühen, einer Katze, dem Hund und sieben Hühnern bestand. Früher, ja früher hatte er einen riesigen Hof mit Milchwirtschaft und Schweinen. Er beschäftigte einst zwei Knechte und tagsüber durfte er immer in Schwarzheim eine der Insassinnen holen, die seiner Frau zur Hand ging. „Ich kann Ihnen sagen, das waren ganz patente Frauenzimmer. Es hat uns nie interessiert, was die ausgefressen hatten, ob Diebin,

Betrügerin, gar Mörderin, Hauptsache sie konnten vernünftig zupacken. Maria zum Beispiel, die hatte herausgefunden, dass ihr Mann sie betrogen hatte. Sie hat nicht lange gefackelt und ihn mit dem Küchenmesser kalt gemacht. Aber ich sage Ihnen, die konnte arbeiten, es war eine Freude." „Nächster Halt Schwarzheim." Die Stimme aus dem Lautsprecher war meine Erlösung. Schnell stand ich auf! „Ich muss erst die nächste raus! War nett, mit Ihnen zu plaudern!" Stumm nickte ich ihm zu. Draussen wehte ein warmer zarter Sommerwind. Als der Zug sich wieder in Bewegung setzte, winkte mir der alte Mann lächelnd zu und Zottel drückte seine Nase an die Fensterscheibe.

H meldete sich: „Du warst ja nicht gerade sehr freundlich."
V: „Er hätte merken müssen, dass er stört."
Ich ignorierte beide.

Soweit mein Auge reichte, waren nur Felder zu sehen, und in etwa 500 Metern Entfernung erhob sich ein graues, grosses Gebäude. Es erinnerte mich an eine Kinderzeichnung von Lena. Alles grün und mittendrin ein grosses, graues Haus. „Da möchte ich mal wohnen." „Ach ja", antwortete ich damals, „und mit wem möchtest du mal da wohnen?" „Mit einem Pferd, einem Huhn, einem grossen Hund und einem Äffchen." Sie hatte gerade ihre Pippi Langstrumpf-Phase. „Und mit der Mama", sagte ich. „Nö", erwiderte sie, „du kannst da nicht wohnen, du willst ja keinen Hund." Ich hätte den Alten mit Zottel fragen sollen, ob er noch ein Zimmer frei hat.

Als ich näherkam, bemerkte ich, dass sich hinter dem Haus weitere kleinere Gebäude befanden. Das ganze Areal war von einem hohen Zaun umgeben. Nachdem ich geklingelt hatte, tönte eine blecherne Stimme aus einem Lautsprecher neben der Türe. „Wer da!" „Claudia Schneider", sagte ich, „ich habe einen Termin bei der Gefängnisleiterin, Frau Hartmann." „Personalausweis in die Kamera", dröhnte es militärisch. Nachdem ich das getan hatte, ertönte ein Summen und die schwere Metalltüre sprang auf. Eine grosse, breitschultrige Frau, die offensichtlich zur Stimme aus dem Lautsprecher gehörte, erwartete mich bereits. „Hallo, mein Name ist Claudia Schneider", sagte ich. Sie ignorierte meine ausgestreckte Hand und drehte sich um mit den Worten: „Folgen Sie mir, Claudia Schneider!" Im Innern des Hauses roch es klinisch sauber. Über eine grosse Treppe gelangten wir in den zweiten Stock des Gebäudes. Die Wucht von einer Frau blieb vor einer Tür stehen, klopfte, öffnete sie und sagte nur: „Die Schneider." Eine zarte, fast mädchenhafte Stimme erwiderte: „Danke Rita! Bitte kommen Sie doch herein Frau Schneider." Hinter einem mächtigen Schreibtisch sass eine zierliche Frau mittleren Alters. Sie stand sogleich auf und kam mir lächelnd entgegen. „Sie müssen Rita entschuldigen, sie hat ihren eigenen Charme. Sie ist eine Insassin, bereits seit neun Jahren hier und hat es sich zur Aufgabe gemacht, mich zu unterstützen und vor allem zu beschützen. Aber bitte, setzen Sie sich doch." Durch eine kurze Einführung erfuhr ich, dass das Gefängnis 80 Frauen aufnehmen konnte. Im Moment waren es 68. Es gab den offenen und geschlossenen Vollzug, in denen die Frauen in kleinen Wohngruppen lebten. Nachts waren alle in ihren Zellen eingeschlossen. Tagsüber arbeiteten sie in den betriebseigenen Abteilungen wie etwa in der Wäscherei, dem Biogarten, dem Packwerk, der Hauswirtschaft. Es gab eine kleine Schreinerei sowie eine Schneiderei. Man konnte eine Lehre oder auch ein Fernstudium absolvieren. Die Betreuungspersonen waren Sozialarbeiter, Psychologen, Psychiater, Polizisten, Pflegefachpersonen, und Fachlehrer. Es gab auch eine Mutter-Kind-Station für Mütter mit Kleinkindern bis zu drei Jahren, die im Moment allerdings nicht besetzt war. In der Freizeit gab es sportliche Angebote, einen Fitnessraum, Sportstage, es gab eine Bibliothek, es wurden Filmabende veranstaltet und dreimal im Jahr fand ein Discoabend statt. Gemeinschaftsräume für Spiele standen zur Verfügung. Das Angebot war recht gross. „Nur etwas Kulturelles gibt es bisher nicht. Daher kam uns die Idee für eine Theatergruppe. Sollte sich dies bewähren, hätte ich auch den Wunsch für ein kleines Orchester, oder eine Band. Aber das ist im wahrsten Sinne des Wortes noch Zukunftsmusik. Ach übrigens, wollen wir uns nicht duzen? Ich bin..." Sie wurde durch lautes Geschrei von draussen unterbrochen. Die eine der beiden Stimmen glaubte ich Rita zuordnen zu können. Frau Hartmann stand auf und in diesem Moment änderte sich ihre ganze Körperhaltung. Da war nichts Zierliches mehr. Man konnte die Energie und Kraft, die von ihr ausging, spüren. „Entschuldigen Sie mich kurz", sagte sie knapp und öffnete die Tür. Es kehrte sofort Ruhe ein. Nur wenige Minuten später kam sie wieder zurück. „Nun, mein Name ist Julia. Ist es dir recht, wenn wir uns duzen?" Nach meiner Zustimmung fuhr sie fort: „Das Interesse für den Theaterkurs ist sehr gross. Ich dachte, wir starten mal mit acht Insassinnen. Ich habe dir eine Gruppe zusammengestellt von Frauen mit den verschiedensten Delikten von Kleinkriminalität bis zu schweren Verbrechen. Es sind jedoch alles Frauen, die sich sehr gut integriert haben. Natürlich wird auch eine Aufsichtsperson jeweils anwesend sein. Jeder Raum ist mit einer Notfallklingel ausgestattet und du bekommst einen Pfefferspray für alle Fälle." Nun wurde mir doch etwas mulmig zumute. Hatte ich das Ganze überschätzt? Sie schien meine Unsicherheit zu bemerken. „Ich denke nicht, dass das alles nötig sein wird, aber ich möchte, dass du dich sicher fühlst", fuhr sie fort. „Weisst du, eigentlich sind das alles ganz normale Frauen, die einfach einmal einen Fehler gemacht haben, sei es, dass sie zum falschen Zeitpunkt am falschen Ort waren, sei es, dass sie an die falschen Leute gelangt sind, oder dass ihnen einfach mal die Sicherung durchgebrannt ist. Wenn du willst, kannst du ihre Akten einsehen. Du müsstest sie aber hier lesen, ich darf sie dir nicht mitgeben." Ich zögerte, doch dann erklärte ich ihr, dass ich das im Moment nicht wollte. Das Wissen um die Verfehlungen der Frauen sollte mich in keiner Weise beeinflussen. Ich wollte allen Frauen möglichst neutral begegnen. Julia schien das sehr zu begrüssen. Danach machten wir einen Rundgang durch das Areal. Julia zeigte mir die verschiedenen Räumlichkeiten, die Werkstätten, die Aufenthaltsräume, die Wäscherei, die Küche, den Besucherraum und die Aula, die ich benutzen konnte. Sie fragte mich, wie ich meinen Kurs aufbauen wollte. „Mit Entspannungs- und Konzentrationsübungen, mit Improvisationen und zum Schluss vielleicht mit einer kleinen Vorführung, wenn dir das recht ist", antwortete ich. Sie klatschte in die Hände: „Das wäre grossartig", sagte sie erfreut. „Vielleicht könnt ihr dann zur gegebenen Zeit in der Schreinerei ein Bühnenbild bauen." „Ja", sagte sie begeistert, „und in der Schneiderei können die Insassinnen

Kostüme schneidern...und wir können Requisiten basteln." Sie sprudelte förmlich über vor Begeisterung. „Ich will dich ja nicht ausbremsen", erwiderte ich lachend, „aber es wird wohl eine Weile dauern, bis wir so weit sind." „Klar, kein Problem, wir haben Zeit!" fügte sie mit einem Augenzwinkern hinzu. „Denkst du, es wird möglich sein, dass die Kursteilnehmerinnen als Belohnung auch jemanden von ausserhalb des Gefängnisses zur Aufführung einladen können?", fragte ich noch. „Das ist eine Überlegung wert", antwortete sie, „am besten werden wir zwei Aufführungen machen. Eine für die Insassinnen und eine für Verwandte, Freunde, Sponsoren und Politiker. Das wird grossartig." Sie zeigte mir noch eine der Wohngruppen mit sechs Frauen. Jede hatte ihre kleine Zelle. Auf etwa zehn Quadratmetern stand ein Bett, ein Schrank und ein kleiner Tisch. An der Wand hing ein winziger Fernseher und in der Ecke stand eine Toilette. „Die ist nur für die Nacht", sagte sie, als sie meinen wahrscheinlich etwas angewiderten Blick sah. Die Fenster waren vergittert. Für jede Wohngruppe gab es zwei Badezimmer und eine kleine Wohnküche. Auf dem Korridor war ein Telefon, das man mit einer Karte, die man käuflich erwerben musste, benutzen konnte. Die Frauen frühstückten in ihrer Gruppe. Mittag- und Abendessen nahmen sie gemeinsam in der Kantine ein. Es war überall sehr ordentlich. Draussen zeigte mir Julia noch das Gelände für Sport und den Gemüsegarten, in dem ein paar Frauen arbeiteten. „Es ist so friedlich hier", entfuhr es mir plötzlich. „Nun", sagte sie, „wir versuchen alle das Zusammenleben so entspannt wie möglich zu gestalten. Es gelingt allerdings nicht immer, denn die Frauen stehen zum

Teil unter einem enormen Druck." „Wie steht es eigentlich mit Drogen?", wollte ich noch wissen. Man hörte doch immer wieder, dass in Gefängnissen der Drogenhandel florierte. „Nun, es ist bestimmt nicht so, wie wir es aus Filmen und Krimis kennen. Natürlich gibt es auch bei uns immer wieder Versuche, Drogen hineinzuschmuggeln. Es hält sich aber in Grenzen. Den letzten Fall hatten wir vor über einem halben Jahr. Die Frauen wissen, dass ich in dieser Beziehung ausnahmslos sehr streng bin und ihnen ein bis drei Wochen Einzelhaft drohen, wenn sie mit Drogen erwischt werden. Wir haben im Moment zwölf Frauen, die unter strenger Kontrolle in einem Methadonprogramm sind." Wir verabredeten noch, dass ich den Kurs in zwei Wochen beginnen würde. Er sollte jeweils am Samstagnachmittag stattfinden. Das kam mir sehr entgegen, da es meine sonstigen Tätigkeiten nicht tangieren würde.

Auf dem Weg zum Bahnhof überkam mich ein beinahe euphorisches Gefühl. Ich freute mich auf diese Arbeit. Ich wünschte mir in diesem Moment beinahe, dass der alte Mann mit Zottel mich auf meiner Heimfahrt begleiten würde. Natürlich war er nirgends zu sehen. Der Zug war kaum besetzt. Ausser einem jungen Mann, aus dessen Kopfhörer die Bässe einer wilden Musik dröhnten, war nichts und niemand zu hören.

Als ich zuhause ankam, sass Lena an ihren Hausaufgaben. „Alles klar?», fragte ich sie, «oder brauchst du Unterstützung?" „Jaha", kam es mürrisch zurück, „Das ist alles so eine unnötige Scheisse." „Lena bitte! Was machst du denn?" „Na was wohl, Mathe." Ich konnte nun ihren vorherigen Ausbruch verstehen, liess mir aber nichts anmerken. Zusammen mit Gevatter Google und dem Buch Mathematik für Dummies verbrachten wir die darauffolgende Stunde. Als ich endlich einen Lösungsweg gefunden hatte und das Ergebnis wieder nicht stimmte, entfuhr auch mir der hochstehende Satz: „Was für eine unnötige Scheisse." „Sag ich doch," antwortete Lena trocken, „sowas brauche ich doch nie wieder in meinem Leben. Kannst du mir vielleicht sagen, warum ich das können muss?" „Nee, kann ich nicht. Aber ich kann dir sagen, was du machen musst. Du rufst jetzt Carmela aus deiner Klasse an, euer Rechengenie." „Hätte ich das mal vor einer Stunde gemacht, aber du dachtest ja, wir schaffen das." Mit einem: „Sorry, mein Schatz, kommt nicht wieder vor" verliess ich schnell ihr Zimmer. Bereits zehn Minuten später stand sie wieder vor mir. „Mensch Mama, das war ganz einfach. Mathe ist ja nun wirklich nicht deine Stärke." Ich musste lachen. „Wie war es eigentlich bei den Knastis?" „Lena", sagte ich nun bestimmt, „ich möchte nicht, dass du so von diesen Frauen sprichst." Dann erzählte ich ihr von meinen Eindrücken. „Es gibt da allerdings noch etwas!" sagte ich zum Schluss, «der Kurs findet am Samstagnachmittag statt. Das bedeutet, dass du dann allein bist." „Nicht dein ernst, Mama, das heisst, dass wir nie mehr samstags shoppen gehen können, so wie wir das jede Woche gemacht haben?" Beleidigt stand sie auf. „Aber wir waren samstags doch noch nie shoppen", erwiderte ich etwas verwirrt. Sie grinste mich an. „Eben!" Das Kissen, das ich nach ihr warf, verfehlte sie nur wenig. Sie kam zu mir zurück, gab mir einen Kuss und sagte: „Ich bin doch schon richtig gross, Mama. Finde ich grossartig, dass du das machst."

Die Woche ging ruhig und ohne weitere mathematischen Zwischenfälle zu Ende. Am Samstag erreichte mich eine SMS von Anna aus unserem neuen Gruppenchat: „Also, Mädels, sollte ja nichts vorwegnehmen, aber denke, es ist doch besser, euch zu warnen. Wohne in Schlagdorf auf einem Bauernhof. Erwähne das nur, damit ihr euch auch entsprechend kleidet. Highheels sind nicht von Vorteil. Vom Hauptbahnhof erreicht ihr Schlagdorf mit der S12 in 25 Minuten. Abfahrt 19:23 Uhr. Hole euch am Bahnhof ab. Denke, es ist besser, wenn ihr mit dem Zug kommt, denn auch auf dem Bauernhof gibt es Alkohol. Natürlich nicht so ein vornehmes Gesöff wie bei Bylle. Bis Montag in ner Woche. Dicker Kuss Anna (oder Kuss, dicke Anna)" Bylle antwortete sofort: „Mensch Anna, du bist ja wirklich ne Nummer. Mädels, wir treffen uns um 19:15 auf dem Bahnsteig. Freue mich. Kuss Bylle ohne Brille, mit vornehmem Gesöff!!"

5

Wir sassen alle schon im Zug, alle bis auf Bylle, als der Bahnhofvorsteher seinen lauten Pfiff vernehmen liess. „Kam Bylle nicht schon in der Schule immer zu spät?", fragte Simone mit einem leicht genervten Unterton. „Bin schon da!" dröhnte es laut schnaufend durch den ganzen Waggon, als sich der Zug gerade in Bewegung setzte. Mit einem: „Na, hat doch prima geklappt!", liess sie sich erschöpft neben mir auf die Sitzbank plumpsen. Wir mussten alle lachen, sogar Simone. Beate rutschte unruhig auf ihrem Platz hin und her, dabei berührte sie immer wieder Simones linkes Bein. „Sag mal, kannst du mal stillhalten!", fuhr diese sie an. „Ich muss euch jetzt einfach was verraten. Ich weiss, dass ich es nicht tun sollte, aber es muss raus." „Du darfst nichts von deiner Lebensgeschichte erzählen, das weisst du doch. Oder?", sagte Bylle streng. „Es geht auch nicht um mich!" Sie sah mich an und es platzte förmlich aus ihr raus: „Ich habe dich im Fernsehen gesehen." „Was!" „Nein!" „Ehrlich!" „Claudi!" „Wo?" „Was? In einem Film?" „Das gibt's doch nicht!" „Unsere Claudi ein Star!" schnatterte es aus den vier Frauenmündern. „Nun mal ganz langsam", sagte ich ruhig, „Also gut, soviel sei schon mal verraten: ja, ich bin Schauspielerin. Und ok, ich habe auch in drei Filmen mitgespielt, aber das ist schon lange her. Ein Star bin ich deswegen noch lange nicht. Und jetzt beruhigt euch wieder, alles andere werdet ihr erfahren, wenn ihr bei mir seid!" „Ok, du kommst als nächste dran", sagte Bylle entschieden und die anderen nickten zustimmend. Super, das habe ich jetzt davon, dachte ich und sagte laut: „Geht klar." Eine ungewohnte Ruhe schwebte nun durch unser Abteil. Alle schauten mich erwartungsvoll an. Sie hofften wahrscheinlich, dass ich nun doch etwas erzählen würde. Ich schaute angestrengt zum Fenster hinaus. Es war wiederum ein schöner Sommerabend. „Ich liebe diese Sommerabende. Und Ihr?", fragte ich etwas unbeholfen in die Stille. Das Eis war gebrochen und das Geschnatter ging wieder los. Man erwähnte ohne konkret zu werden kühle Drinks in warmen Nächten, wilde OpenAir Konzerte, Lagerfeuer, bis Beate plötzlich sagte: „Und heisser Sex am Strand. Das muss wunderbar sein. Leider habe ich es nie erlebt." „Vergiss es", rief Bylle, „Der Sand klebt überall, in jeder noch so kleinen Ritze." „Erzähl", sagte Beate lachend, „du darfst ja erzählen." „Ich weiss nicht, ob ich das wirklich wissen will," mischte sich Simone ein. Beate warf einen genervten Blick nach oben und Simone fügte nach einer kleinen Pause hinzu: „Na schön, dann erzähl schon!" „Och, da gibt es nicht viel zu erzählen. Es war in meiner Pariser Zeit. Mit Jerôme und seiner Gruppe. Sie alle wollten Gruppensex am Strand. Ich wollte meinen Liebsten eigentlich mit niemandem teilen. Am Anfang habe ich noch mitgemacht, aber dann wurde es mir plötzlich zu viel. Überall diese Fummeleien, überall irgendwelche Körperteile." „Ich denke, es reicht jetzt", unterbrach sie Simone. „Schlagdorf" die Stimme aus dem Lautsprecher ersparte uns weitere Details aus Bylles Liebesleben.

Anna erwartete uns vor dem Bahnhofsgebäude. Neben ihr stand eine Pferdekutsche, die eindeutig zu ihr gehörte. Wir stürmten alle begeistert auf sie zu, umarmten sie und beteuerten ihr, wie wundervoll die Idee mit der Kutsche sei. „Und Beate?", fragte Anna, „Habt ihr sie nicht mitgebracht." „Eben war sie noch da", antwortete Bylle. Wir schauten uns um. Sie stand bei den Pferden und streichelte sie. Sie hatte ein Strahlen in den Augen. „Ich hatte auch einmal ein Pferd", sagte sie glücklich, als sie unsere erstaunten Blicke sah. „Na, dann steigt mal ein, Ladies. Wer von Euch möchte zu mir auf den Kutschbock?" Die Frage erübrigte sich, denn Beate hatte den Platz bereits eingenommen. Wir fuhren etwa eine halbe Stunde über Wald- und Feldwege. Wir genossen die Landschaft und die Kutschfahrt und für einmal waren wir alle ziemlich sprachlos. Dann sahen wir in der Ferne einen Bauernhof, der von Weiden und Pferdekoppeln umgeben war. „Ich dachte, wir bleiben draussen", sagte Anna, als sie vom Kutschbock stieg. „Ihr könnt euch natürlich zuerst umsehen und kurz zu den Tieren gehen." Wir machten einen Rundgang durch die Ställe. Im ersten Gebäude waren die Pferde untergebracht. Es waren zwölf Stuten, vier davon hatten ein Fohlen, dazu gesellte sich ein Hengst. „Na der hat vielleicht ein schönes Leben", entfuhr es Bylle und erhielt von Simone auch gleich einen genervten Blick. Die Tiere waren alle wunderschön und gut gepflegt. Der zweite Stall gehörte den Kühen. Sechs schwarz-weiss gefleckte, erwachsene Tiere und drei Kälber waren in dem Freilaufstall und blickten uns mit erstaunten Augen an. „Wir sind ein Biounternehmen", sagte Anna, die sich nun auch zu uns gesellt hatte. „Aber nun lasst uns hinters Haus gehen, dort ist alles vorbereitet." „Das ist ja hier wie im Urlaub", bemerkte ich, nachdem wir uns an einen Tisch gesetzt hatten, auf dem eine Karaffe mit Rotwein und eine Platte mit Käse stand. „Ja", lachte Anna, „und wenn ich zu euch in die Stadt komme, dann ist das für mich wie eine

Städtereise." Ein kleiner Junge hatte sich in der Zwischenzeit an den Tisch geschlichen. Er musste etwa drei Jahre alt sein. Er ging zu Simone, nahm ihre Hand und flüsterte ihr zu: „Komm, ich will dir was zeigen." Unsicher schaute Simone in die Runde. Anna nickte ihr lächelnd zu, worauf sie ungelenk aufstand und sich von dem Jungen entführen liess. Wir wussten ja noch nichts über Simone, aber anscheinend war sie den Umgang mit Kindern nicht gewohnt. Als die beiden verschwunden waren, sagte Beate plötzlich: „Seid doch mal ruhig." Wir schwiegen alle und schauten in die Unendlichkeit der Landschaft. Hinter den Feldern und Wäldern, die uns umgaben, sah man in weiter Ferne verschiedene Hügel, die in der Abendsonne golden glänzten. Kein einziges Haus war zu sehen. „Hört ihr diese Stille?", flüsterte Beate. Bylle grinste: „Wie bitte kann man Stille hören." „Ach Bylle", Beates Stimme klang etwas enttäuscht, „sei doch bitte nicht albern." Wir schwiegen nochmals eine ganze Weile, bevor uns eine kraftvolles „Hallo" in die Wirklichkeit zurückholte. Vor uns stand ein Bär von einem Mann. Gross, braungebrannt, breite Schultern, eine Mischung aus Bruno Gans als Alpöhi und George Cloony. „Das also sind die Glorreichen vier…aber Moment mal, waren es nicht sieben?", sagte er mit einem breiten Lächeln. „Tja", lachte Anna, „eine ist schon von unserem kleinen Ungeheuer entführt worden, eine andere lebt in Amerika und Susanne ist verschwunden. Das hier sind Sibylle, Claudia und Beate." „Freut mich, Ladies. Ich bin der Jürgen, der glückliche Ehemann dieser wundervollen Frau." Er küsste sie auf die Schultern. „Ich bin auch schon weg. Ich wünsche euch einen wunderschönen Abend." Kurze Zeit später tauchte Simone mit dem Jungen auf, der, wie wir in der Zwischenzeit erfahren hatten, Jens hiess. Simones Augen strahlten. Sie hielt einen kleinen Fellknäuel auf dem Arm, das sich bei genauerem Hinschauen als junges Kätzchen entpuppte. „Dein Mann hat mir gesagt, ich darf sie behalten", sagte Simone zu Anna. „Das kannst du gerne", antwortete Anna, „wenn du das willst." Simone nickte mit leuchtenden Augen. „Es ist allerdings noch etwas zu früh, sie von der Mutter zu trennen, aber bis in drei Wochen kann man sie hier abholen. Wenn sonst noch jemand eine will, wir haben sieben Jungkatzen zu vergeben. Aber bitte, überlegt es euch gut. Und wer allein wohnt, sollte ein Pärchen nehmen. So, und du, mein Schatz, verabschiedest dich nun von meinen Freundinnen." Jens winkte uns allen zu, ging zu Simone und drückte ihr einen Kuss auf die Wange. War das etwa eine Träne, die ich in Simones rechtem Auge glitzern sah? „Und sag Opa, er soll dir noch die Zähne putzen." „Opa?", fragte Bylle verwundert, „der Kleine ist also euer Enkel?" „Ja, stellt euch vor, ich bin tatsächlich schon Grossmutter. Jens Eltern machen ein paar Tage Urlaub und dann kommt der Kleine jeweils zu uns auf den Hof. Jürgen ist ganz vernarrt in ihn. Die beiden sind ein Herz und eine Seele", rief sie strahlend. „Du scheinst ja wirklich das grosse Los gezogen zu haben", meldete sich Beate. „Nun ja, es war nicht immer einfach." Und Anna fing an uns ihre Geschichte zu erzählen.

Nach dem Abitur begann sie mit dem Sportstudium. Daneben trainierte sie in Leichtathletik mit dem Ziel, an internationalen Wettkämpfen teilnehmen zu können. Die Landesmeisterschaften standen kurz bevor und Anna knackte im Training bereits dreimal den Landesrekord im

200 Meterlauf. Damit war ihr ein Platz auf der Medaillentreppe sowie eine Teilnahme an den Olympischen Spielen so gut wie sicher. Dann ein Unfall. „Ich kann euch nicht sagen, was und wie es passiert ist. Ich bin einfach die Treppe in unserem Haus hinuntergestürzt. Zufall, Schicksal, ich weiss es nicht." Das rechte Bein war gebrochen und damit war der Traum einer Meisterschaft oder gar der Olympischen Spiele ausgeträumt. Anna verfiel in eine Depression und schmiss ihr Studium. Nach einem halben Jahr war sie so weit, dass sie sich neu orientieren wollte. Sie begann eine Ausbildung als Sozialarbeiterin. Sie absolvierte ein Praktikum in einer Wohngemeinschaft, in der junge, ehemalige Drogenabhängige zusammenlebten und versuchten wieder in der Arbeitswelt Fuss zu fassen. Sie betreute die jungen Leute, indem Anna sie durch den Alltag begleitete und ihnen half, einen Job oder eine Lehrstelle zu bekommen. Es war nicht einfach Betriebe zu finden, die bereit waren, diesen Menschen eine Chance zu geben. Einer der Bewohner hatte eine Arbeit auf einem Bauernhof gefunden. Als sie ihn eines Tages dort besuchte, lernte sie den Jungbauern Jürgen kennen. Es war Liebe auf den ersten Blick. „Ich dachte ja immer, sowas gibt es nur im Film, aber, was soll ich sagen, mir ist es wirklich passiert." Anna verbrachte ihre ganze Freizeit auf dem Hof und nachdem sie ihre Ausbildung abgeschlossen hatte, heirateten die beiden. Es war ein kleiner Biobauernhof mit Milchwirtschaft. Obwohl auch Jürgens Eltern noch mithalfen, arbeiteten sie von Frühjahr bis Spätherbst mindestens zwölf Stunden täglich, was sich jedoch kaum auszahlte. „Wir waren zwar glücklich, fanden aber kaum Zeit, unser Glück zu geniessen." Die Felder wurden mit

Pferden bestellt. Eines Tages kamen sie auf die Idee, Kutschenfahrten anzubieten. Die Nachfrage war gross, da ihr Hof von der Stadt aus gut und schnell zu erreichen ist. Irgendwann fragte sie ein Gast, ob sie auch Ponys in Pension aufnehmen würden. Er wollte seiner Tochter ein Pony schenken, hatte aber keinen Stall, wo er es unterbringen konnte. Da sie noch eine freie Boxe im Pferdestall hatten, willigten sie ein. Die Kleine kam oft mit ihrer Mutter, mit der sich Anna auf Anhieb verstand. „Sie hatte die Idee einer Pferdezucht. Wir fingen an Pläne zu schmieden. Am Anfang war das für mich alles ein utopisches Spiel. Als sie mir dann den Vorschlag unterbreitete, als Investorin miteinzusteigen, wurde es für mich immer konkreter. Aber wie sollte ich Jürgen davon überzeugen? Hinzu kam, dass ich bereits mit unserem zweiten Kind schwanger war." Im nächsten Winter, das zweite Kind war gerade geboren, fiel eine Unmenge von Schnee. Nach der Schmelze war klar, dass das Dach des Kuhstalls grossen Schaden genommen hatte. Jürgen war deprimiert. Woher sollten sie jetzt am Ende des Winters das Geld nehmen. Es reichte gerade für die täglichen Ausgaben. Anna nahm es zum Anlass, ihrem Mann von der Idee mit dem Reiterhof zu erzählen. Eigentlich rechnete sie nicht mit einer Zustimmung, aber zu ihrem grossen Erstaunen wollte er sich die Sache durch den Kopf gehen lassen. Eine Woche später eröffnete er beim Abendessen seinen Eltern, dass sie neue Wege gehen und auf Pferdezucht mit Reiterhof umsatteln wollten. „Meinem Schwiegervater blieb förmlich der Bissen im Hals stecken", erzählte Anna weiter, „Seid ihr denn vollkommen übergeschnappt, so ein neumoderner Unsinn kommt mir nicht auf den Hof, rief er und verliess polternd unser Haus. Meine Schwiegermutter beruhigte uns und versicherte, dass er sich wieder beruhigen würde. Nun, das dauerte allerdings zwei Jahre." Dank der Investorin bekamen sie einen Kredit von der Bank. Jürgen wollte all seine Schulden innerhalb von zehn Jahren abzahlen. Ein Jahr später war ein neuer Pferdestall gebaut und eine der drei Stuten, die sie gekauft hatten, war schon trächtig. Anna machte die Prüfung zur Reitlehrerin. Sie nahmen Pferde in Pension, gaben Reitstunden und züchteten Tiere. „All unsere Schulden waren wirklich nach zehn Jahren getilgt. Wir konnten einen Stallburschen anstellen und sogar das erste Mal mit unseren Kindern in den Urlaub fahren." Vor acht Jahren bauten sie das Bauernhaus um. Jürgens Eltern, die bis dahin mit ihnen auf dem Hof gelebt hatten, mieteten sich eine Wohnung in der Alterssiedlung im Dorf. Ihre Wohnung wurde frisch renoviert und konnte für Ferien auf dem Bauernhof gemietet werden. „Ach ja?", Beate klatschte in die Hände, „Da werde ich mich doch glatt mal anmelden." „Und die Kühe?", fragte Bylle. „Nun ja, das liebe Rindvieh", lachte Anna verschmitzt, „das ist Jürgens Hobby. Wir haben den Bestand zwar reduziert, aber ganz darauf verzichten wollte Jürgen nicht. Er ist mit Kühen aufgewachsen. Und es hat auch etwas sehr Positives. Wir haben immer frische Milch und guten Käse, den er übrigens selbst produziert. Wie ich sehe, schmeckt er euch." Wir hatten bereits den ganzen Käse weggeputzt und nickten alle begeistert. Anna erzählte uns auch von ihren Kindern. Es waren vier an der Zahl, drei Jungs und ein Mädchen. Leo, der Älteste war Anwalt, Ruben, der Zweite Zimmermann, Philippe hatte eine Zahnarztpraxis und

Marion, die Jüngste, studierte Agrarwirtschaft. „Sie möchte nach dem Studium bei uns mit einsteigen und den Hof irgendwann übernehmen", erzählte Anna glücklich, „Und ich bin bereits zweifache Grossmutter. Unseren ältesten Enkel habt ihr ja bereits kennengelernt. Tja, das ist so in Kürze meine Geschichte, die eine ganz andere Wendung genommen hat als einst geplant. Es war bis jetzt ein anstrengendes, aber glückliches Leben und ich bin mir nicht sicher, ob mir damals auf der Treppe irgendjemand, der es gut mit mir meinte, einen Schubs gegeben hat." Mir war klar geworden, was diese Frau alles geleistet hatte und ich schaute bewundernd in ihre strahlenden Augen. Für kurze Zeit war es ganz still geworden und wir blickten alle in die schöne Landschaft, über die sich eine zarte Dunkelheit gelegt hatte. Bylle stand plötzlich auf, ging zu Anna, nahm sie in die Arme und sagte: „Das hast du alles toll gemacht. Danke für deine Geschichte." Wir klatschten alle zustimmend in die Hände. Jürgen brachte eine weitere Platte mit Käse, wofür wir ihn alle sehr lobten und zusammen mit einem Glas Wein liessen wir den gemütlichen Abend ausklingen. Kurz vor Mitternacht tauchte Jürgen nochmals auf. Er trug bereits seinen Schlafanzug mit Gummistiefeln und sagte, dass er uns nun zum Bahnhof fahren würde, da der letzte Zug in einer halben Stunde diesen idyllischen Ort verlassen würde. Inzwischen war es dunkle Nacht geworden. „Wie schön es bei Anna ist," sagte Bylle auf der Heimfahrt. Wir nickten alle müde und zufrieden.

6

Am darauffolgenden Samstag machte ich mich auf den Weg nach Schwarzheim. Ich war sehr aufgeregt. Ob ich dieser Aufgabe wirklich gewachsen war? Wie traten die Frauen mir wohl gegenüber? Als ich um 14 Uhr klingelte, sprang die Türe sofort auf. Rita erwartete mich bereits. „Ich bin…" „Weiss schon", unterbrach sie mich ruppig, „Die Schneider. Frau Doktor Hartmann erwartet Sie bereits." „Claudia, wie schön dich zu sehen", empfing mich Frau Julia Hartmann herzlich. Sie strahlte eine Ruhe aus, die sich sogleich auf mich übertrug. „Die Frauen sind schon ganz aufgeregt. Und wie fühlst du dich?", fragte sie mich. „Nun", entgegnete ich, „der Adrenalinspiegel steigt etwas, aber es ist eine freudige Nervosität." Julia begleitete mich noch bis zur Aula. Dort erwartete uns bereits eine Frau in Uniform. „Das ist Ursula. Sie war vor 15 Jahren wegen eines Drogendeliktes selbst hier inhaftiert. Vor acht Jahren absolvierte sie im Rahmen eines Programmes zur Wiedereingliederung die Polizeischule und ist nun seit vier Jahren bei uns als Aufsichtsperson. Sie kennt also unsere Institution von beiden Seiten und ist für uns gerade deshalb unersetlich geworden", erklärte Julia mir, indem sie Ursula zuzwinkerte. „Hallo Ursula, ich bin Claudia, freut mich, dich kennenzulernen." Ich streckte ihr meine Hand entgegen. „Und ich freue mich auf deinen Kurs", erwiderte sie mit dunkler Stimme. Julia verabschiedete sich mit den Worten: „Na, dann lass ich euch mal alleine. Ich bin noch im Haus, falls irgendetwas sein sollte." Wir stellten neun Stühle, die an der Wand des Raumes gestapelt waren, zu einem Kreis. Ursula zeigte mir noch den Notfallknopf und gab mir den Pfefferspray. Dankend und zugleich unsicher nahm ich dieses Ding entgegen und steckte es schnell in meine Tasche. Ursula, die mich dabei beobachtete, sagte lachend: „Ich denke nicht, dass du ihn je gebrauchen musst, aber es ist Vorschrift." Kurz vor 15 Uhr hörte man bereits Stimmen vor der Türe. „Sie könnens kaum erwarten, ich bin ja mal gespannt, ob sie nachher auch noch eine so grosse Klappe haben. Soll ich die Bande schon mal reinlassen?" Ich atmete nochmals tief durch und nickte ihr zu. „Na, dann mal rein mit euch, setzt euch und seid ruhig", sagte sie in strengem Ton, als sie die Türe öffnete. Acht Frauen betraten den Raum. Sie waren unterschiedlichen Alters. Als sich alle gesetzt hatten und still waren, sagte ich: „Wir stellen uns alle zuerst mal kurz vor. Mein Name ist Claudia Schneider, ich bin 50 Jahre alt, habe eine Tochter von 16 Jahren. Ich bin alleinerziehend und von Beruf Schauspielerin. Ich unterrichte an einer Schauspielschule und leite Theaterkurse an Schulen. Es ist für mich das erste Mal, dass ich in einem Gefängnis arbeite. Ich freue mich sehr darauf, euch alle kennenzulernen." Allgemeines Gemurmel. Mein zweifaches „Ruhe bitte" zeigte überhaupt keine Wirkung. Unsicher blickte ich mich um. Aus meinem Augenwinkel sah ich, wie Ursula langsam aufstand, die Hand an ihrem Knüppel. Das konnte ich nicht zulassen. Die Unsicherheit wich einer zaghaften Wut. „Ruhe", schrie ich in den Raum. Acht Augenpaare schauten mich erstaunt an. „So geht das nicht. Ich möchte, nein, ich will, dass ihr nur dann redet, wenn ich es euch sage. Disziplin ist sehr wichtig im Theater. Ich versichere euch, dass ihr noch genug sprechen könnt in meinem Kurs. Und jetzt möchte ich, dass mir alle ihren Namen nennen.

Wenn ihr mir sonst etwas von euch erzählen wollt, könnt ihr das gerne tun, müsst aber nicht." Die Frau neben mir blickte zu Boden und sagte leise: „Diana, 37, mehrfacher Diebstahl!" Anscheinend waren sie es gewohnt, sich mit Namen, Alter und ihrem Delikt vorzustellen. Alle Frauen machten es ihr nach. Die fünfte Frau war dick geschminkt mit blond gefärbten Haaren und blauen Strähnen. Kaugummikauend sagte sie: „Ich bin die Sabine, aber alle sagen Lady zu mir von Lady Gaga. Ich bin knackige 22 Jahre alt. Drogendelikte, auf Methadon." „Ok, Lady", antwortete ich, „aber bitte ohne Kaugummi." Ihre Augen blitzten rebellisch auf. Sie machte mit ihrem Kaugummi eine grosse Blase und liess sie knallend zerplatzen. Alle Augen waren erwartungsvoll auf mich gerichtet. Jetzt nur keine Schwäche zeigen, dachte ich und hatte das Gefühl, dass die Luft vibrierte. Ich blickte Lady mit gespielter Ruhe in die Augen. Stille! Ich wartete. Plötzlich raunte eine Stimme, die sich kurz vorher mit Gitte, 42, schwere Körperverletzung, vorgestellt hatte: „Nun mach endlich das Scheissding aus deiner Schnauze, Sabine." „Halt deine Fresse!", kam es aggressiv zurück. Was sollte ich jetzt bloss tun. Während ich überlegte, merkte ich, wie Ursula aufstand. Sie blickte Lady an, die den Kaugummi sofort aus dem Mund nahm. Na super, dachte ich, meine Autorität muss wohl noch wachsen. „Die Gefängnisleitung hat mir mitgeteilt, dass die Nachfrage für den Kurs sehr gross ist. Wenn sich also jemand nicht wohlfühlt oder nicht mitmachen will, kein Problem, eine andere Frau nimmt gerne euren Platz ein. Ihr seid zwar freiwillig hier, aber ihr müsst euch wirklich an meine Anweisungen halten." Bei meinen letzten Worten schaute ich Lady direkt in die

Augen. Sie hielt meinem Blick nicht allzu lange stand, schaute zu Boden und murmelte: „Ok, Schneider, Sie sind der Boss." Ich war überrascht über ihre Aussage und sagte ruhig: „Wunderbar, dann wäre das ja geklärt." Die Letzte in der Vorstellungsrunde war Susa-Maria, 50: „Versuchte Tötung", sagte sie ganz ruhig. Ihr Gesicht kam mir irgendwie bekannt vor, aber ich konnte es nirgendwo zuordnen. „Ihr könnt mich übrigens duzen", fügte ich hinzu, „das ist so üblich im Theater. Unser Ziel ist, dass wir zum Schluss von unserem Kurs eine Aufführung machen. Nebst einer Vorstellung für eure Mitinsassinnen wird es eine zweite Vorführung für externe Leute geben, zu der ihr auch jemanden einladen könnt." Julia hatte mir das vor dem Kurs noch bestätigt, aber ich war mir nun trotzdem nicht sicher, ob ich den Frauen zu diesem Zeitpunkt damit zu viel versprach. Alle fingen an durcheinander zu reden, klatschten sich ab, es war ein freudiger, grosser Tumult. Mit einem lauten: „Ruhe meine Damen" holte ich mir ihre Aufmerksamkeit zurück und siehe da, jetzt funktionierte es gleich beim ersten Mal. Alle setzten sich wieder brav auf ihre Stühle. „Wir werden lange und hart daran arbeiten müssen. Ihr braucht viel Geduld, denn wir werden zuerst viele Basics des Theaters und des Spielens kennenlernen. Es wird Wochen dauern, bis wir so weit sind." „Geht klar, in diesem Fall bleibe ich noch so lange hier", warf Lady ein, was zu einer allgemeinen Belustigung führte. „Das freut mich", sagte ich lachend, „ich denke, wir werden bei der Aufführung mit verschiedenen Texten arbeiten. Wenn ihr einen Wunsch habt, oder gar selbst etwas schreiben möchtet, dann könnt ihr mir das sagen. Es kann ein Monolog, ein Dialog oder auch eine Szene mit mehreren

Personen sein." „Kann ich auch was singen?", fragte Lady. „Nun, eigentlich ist das ja ein Theaterworkshop, aber wenns passt, kannst du auch was singen. Dann wollen wir jetzt aber keine Zeit verlieren und mal anfangen." Ich begann mit Entspannungsübungen und Vertrauensübungen. Nach einer Atemübung schien sich die Atmosphäre zu beruhigen. Dann sollten sie Paare bilden und mit geschlossenen Augen musste sich eine der Frauen durch Befehle der anderen durch den Raum, den ich mit Stühlen verstellt hatte, führen lassen. Einige der Frauen hatten grosse Mühe damit. Dann mussten sie es wiederholen, mussten sich aber dabei an der Hand nehmen und stumm bleiben. Die grosse Gitte flippte aus. „Was soll der Scheiss. Ich bin doch keine Lesbe", rief sie aus. Ich erklärte den Frauen, dass das Vertrauen in die Mitspieler im Theater sehr wichtig sei und dass man seinen Partnern im wahrsten Sinne des Wortes blind vertrauen müsse. „Come on", sprach ich Gitte direkt an, „du schaffst das." Widerwillig und mit verspannter Haltung versuchte sie es. In diesem Moment wurde mir klar, dass ein gutes Stück Arbeit auf mich wartete. Danach mussten sie einen beliebigen Satz mit verschiedenen Emotionen aussprechen. Wir wählten den Satz „Ich mag Karotten". Sie sollten versuchen den Satz liebevoll, lustig, lachend, traurig, weinend auszusprechen. Anfangs waren die Frauen zum grössten Teil noch sehr schüchtern. Die Variante aggressiv schien für die meisten am einfachsten zu sein. Lady tickte förmlich aus und schrie: „Ich mag Karotten, ich mag diese verdammten Scheisskarotten. Nö, ich mag Karotten überhaupt nicht, Karotten sind Scheisse, verfickte Scheisse." Sie tigerte dazu durch den ganzen Raum. Meine

Aufforderung, dass es genug sei, schien sie nicht zu hören. Ich stellte mich ihr einfach in den Weg. Sie stoppte kurz vor mir und erhob die geballte Faust. Ich schaute ihr in die Augen und griff in meiner rechten Jackentasche nach dem Pfefferspray. Plötzlich liess sie ihre Faust wieder fallen und setzte sich auf ihren Stuhl.

Die beiden Stunden vergingen wie im Fluge. „Hey, Claudia, weisst du was, ich komme wieder", sagte Lady zum Schluss und zwinkerte mir zu. Es überkam mich ein unerwartetes Glücksgefühl.

„Na, wie wars?" empfing mich Julia. Ich gab ihr einen kurzen Bericht und erwähnte auch die Intermezzi mit Lady. „Tja", sagte sie, „Die Kleine ist nicht ohne, aber wenn du mal ihr Vertrauen gewonnen hast, dann macht sie alles für dich und anscheinend bist du auf dem besten Weg dazu. Sie hatte eine schwierige Kindheit und lebte immer wieder auf der Strasse."

Der darauffolgende Samstag lief ohne weitere Zwischenfälle ab. Alle bemühten sich, selbst bei den Sprachübungen. Zum Schluss verabschiedete ich jede einzelne. Susa-Maria sagte: „Tschüss Claudi!" Ich stockte. Es fiel mir wie Schuppen von den Augen. Deswegen war sie mir so bekannt vorgekommen. „Susanne?" fragte ich zögernd, doch sie war schon weitergegangen. Sie drehte sich noch einmal um und lächelte mir zu. War das möglich? dachte ich, Susanne aus meiner Klasse, unsere Susanne, was hatte sie gesagt? Susa-Maria, 50, versuchte Tötung. Das Alter stimmte, aber unsere Susanne aus unserer Clique eine Mörderin? „Ich hab da mal son Gedicht geschrieben. Kann ich es das nächste Mal vortragen?" Lady riss mich aus meinen Gedanken. „Wie bitte?", fragte ich, indem mein

Blick immer noch zur Türe ging, durch die Susanne eben verschwunden war. „Was los, haste grad nen Geist gesehen?" „Ich glaube ja", murmelte ich gedankenverloren. „Wat, wegen der Susa?", schnatterte sie weiter, „keene Angst, Bro, die hat zwar einen kalt gemacht, aber eigentlich ist die echt in Ordnung. Schwör, vor der brauchste keene Angst nicht haben. Und sonst ist immer noch Lady hier, die kann dich beschützen." „Das ist schön", sagte ich lächelnd, „aber ich habe keine Angst und ich bin auch nicht dein Bro, sondern die Claudia. Aber du hast mich gerade etwas gefragt." Ich versicherte ihr, dass ich es sogar sehr schön fände, wenn sie uns ihr Gedicht vortragen würde. Ich musste unbedingt Julia fragen, wer Susa-Maria wirklich war, dachte ich, nachdem alle gegangen waren und sich die Aufsichtsperson auch verabschiedet hatte. Vor dem Zimmer wartete bereits Rita auf mich. „Hallo Schneider, Frau Doktor Hartmann ist bereits weg, ich bring Sie raus." So musste ich meine Neugier, was Susanne betraf, eine Woche zügeln.

Am nächsten Samstag ging ich vor meinem Kurs zu Julia, erzählte ihr von der Begegnung mit Susanne und fragte sie, ob es ok wäre, wenn ich mich mit ihr nach dem Unterricht noch etwas unterhalten würde. „Wenn Susa-Maria damit einverstanden ist. Ich würde aber nur kurz mit ihr sprechen und sie lieber an einem ihrer Besuchstage ganz offiziell treffen", war ihre Antwort. Kurz vor Ende erlaubte ich dann Lady noch, uns ihr Gedicht vorzutragen. Sichtlich aufgeregt stand sie auf, atmete tief durch und begann:
Drei Schritte hinterm Mond liegt deine Seele, drei Schritte hinterm Mond, da möchte ich sein

Drei Schritte hinterm Mond, da liegt die Freiheit, drei Schritte hinterm Mond, da wär ich nicht allein
Ich suche jeden Tag, wo deine Seele wohnt
Und finde sie nur nachts, drei Schritte hinterm Mond
Drum nimm mich süsse Nacht in deine Arme auf
Und trage mich zum Mond, zu deiner Seel hinauf.
Drei Schritte hinterm Mond liegt deine Seele, drei Schritte hinterm Mond, da möchte ich sein
Drei Schritte hinterm Mond möchte ich dich treffen, drei Schritte hinterm Mond wär ich nie mehr allein.

Es folgte ein tiefes Schweigen. Die Worte hatten mich sehr betroffen gemacht. Was hatte diese rebellische, junge, kleine Frau wohl schon alles in ihrem Leben durchgemacht. Lady blickte zu Boden.

„Das war sehr schön! Willst du uns etwas dazu erzählen?", fragte ich nach einigen Minuten des Schweigens ruhig und leise. Sie zuckte mit den Schultern. „An wen hast du gedacht, als du dieses Gedicht geschrieben hast?", fragte ich. Schluchzend stand sie auf und rannte aus dem Zimmer. „Ich kümmere mich", sagte Susanne und lief ihr nach. „Tut mir leid", sagte ich nun zu den Frauen, „ich habe wohl die falsche Frage gestellt. Das war ein Fehler." „Das muss dir nicht leidtun", sagte Gitte, „das ist nun mal so, wir haben alle unsere Geschichte und müssen unsere Strafe hier absitzen. Wir könnten alle immer wieder mal losheulen." Ich hatte trotzdem kein gutes Gefühl. Nachdem ich mich von allen Frauen verabschiedet hatte, wollte ich schauen, ob Julia noch in ihrem Büro war, um den Vorfall mit ihr zu besprechen. Da Rita nicht vor der Türe auf mich wartete, schien sie noch da zu sein. „Nun", fragte sie, als ich in ihr Zimmer trat, „Konntest du mit Susa etwas ausmachen?"

„Leider nicht", antwortete ich und erzählte ihr von Lady. „Ich glaube, du musst dir ein dickeres Fell zulegen", sagte sie lächelnd, „es wird immer wieder vorkommen, dass eine der Kursteilnehmerinnen von ihren Emotionen überwältigt wird. Das ist bei uns Alltag. Lady kann sehr schroff und abweisend sein, aber das ist nur Selbstschutz. Sie ist eine äusserst sensible junge Frau. Hat schon mit 14 Jahren Drogen konsumiert. Sie hat gedealt und war an einem Überfall mit schwerer Körperverletzung beteiligt. Mit 20 Jahren ist sie schwanger geworden. Sie hat das Kind wahrscheinlich durch ihren Drogenkonsum verloren. Das hat sie sich nie verziehen. Sie hat sich selbst angezeigt und wurde zu drei Jahren verurteilt. Dass sie bei dir schon dieses Gedicht vorgelesen hat, zeugt doch von grossem Vertrauen. Du hast anscheinend nichts falsch gemacht. Wir wissen doch alle, dass weinen erleichtert. Und wenn Susa ihr nachgegangen ist, musst du dir schon gar keine Sorgen machen. Sie ist für unsere jungen Insassinnen fast so etwas wie eine Mutter. Weisst du, dass sie Psychologie studiert hat?" Ich verneinte. „Willst du ihre Akte lesen?" „Ich glaube nicht", antwortete ich Julia, „es wäre mir lieber, sie würde mir alles erzählen." „Finde ich gut. So, jetzt muss ich aber. Soll ich dich mitnehmen? Ich fahre in die Stadt. Grosses Diner vorbereiten. Cathy und ich feiern heute unser zehnjähriges Jubiläum." „Cathy?", fragte ich unsicher. „Nun sag nicht, sie hat dir das nicht erzählt. Cathy Klein, die Leiterin deiner Schauspielschule, wir sind seit zehn Jahren ein Paar." „Nee, also ja, also nein", antwortete ich ziemlich verwirrt. Sie schaute mich fragend an. „Also ich meine: nee, habe ich nicht gewusst und ja gerne, ich fahre gerne mit." Auf dem Weg zum Parkplatz erzählte sie mir lachend, wie sie sich kennengelernt hatten. Als ich zurückschaute, sah ich Rita mit bösem Blick am Fenster stehen.

Zuhause fand ich einen Zettel meiner Tochter: Übernachte bei Jenny, Kuss Lena. Eigentlich hatte ich mich auf einen gemütlichen Abend mit ihr vor der Glotze gefreut. Auf die leichte Enttäuschung folgte jedoch bald Freude. So ein Abend allein zuhause hatte auch etwas Schönes. Ich wünschte Lena noch per SMS viel Spass und richtete mich gemütlich mit einem Bier und einer Packung Chips auf dem Sofa vor dem Fernseher ein. Kurz darauf klingelte mein Telefon. Es war meine beste Freundin Drama. Eigentlich hiess sie Olivia, aber da sie Dramaturgin war, nannte ich sie von jeher Drama. Wir hatten uns vor Jahren bei unserem ersten Engagement kennengelernt. Zurzeit arbeitete sie an einem renommierten Theater, das leider 400 Kilometer entfernt war. Ich erzählte ihr von meinem neuen Projekt, von Lady und Susanne. „Das ist ja grossartig", sagte sie voller Begeisterung, „weisst du was, ich mache dir ein paar Textvorschläge und könnte dir auch Texte, welche die Frauen schreiben, redigieren und bearbeiten." Ich versicherte ihr, dass mir das sehr helfen und viel Arbeit abnehmen würde. „Mach ich doch gerne, endlich mal was Sinnvolles!" Nachdem wir unser Gespräch beendet hatten, zappte ich mich durch das Samstagabendprogramm, das wie immer von einer unglaublichen Inhaltslosigkeit war. Ich wollte mir gerade einen Film runterladen, als mein Handy surrte. Glorreichen-Chat: Reminder an alle: „Montag 20:00 Uhr bei Claudi. Kanns kaum erwarten. Kuss Bylle."

Oh Gott, das hatte ich völlig vergessen.

Am nächsten Tag fand mich meine Tochter mit Kopftuch, Gummihandschuhen und Wischmob bewaffnet in unserer Küche. Ich konnte weder mit einer tollen Villa noch mit einem schönen Pferdehof punkten, aber etwas sauber sollte es denn schon sein, wenn meine ehemalige Mädchenclique zu Besuch kam. „Was ist denn hier los?", fragte mich Lena, „fehlt ja nur noch, dass du anfängst Staub zu saugen. Ich muss jetzt lernen und mich konzentrieren." „Freu mich auch, dich wieder mal zu sehen", erwiderte ich, „wie war dein Abend mit Jenny?" Sie gab mir eine kurze Abhandlung von einem Film über Klimawandel, den sie sich zusammen mit ihrer Freundin angeschaut hatte. Plötzlich stoppte sie und hielt mein Putzmittel in die Höhe. „Was ist das denn, Mama, das ist reine Chemie, weisst du, dass das jahrelang braucht, bis das abgebaut ist? Es gibt auch biologische Putzmittel. Deine Generation hat doch schon unsere ganze Zukunft versaut. Das ist so unfassbar. Du hast überhaupt nichts gelernt und ich dachte immer, du hättest noch ein ökologisches Gewissen." Mit diesen Worten sauste sie in ihr Zimmer, knallte die Türe zu und liess eine verdutzte Mutter in der Türe stehen. Na großartig, dachte ich, nun war ich alleine also schuld am weltweiten Klimawandel. Ich hatte mein Auto abgegeben, fuhr nur noch mit ÖV, ich trug diese scheissveganen Sneakers, ich achtete auf Bioprodukte und ass nur noch Fleisch, wenn ich wusste, dass sich meine Tochter in einer sicheren Distanz von mindestens zehn Kilometern befand und jetzt das. Ich wollte gerade so richtig wütend werden, als ich ein leises Schluchzen aus Lenas Zimmer vernahm. Ich klopfte an ihre Tür. Nach einem „Nein, nicht jetzt!" öffnete ich sie zaghaft und setzte mich auf ihr Bett. Ich versuchte behutsam und verständnisvoll an die Sache ranzugehen, räumte ein, dass meine Generation aus Unwissenheit und Bequemlichkeit sehr viele Fehler gemacht hatte. „Aber ich gebe mir wirklich Mühe, auf die Umwelt zu achten, das weisst du genau. Wenn mir hin und wieder ein Fehler dabei unterläuft, kannst du mich ja darauf hinweisen. Ok? Das Putzmittel ist im Übrigen schon einige Jahre alt", sagte ich abschliessend. Sie nickte. Plötzlich schlang sie ihre Arme um mich. Sie schmiegte ihr Gesicht in meinen Nacken und obwohl es verschwitzt und tränennass war, fühlte es sich für einen Moment unglaublich gut und vertraut an. „Er ist so gemein!" Er! Er? Wer zum Kuckuck war ER! Nun war es also so weit, meine Tochter hatte Liebeskummer, dachte ich doch etwas verwirrt und fragte nach einer gefühlten Stunde, es mochten in Wirklichkeit etwa fünf Minuten gewesen sein: „Wer ist er? Willst du darüber reden?" „Nein, will ich nicht!", sagte sie. Ich hielt sie weiter in meinen Armen und dachte an meinen ersten Liebeskummer, dem zahlreiche weitere folgten. Jedes Mal, wenn wieder einer vorbei war, hatte ich mir geschworen, nie mehr ein männliches Wesen anzuschauen, geschweige denn mich in eines zu verlieben. Und doch war das Verliebtsein in das Verliebtsein immer stärker. Plötzlich sprudelte es in meinen Armen los. „Er heisst Tobi und ist zwei Klassen über mir. Er sieht so toll aus und ist in derselben Klimabewegung. Er ist so klug und wir haben schon oft zusammen geredet, und das letzte Mal hat er mir zum Abschied einen Kuss gegeben. Er hat mir auch gesagt, dass er mich toll findet, er wollte meine Handynummer und hat gesagt, dass er sich am Wochenende melden wird. Er hat mich gefragt, ob wir dann etwas trinken gehen wollen.

Aber gestern, als ich mit Jenny in der Stadt war, da haben wir ihn mit einem anderen Mädchen gesehen. Sie haben gelacht und waren so vertraut. Das hat so weh getan." „Und was hat Jenny gesagt?", wollte ich wissen, nachdem ich überzeugt war, dass ihr Redefluss zu Ende war. „Ich habe ihr noch nichts gesagt. Sie findet ihn ja auch gut, alle finden ihn gut. Sie hat zwar gemerkt, dass etwas nicht stimmt und hat mich den ganzen Abend gefragt, was mit mir los ist, aber ich habe gesagt, ich hätte Kopfschmerzen. Ist das schlimm?" Ich musste an meine erste Liebe Roberto denken, den ich meiner Clique auch verschwiegen hatte. Ich versicherte ihr, dass so kleine Schwindeleien nichts Schlimmes seien, und versuchte, sie auch zu beruhigen, was den jungen Mann betraf. „Du weisst doch gar nicht, wer dieses Mädchen war. Vielleicht die Schwester, eine Cousine, eine gute Freundin!" Sie zeigte keine Reaktion: „Vielleicht eine Kindergartenfreundin!" fügte ich hinzu, was ihr doch ein minimales Lächeln auf die Lippen zauberte. „Nun gib dem armen Jungen doch erst mal ne Chance. Du hast doch auch gute Freunde. Denk an Jörg, oder Alexander." „Aber die war so richtig hübsch." „Das bist du doch auch. Jetzt warte erst mal ab", erwiderte ich, „So und deine olle Mama geht jetzt zurück zu ihren Chemikalien. Übrigens ich muss dir noch etwas gestehen. Morgen kommt meine alte Mädchenclique", sagte ich noch im Hinausgehen. „Ach ne, Mama, bitte das nicht auch noch." Ich tat so, als ob ich das überhört hätte, indem ich laut vor mich hin trällerte. Etwa eine Stunde später, als ich mir nach getaner Arbeit eine Zigarette auf dem Balkon gönnte, hörte ich wie Lena im Badezimmer vor sich hinsang. Kurz darauf stand sie vor mir und drückte mir mit rot geschminkten Lippen einen Kuss auf die Wange. „Du hattest recht, es war seine Schwester, ich gehe noch schnell raus, auf einen Kaffee." Sie strahlte. „Mal ganz abgesehen davon, dass das mein Lippenstift ist, meinst du, er mag das. Nicht dass du auf seinem Mund die gleichen Spuren hinterlässt wie auf meiner Wange." „Ach, Mama, was du schon wieder denkst. Übrigens werde ich morgen nochmals bei Jenny schlafen. Du kannst mit deinen old Ladies also volle Party machen."

Ich hatte eine glückliche Tochter und musste mich vielleicht an den Namen Tobias gewöhnen.

7

Als Lena am nächsten Morgen aufstand, schwebte sie förmlich durch die Wohnung. Sie hatte immer noch das gleiche Lächeln im Gesicht, wie am Abend zuvor, als sie kaum ansprechbar von ihrem Treffen mit Tobias nach Hause kam. „Du hast noch nicht gefrühstückt", rief ich ihr zu, als sie die Wohnung verlassen wollte. „Ach ja, ist mir gar nicht aufgefallen." „Happy?", fragte ich nur, als sie sich einen Kaffee einschenkte. Sie umfasste meine Taille, drehte mich im Kreis, schrie: „Ja, Mama", und tanzte aus der Wohnung. Zurück liess sie eine volle Kaffeetasse und eine etwas verdutzte Mutter. Meine Tochter ist wirklich verliebt, dachte ich nun doch einigermassen erstaunt. Ich stellte noch vier Flaschen Prosecco in den Kühlschrank und machte mich auf den Weg in die Schauspielschule.
Kurz vor 20 Uhr klingelte es an meiner Wohnungstür. Erstaunlicherweise kam Bylle zuerst, aber schon kurze Zeit später waren wir vollzählig. Wir lobten alle nochmals den wunderschönen Bauernhof von Anna, die wiederum ein grosses Stück Käse mitbrachte. „Nun machs nicht so spannend Claudi, fang schon an", sagte Beate, nachdem wir uns eine Weile mit Smalltalk unterhielten. „Na schön! Wie ihr ja bereits wisst, bin ich Schauspielerin." Ich erzählte ihnen, wie ich mich nach dem Abitur bei mehreren Schauspielschulen beworben hatte. Bei den drei ersten Versuchen rasselte ich glatt durch die Aufnahmeprüfungen. Bei Nummer vier kam ich auf eine Warteliste und beim fünften Anlauf klappte es endlich. Da die Schule einige hundert Kilometer von zuhause entfernt war, musste ich mir dort eine Bleibe suchen. Ich fand ein

Zimmer in einer Wohngemeinschaft. Dazu kamen der Unterhalt und die Kosten für die Schule. Meine Mutter unterstützte mich so gut sie konnte und ich kellnerte nebenbei. Nach drei intensiven und anstrengenden Jahren wurde ich in die Theaterrealität entlassen. Mit drei Monologen in der Tasche machte ich mich auf den steinigen Castingweg. „Eigentlich hatte ich grosses Glück", erzählte ich, „denn bereits beim dritten Vorsprechen bekam ich einen Jahresvertrag an einem kleineren Theater. Dann lief es wie von selbst. Ich wurde von KollegInnen und RegiseurInnen gesehen oder weiterempfohlen und landete schliesslich bei einem Tourneetheater. Durch Vermittlung eines Kollegen bekam ich die erste Anfrage für einen Film. Es war eine kleine Rolle. Der Film wurde an mehreren Festivals gezeigt und auch ausgezeichnet. Dadurch wiederum bekam ich auch meine nächste Anfrage für einen Fernsehfilm. Das war wahrscheinlich derjenige, den du letzthin gesehen hast", wandte ich mich an Beate. „Das versetzte mich in die glückliche Lage, dass ich mir nun die Rollen im Theater aussuchen konnte. Eines Abends, ich war wieder einmal auf Tournee, war unser Ensemble nach der Vorstellung zum Essen eingeladen. Ich sass neben dem Gastgeber, einem Firmenchef, der die ganze Vorstellung für seine Angestellten gekauft hatte. Er war witzig und sehr eloquent. Wir unterhielten uns bestens und in dieser Nacht entstand meine Tochter." „Was?", schrie Bylle, „ein Schuss, ein Treffer?" „Kann man so sagen", antwortete ich lachend, „wir hatten nach dieser Nacht kaum mehr Kontakt. Als ich bemerkte, dass ich schwanger war und mich bei ihm meldete, war er nicht sehr erfreut. Natürlich war er verheiratet. Ich habe lange mit mir gerungen, ob ich das Kind behalten sollte. Ich hatte mich mit der Kinderfrage zuvor nie wirklich auseinandergesetzt. Alleinerziehend in meinem Beruf! Das schien mir beinahe unmöglich. Meinen Entschluss, das Kind zu behalten, hatte ich einem guten Freund zu verdanken. Er war Mitglied im Ensemble und ich konnte mich ihm anvertrauen. Für ihn, sagte er mir, sei sein Kind die grösste Freude. Er war in der komfortablen Lage, dass die Kindesmutter und sein Sohn ihn auf der Tournee begleiten konnten. Ein paar Tage später fragte er mich, ob ich seinen Kleinen für ein paar Stunden beaufsichtigen könnte. Ich willigte ein. Wir verbrachten einen Nachmittag zusammen im Zoo. Er plapperte unaufhörlich und die Zeit verging wie im Flug. Als ihn sein Vater wieder abholte, schlang er seine Arme um mich und fragte mich, wann wir uns wieder sehen würden. Also eines ist schon mal klar, sagte mein Kollege, mit Kindern kannst du. Es hört sich wahrscheinlich sehr kitschig an", fuhr ich fort, „aber diese kleinen Kinderarme haben etwas in mir ausgelöst. Ich beschloss den Lebensplan Kind umzusetzen und habe es bis heute keine Sekunde bereut. Ich traf den Kindesvater noch einmal. Zähneknirschend akzeptierte er meine Entscheidung und war bereit mir anstelle von monatlichen Alimenten eine Wohnung zu kaufen. Zudem wollte er seinem Kind ein Konto für die Ausbildung einrichten. Jeglichen weiteren Kontakt wollte er vermeiden. Ich war damit einverstanden und kehrte hierher zurück in meine Heimatstadt, in der auch meine Mutter noch lebte. Sie war eine fabelhafte Grossmutter und unterstützte mich mit meiner Tochter. Leider ist sie vor drei Jahren gestorben. Meine Tochter

Lena wird 16 Jahre alt." Nachdem ich ihnen ein paar Fotos gezeigt hatte, fuhr ich fort: „Vor einem Jahr hat sich sogar ihr Vater gemeldet und die beiden haben sich auch schon einmal getroffen. Was soll ich euch sagen, ich führe ein zufriedenes Leben als alleinerziehende Mama. Ich gebe Theaterkurse für Kinder an Schulen, inszeniere Schüleraufführungen und unterrichte nun seit bald zehn Jahren an einer Schauspielschule. Ich selbst spiele nur noch selten Theater. Seit kurzem leite ich auch einen Theaterkurs in Schwarzheim." „Was", entfuhr es Anna, „etwa im Frauenknast? Wie spannend ist das denn." „Moment", sagte Simone interessiert, „ich will noch mehr über das Theater wissen. Wenn du jetzt, sagen wir mal, Gretchen in Goethes Faust spielst, bist du dann Gretchen, oder bist du Claudi, die das Gretchen spielt." „Das ist nun eben die Gretchenfrage", grinste Bylle. „Ich muss der Figur, die ich spiele, so nahe wie möglich kommen, indem ich mich erst einmal frage, wer sie ist, woher sie kommt, in welchen Umständen sie lebt. Was hat sie erlebt, was erlebt sie während dem Stück. Wer sind ihre Bezugspersonen, in welchen Verhältnissen steht sie zu den anderen Personen im Stück. Hass, Liebe, Trauer, Freude, Toleranz, Intoleranz, Aggression, Lust, Neid all diese Eigenschaften trägt jeder Mensch in sich. Natürlich ist der eine eher liebevoll, der andere eher aggressiv, aber die Gefühle sind alle vorhanden, wenn auch zum Teil latent und ganz zart. Spiele ich eine Rolle, muss ich herausfinden, was diese Person fühlt und die entsprechenden Emotionen in mir suchen und nachempfinden. Damit kann ich die Figur langsam an mich heranführen, sie verinnerlichen und ihre Geschichte erzählen. Und so kann ich im besten Falle für drei Stunden das Gretchen sein." „Und wie wirst du dann wieder Claudia?" Simone schien sich wirklich dafür zu interessieren. „Mit Konzentration und dem Schritt von oder auf die Bühne wechsle ich die Welten. Dabei helfen mir Text, Spielpartner, Bühnenbild und Licht." Ich brauchte ich eine Pause. Auf meinem Balkon blickte ich in die dunkle Nacht. Das Erzählen hatte viele Bilder und Erinnerungen in mir ausgelöst. „Kann ich nochmals eine von dir haben?", unterbrach Bylle meinen Gedankenfluss und hielt meine Zigarettenpackung in die Luft, „ich verspreche dir, dass ich das nächste Mal meine eigenen mitbringe." „Sei nicht kompliziert und nimm einfach", antwortete ich. Still zündete sie sich eine an. Irgendetwas schien sie zu beschäftigen, denn diese Ruhe passte nicht zu Sibylle. „Sag mal, Claudia, jetzt, da ich weiss, dass du Schauspielerin bist, als wir uns damals vor diesem Cafe trafen, bist du nachher zum Tonstudio gegangen und hast einen Werbespot für meinen Partner aufgenommen?", fragte sie plötzlich. Ich erstarrte kurz und schon meldeten sich meine beiden inneren Freunde.

H: „Also, jetzt ist es wirklich an der Zeit ihr die Wahrheit zu sagen."

V: „So ein Quatsch, was soll das denn bringen. Du machst ihr alles kaputt und stellst dich selbst auch nicht gerade ins beste Licht."

H: „Aber das verschweigt man nicht vor einer Freundin. Ich sage nur Frauensolidarität."

V: „Und ich sage Blödsinn."

„Warum sagst du nichts?" Bylles Stimme klang zaghaft. Wie kam ich nur aus der Nummer raus. „Weisst du, es ist mir etwas peinlich. Ich war ja an dem Abend bei dir etwas betrunken. Deinen Partner habe ich sowohl im Studio, wie auch bei dir zuhause nur ganz kurz gesehen. Er kam mir zwar irgendwie bekannt vor, aber ich konnte ihn in diesem Moment nicht wirklich einordnen. Erst am nächsten Tag fiel mir wieder ein, wo ich ihn schon gesehen hatte." „Aber warum hast du es mir dann später nicht gesagt?" „Ach come on, Bylle, es schien mir nicht wichtig. Ich habe es einfach vergessen."

V: „Also, geht doch. Ganz nach deinem Grundsatz: das Gesagte sollte wahr sein, aber nicht alles Wahre sollte gesagt sein."

H: „Also ganz stimmt es ja auch nicht. Du hast ihn doch sofort erkannt. Es ist nicht ok."

Ihr Blick verriet mir immer noch eine gewisse Skepsis. Ich versuchte ein möglichst natürliches Lachen. „Aber Bylle, du bist doch etwa nicht eifersüchtig? Du hast doch anscheinend das grosse Los gezogen. Geniesse es, der Mann sieht gut aus, hat Geld, und liebt dich, sonst würde er dich doch nicht heiraten. Oder bist du dir etwa nicht sicher?", versuchte ich von mir abzulenken. „Weisst du, manchmal denke ich, warum will er gerade mich. Der könnte doch jede haben, auch eine, die viel jünger ist und besser aussieht. Egal, scheiss drauf", erwiderte sie auf meine Frage, „du hast ja recht, ich sollte es einfach geniessen." „Ach, Bylle, Schönheit und Jugend ist doch auch nicht alles und oft nur aufgesetzte Fassade. Du bist humorvoll, intelligent, unterhaltsam. Du hast Lebenserfahrung, hast dein Leben lange Zeit alleine gemeistert. Vielleicht bist du keine Model-Schönheit, aber du siehst immer noch gut aus und kannst verdammt sexy sein." Mein Gott, dachte ich, ich höre mich an wie die

Sorgentante aus irgendeiner Teenie-Illustrierten. „Danke, meine Claudi", sagte Bylle und schlang unverhofft ihre Arme um mich. So ganz wohl war mir dabei allerdings nicht.

Als wir wieder drinnen waren, bemühte ich mich, die Fragen zu beantworten. Beate fragte mich nach meiner Lieblingsrolle und was ich gerne noch spielen würde. Ich versicherte ihnen, dass es für mich keine eigentliche Lieblingsrollen gab. Ich erzählte von den verschiedenen Figuren, die ich schon gespielt hatte, von RegisseurInnen, von netten KollegInnen, von Diven, von Patzern hinter und auf der Bühne. Es kamen immer mehr Erinnerungen in mir hoch. Die Kälte von einsamen Winternächten, wenn ich auf Tournee war. „Das darf doch nicht wahr sein", unterbrach mich Anna plötzlich, „mein letzter Zug fährt in 20 Minuten." Völlig synchron schauten wir alle auf die Uhr. Es war schon kurz vor 1 Uhr. „Ach du lieber Himmel", meinte Simone erschrocken, „ich muss morgen doch früh raus." „Schade", fügte Beate an, „ich hätte dir noch stundenlang zuhören können." „Ich glaube, wir alle. Wir könnten uns doch nochmals bei Claudi treffen", schlug Bylle vor. „Ach wisst ihr, ich habe euch doch das Wichtigste schon erzählt. Viel mehr gibt es nicht." So verabredeten wir uns für das nächste Mal bei Beate. Nachdem alle gegangen waren, liess ich den Abend mit einer Zigarette und einem letzten Glas Wein auf meinem Balkon ausklingen. Ein kühler Luftzug streichelte sanft mein Gesicht. Es wird langsam Herbst, dachte ich. Schon wieder!

8

Am nächsten Tag war eine Probe im Gymnasium angesetzt. Die Jugendlichen waren sehr motiviert und das Stück „Der ideale Gatte" von Oscar Wilde nahm auch schon gewisse Formen an. Leon, der die Rolle des Lord Goring spielte, war ein intelligenter, witziger junger Mann. Er war sehr begabt und hatte mir auch schon verraten, dass er unbedingt Schauspieler werden möchte. Er musste nur aufpassen, dass ihm das Ganze nicht zu Kopf stieg. Ich war deshalb auch etwas strenger mit ihm und hatte ihn schon einige Male kritisiert, was ihm gar nicht gefiel. *„Ich hielt Ehrgeiz für das Grösste, aber das war falsch. Liebe ist das Grösste auf der Welt. Es gibt nichts als Liebe."* Er hielt inne, kam zum Bühnenrand und schaute mich provokativ an. „Sind Sie auch dieser Meinung, Frau Schneider?", fragte er charmant lächelnd. „Um dir mit Oscar Wilde zu antworten: *nicht die Frage ist indiskret, die Antwort wäre es.* Aber mir scheint, du bist nicht in der Rolle, also konzentriere dich und fahre fort." Er zwinkerte mir zu und machte weiter, als ob nichts gewesen wäre. Was für ein unverschämter Schelm, dachte ich und musste lächeln. Er gefiel mir und ich war mir sicher, er wäre für diesen Beruf geeignet, wenn er bescheiden und erwachsen werden würde.

Am Freitagnachmittag, meine Schauspielschüler waren mitten in einer Improvisation, klopfte es an der Türe. Cathy streckte ihren Kopf hinein und winkte mich nach draussen. Noch nie hatte sie mich während meinem Unterricht gestört. Es musste etwas Ausserordentliches passiert sein. Lena! Fuhr es mir sofort durch den Kopf. Bestimmt war ihr etwas geschehen. Mein Herz raste auf dem Weg nach draussen. Cathy zog mich sanft auf den Korridor und schloss die Türe hinter mir. „Ist etwas passiert? Etwas mit Lena?" Meine Stimme zitterte. „Beruhige dich, alles gut. Du sollst Lena bei der Polizei abholen. Sie hat es an einer Demo wohl ein wenig übertrieben. Geh nur, ich übernehme deine Stunden. Und wenns Probleme gibt, dann ruf meine Partnerin Julia Hartmann an, du weisst ja, sie ist Juristin." „Danke", japste ich, „du bist ein Schatz." „Polizeistation Wildhausen!", rief sie mir noch nach. Ich raste auf meinem Fahrrad durch die halbe Stadt und kam völlig verschwitzt bei besagtem Posten an. Man führte mich in ein Zimmer, in dem sechs zerknitterte Jugendliche sassen. Lena stürzte in meine Arme. „Mama, wir haben überhaupt nichts gemacht", schluchzte sie mit tränenverschmiertem Gesicht. „Bitte, nimm Tobias auch mit", flüsterte sie dann in meinen Nacken. Ein Schrank von einem Mann kam auf mich zu und blieb in typischer Polizistenhaltung vor mir stehen. Warum sahen gewisse Männer immer so aus, als könnten sie ihre Unterarme wegen ihrer überdimensional trainierten Oberarme nicht zum Körper führen. „Polizeihauptmann Keller", stellte er sich vor, „Das also ist ihre Tochter. Sie nahm an einer unbewilligten Demo teil. Es gab erheblichen Sachschaden." „Aber nicht von uns, wir haben nichts gemacht, wirklich Mama. Unser Fehler war, dass wir nicht abgehauen sind, als die Bullen", auf meinen strengen Blick hin korrigierte sie sich sofort, „sorry, als die Polizei kam, aber wir hatten keinen Grund dazu, denn wir haben nichts getan." Die letzten Worten richtete sie dezidiert an Polizeihauptmann Keller und blitze ihn dabei böse an. „Ein schönes Früchtchen haben sie da." Seine überhebliche Art gefiel mir gar nicht, aber ich befahl mir innerlich ruhig zu bleiben und ja nicht zu zittern. Wortlos nahm ich mein Handy und stellte meine eigene Nummer ein. „Was tun Sie da", fragte Keller. „Nun, ich möchte meinen Anwalt fragen, ob Sie meine Tochter Früchtchen nennen dürfen", sagte ich mit gespielter Ruhe. „Och, nun seien Sie mal nicht so empfindlich, gnädige Frau. Wir haben Videoaufzeichnungen und dann werden wir ja sehen, ob ihre Tochter etwas beschädigt hat. Die Personalien haben wir bereits aufgenommen und wenn sie hier unterschreiben, dann bürgen Sie für ihre Tochter und können sie mitnehmen." Gelassen tat ich so, als ob ich den Anruf unterbrechen würde. Lena kniff mich in den Arm und blickte mich auffordernd an. Ich verstand. „Gut", sagte ich zögernd, „dann möchte ich noch Tobias, den Freund meiner Tochter mitnehmen, ich bürge auch für ihn." „Wie ist denn sein Nachname?" Ja, wie ist denn sein Nachname, wenn ich das wüsste, dachte ich. Lena schaute mich kurz an, drehte dann den Kopf demonstrativ zur Seite und blickte auf den Schreibtisch von Polizeihauptmann Keller, auf dem ein Formular lag. Tobias Leone stand darauf. „Ich habe Sie etwas gefragt." Die Stimme des Polizisten klang nun etwas ungeduldig. „Sorry", antwortete ich, „aber ich musste gerade an meine Jugend denken. Waren Sie nie an einer Demo", versuchte ich abzulenken. „Ganz bestimmt nicht", erwiderte er. „Schade", sagte ich mit enttäuschtem Blick, „was wollten Sie wissen?" Er wiederholte seine Frage und ich antwortete ganz selbstverständlich: „Tobias Leone". Ich verbürgte mich für jemanden, den ich überhaupt nicht kannte. Vor dem Polizeigebäude streckte ich dem schlaksigen Mann mit den langen Haaren meine

Hand entgegen. „Du bist also Tobias. Ich bin Claudia. Warum warst du nicht in der Schule?" Die Frage wandte ich an meine Tochter. „Ach Mama, wir haben mit unserer Klimabewegung eine Demo organisiert für die Umwelt, für unsere gemeinsame Zukunft", antwortete sie beinahe vorwurfsvoll. „Jetzt kommt wohl eine Moralpredigt", warf Tobias trocken ein. „Nun ja", sagte ich, „ich dachte wirklich nicht, dass man euch das beibringen muss." Die beiden schauten mich fragend an. „Das nächste Mal komme ich mit und dann zeige ich euch, wie man verschwindet, wenn die Bullen kommen", sagte ich lachend. Bei einer Cola in einem kleinen Cafe erklärten mir Lena und Tobias die Welt, die beschissene Zukunft und was unsere Generation alles verbockt hatte. „Ihr mit eurer Konsumgesellschaft, mit eurer Gier, ihr habt nur ausgebeutet, Natur, Tiere, andere Völker, ihr habt die ganze Erde ausgebeutet." Zuerst gab ich ihnen noch recht, aber irgendwann hatte ich genug vom „IHR". „Wir", sagte ich betont, „wir haben dafür demonstriert, dass keine neuen AKWs gebaut werden, wir haben für die Rechte der Frauen gekämpft, für den Rechtsstaat für eure Bildung und die Demokratie. Natürlich liegt vieles immer noch im Argen, aber auch wir wollten eine gute, eine gerechte und schöne Welt. So, und nun geht die Mutter der Konsumgesellschaft, nachdem sie die Cola bezahlt, hat nach Hause. Sie muss nämlich noch ihren morgigen Kurs vorbereiten, damit sie arbeiten und ihren Lebensunterhalt und den ihrer Tochter bezahlen kann." Die beiden schauten mich verdutzt an. Tobias fand seine Sprache zuerst wieder: „Sorry, Claudia, ich meinte das nicht persönlich." „Schon gut, ich auch nicht. Ihr habt schon recht, wir haben viele Fehler gemacht, aus Unwissenheit, aus Bequemlichkeit oder auch aus Habgier. Aber anstatt unserer Generation immer Vorwürfe zu machen, solltet ihr euch lieber überlegen, wie ihr uns mit ins Boot holt, denn wir können die Erde nur miteinander retten." Nach einer kurzen Pause fügte ich lachend hinzu: „So, nun habt ihr eure Moralpredigt doch noch bekommen." Als ich mich verabschiedete, bedankte Tobias sich augenzwinkernd für meine Hilfe und die Moralpredigt.

Lena traf etwa eine Stunde nach mir zu Hause ein. Sie fläzte sich aufs Sofa. Mit einem unsicheren Blick sagte sie: „Tut mir leid, Mama. Es war so schrecklich mit den Bullen. Wir haben wirklich nichts zerstört, bitte glaube mir." Kurze Pause. „Sauer?" Ich merkte, dass sie den Tränen nahe war. „Alles gut", beruhigte ich sie, „weisst du, ich habe das alles auch schon erlebt." Erstaunt und zugleich fragend schaute sie mich an. „Auch ich wurde einst bei einer Demo festgenommen. Ich kenne dieses Gefühl von Machtlosigkeit. Aber weisst du, Polizeihauptmann Keller ist auch nur ein Mensch. Der sitzt jetzt bestimmt auf seinem Sofa, ein Bier in der Hand, schaut die Sportschau und wartet, bis ihn seine Frau zum Abendessen ruft. Oder vielleicht streitet er sich auch gerade mit seiner Partnerin, oder seinen pubertierenden Kindern. Vielleicht erzählt er seiner Familie auch, dass so eine bekloppte Mutter ihn gefragt hätte, ob er auch schon an einer Demo teilgenommen hätte. Oder er ist alleine in einer Kneipe und überlegt sich, ob er wohl etwas verpasst hat, weil er nie demonstriert hat." Ich hatte es geschafft, Lena wieder ein kleines Lächeln ins Gesicht zu zaubern. „Tobi hat nicht unrecht, er fand dich eine ziemlich coole Socke", sagte sie, bevor sie sich in ihr Zimmer zurückzog. Aha coole Socke, dachte ich und musste lachen, als das Telefon klingelte. Cathy erkundigte sich, wie es mir ergangen war. Ich gab ihr einen kurzen Bericht. „Ach", antwortete sie, „Ich liebe diese rebellische Jugend." Ich auch sagte ich leise, nachdem ich aufgelegt hatte.

Von Polizeihauptmann Keller haben wir nie wieder etwas gehört.

9

Als ich am nächsten Tag nach Schwarzheim fuhr, stieg tatsächlich der alte Mann mit Zottel in den Zug. Er setzte sich in das gegenüberliegende Abteil und schien mich nicht mehr zu kennen. Er murmelte die ganze Fahrt über etwas in seinen grauen Bart. Zottel lag am Boden und schaute mich mit seinen dunklen Kulleraugen an. Kurz vor Schwarzheim stand ich auf und wünschte dem Mann laut und deutlich einen schönen Tag. Er beachtete mich nicht. Zottel stand auf und wedelte mit seinem Schwanz. Ich strich ihm über den Kopf. „Lassen Sie den Hund in Ruhe", schnauzte mich der Alte an. Wortlos stieg ich aus.
Ich hatte an diesem Morgen für Julia einen Blumenstrauss gekauft und wollte mich damit für die gute Zusammenarbeit bedanken. Als Rita mir das Tor öffnete, entnahm ich dem Strauss aus einer Laune heraus eine Rose und gab sie ihr. „Was soll das?", fragte sie völlig perplex. „Nun einfach so, für Sie", antwortete ich. Ich war mir nicht sicher, ob ich mich täuschte, aber es schien mir, als ob sich ihre Mundwinkel für einen kurzen Augenblick etwas nach oben verschoben.
Zwei Frauen gaben mir Texte, die sie für unsere Aufführung geschrieben hatten. Ich versprach, sie bis zum nächsten Mal zu lesen und mit Drama zu besprechen. Nach dem Kurs beauftragte ich Susa damit aufzuräumen. So konnte ich noch kurz alleine mit ihr reden. Um das Gespräch anzukurbeln, erzählte ich ihr, wie sich unsere alte Clique wieder gefunden hatte und von unseren monatlichen Treffen. „Mensch, Susa, was ist denn passiert", fragte ich. Sie zuckte mit den Schultern. „Ach Claudi, das würde zu

lange dauern, wenn ich dir das jetzt alles erzählen würde." Ich fragte sie, ob ich sie einmal ausserhalb des Kurses besuchen sollte. Sie wollte jedoch nicht, dass ihre Mitinsassinnen mitbekamen, dass wir uns von früher kannten, solange sie meinen Workshop besuchte. „Ich kann dir meine Geschichte aufschreiben", sagte sie plötzlich, „Du könntest sie dann den Mädels vorlesen und so wäre ich auch wieder ein kleiner Teil von euch." „Und es ist ok für dich, wenn alle wissen, dass du im Gefängnis bist?" Sie schüttelte verwundert den Kopf: „Du hast es ihnen noch gar nicht gesagt? Das ist sehr nett von dir, aber es macht mir nichts aus. Ich stehe zu meiner Vergangenheit." „Das ist eine wunderbare Idee. Und im Gegenzug könnten wir unsere Geschichten für dich aufschreiben", schlug ich begeistert vor. „Das wäre grossartig", sagte sie, stand auf und versicherte sich mit einem prüfenden Blick, dass wir allein waren. Schnell umarmte sie mich und flüsterte mir zu: „Ich freue mich immer auf deinen Kurs. Und ich freue mich auf eure Geschichten." Ich spürte einen dicken Kloss in meinem Hals und bevor ich antworten konnte, hatte sie den Raum bereits verlassen.

„Hat die Susa Probleme gemacht, dass die so lange da drinne war?", empfing mich Rita vor der Türe. Ich versicherte ihr, dass Susa mir nur geholfen hatte aufzuräumen und dass alles in Ordnung war. Sie brachte mich zum Tor und wünschte mir ein schönes Wochenende. Völlig überrascht drehte ich mich zu ihr um. Sie zwinkerte mir zu. „Danke, Rita, das wünsche ich Ihnen auch", antwortete ich und zwinkerte zurück. Sie grinste. Anscheinend hatte eine einzige Rose das Eis gebrochen. In dem einfahrenden Zug sah ich schon wieder den Alten mit

Zottel. Drinnen ging ich schnell an seinem Abteil vorbei. „Na, junge Frau, setzen Sie sich doch zu uns, mein Zottel tut ihnen nix", tönte es in meinen Rücken. Zottel stand schwerfällig auf und begrüsste mich schwanzwedelnd. Im Gegensatz zu seinem Meister schien er sich an mich zu erinnern. „Na, warn se zu Besuch", fragte er mich und ohne die Antwort abzuwarten, erzählte er mir wieder seine Geschichte, von den guten Mägden von Schwarzheim und von seinem Hof. „Ich hab ja nur noch zwei Kühe, die Stine und die Fine, sechs Hühner und einen Hahn." Er kramte in einem völlig abgegriffenen Rucksack und holte eine Schachtel mit Eiern hervor. „Hier", sagte er, „ganz frisch, nur 3.50 die Schachtel." Ich gab ihm fünf Euro. „Stimmt schon", sagte ich, als er einige Cents in einem alten Lederbeutel zusammensuchte. Er bedankte sich überschwänglich. Auf meine Frage nach seiner Familie sagte er: „Tja, meine Rosa, die is nun schon seit drei Jahren tot." Während Zottel auf meine veganen Sneakers schlabberte, zog er wieder seinen Lederbeutel aus dem Rucksack und zeigte mir ein Foto seiner Rosa, einer stattlichen Bäuerin, und einen vergilbten Zeitungsausschnitt mit einer Todesanzeige. Diese verriet mir, dass Rosa jedoch bereits vor fünf Jahren verstorben war. Sein Sohn Heinz, so erzählte er mir voller Stolz, sei in Kanada. Jedes Jahr bekäme er eine Postkarte zu Weihnachten. Seine Tochter hätte einen reichen Schnösel geheiratet. Er hätte sie zuletzt bei der Beerdigung seiner Rosa gesehen. Der alte Mann tat mir leid. „Dann sind Sie wohl oft einsam?", fragte ich einfühlsam. „Ach wo", erwiderte er, „ich habe ja immer noch meine Tiere und ich fahre jeden Tag mit dem Zug in die Stadt, manchmal sogar zweimal am Tag. Da ist doch immer etwas los." Er klatsche seine durchfurchte Hand auf mein Bein und lachte ein zahnloses Lachen. Dann streichelte er Zottel, schaute zum Fenster hinaus und schien mich nicht mehr wahrzunehmen. Er war wieder in seine eigene Welt versunken. Als ich mich bei der Zugseinfahrt verabschiedete, bekam ich keine Antwort mehr.

Am Abend las ich noch die beiden Texte durch, die die Frauen mir gegeben hatten. Der Erste handelte von einem Ehepaar, das sich nur streitet und sich dann im Bett wieder versöhnt. Die Umsetzung in einer Frauenvollzugsanstalt schien mir nicht so einfach. Natürlich konnte man daraus ein lesbisches Paar machen oder die Geschichte als Monolog erzählen. Obwohl ich schon recht müde war, fing ich auch noch an, den zweiten Text zu lesen. Diese Geschichte spielte in einem Grossraumbüro, in dem verschiedene Frauen versuchten, mittels Telefonverkauf ein Produkt an den Mann oder die Frau zu bringen. Die Angestellten erzählten einander ihre Geschichte, machten Witze über ihre Kunden, ärgerten und amüsierten sich über Eltern, Kinder oder Bekannte. Die einzelnen Monologe oder Dialoge wurden immer wieder durch fiktive Telefonate unterbrochen. Es gab nachdenkliche, traurige, aber auch skurrile und äusserst komische Momente. Es gab die verschiedensten Figuren in dem Stück. Da war beispielsweise die gestresste alleinerziehende Mutter, dann eine ehemalige Hure, die versuchte, vom liegenden Gewerbe wegzukommen, eine gelangweilte Politikergattin, die strenge Chefin, eine Studentin, ja gar eine verarmte Sängerin, die ich natürlich mit Lady besetzen würde und an diese die Autorin beim Schreiben wohl auch gedacht hatte. Die Idee war absolut grandios, auch wenn Sprache und Dramaturgie noch einige wenige Mängel aufwiesen. Als ich gegen Mitternacht das Skript fertiggelesen hatte, mailte ich es voller Begeisterung noch meiner besten Freundin Drama.

Am nächsten Tag, gegen Abend klingelte mein Handy: „Mensch Claudia, das ist ja grossartig. Wer hat das denn geschrieben?", frohlockte es in meinem Telefon. „Ich wünsche dir auch einen schönen Sonntag, meine liebe Dramaqueen. Eine meiner Kursteilnehmerinnen aus der Haftanstalt. Sie ist mir bis jetzt gar nicht gross aufgefallen. Du findest es also auch gut?", fragte ich. „Gut?", erwiderte sie, „eine geniale Idee. Die Frau scheint sich in diesem Gewerbe auszukennen und anscheinend hat sie auch Schreiberfahrung. Ich werde noch ein wenig an der Dramaturgie arbeiten und noch etwas an den Dialogen feilen und dann bringen wir die Sache gross raus. Ihr werdet die Uraufführung machen, natürlich mit Presse, und danach bieten wir das Stück einem Theaterverlag an. Ich bin sicher, das wird ein Erfolg." „Nicht ganz so schnell", versuchte ich meine übereifrige Freundin zu bremsen, „damit muss die Autorin auch einverstanden sein. Und du weisst, dass ich dich nicht wirklich bezahlen kann." „Na dann geht's natürlich nicht", sagte sie lachend, „nonsens, du musst mir gar nichts dafür geben. Schliesslich habe ich einen gut bezahlten Job. Du glaubst ja nicht, wie gut es tut, wenn ich mal an einem wirklichkeitsnahen Stück arbeiten kann. Sonst muss ich mich immer mit politischen, sozialkritischen, meist unverständlichen und selbstgerechten Texten von Autoren und Autorinnen auseinandersetzen, mit RegiseurInnen, die alles besser wissen und mit Schauspielerinnen, die jeden Fehler, den sie machen auf den Text, respektive die Dramaturgie schieben..." Sie hatte sich richtig in Rage geredet. Lachend unterbrach ich sie: „Was ist denn mit dir los?" Nun musste auch sie lachen: „Ach ich hab die Faxen wirklich langsam dicke. Den grössten Teil des Publikums interessiert dieser Scheiss, den wir da immer wieder produzieren doch gar nicht. Fausts Gretchen als Edelnutte. Hamlet spielt in der Drogenszene. Sein Vater bekommt vom Bruder den goldenen Schuss. Wilhelm Tell schiesst daneben, sein Weib nimmt ihm die Armbrust weg, trifft den Apfel und plötzlich sind die armen Eidgenossen ein einig Volk von Schwestern." „Hör auf", brüllte ich lachend ins Telefon, „ich kann nicht mehr." „Du kannst jetzt vielleicht verstehen", erwiderte sie trocken, „dass ich mich wirklich darauf freue, deinen Text zu bearbeiten. Ende Woche schicke ich dir alles zurück. Wir brauchen noch einen Titel. Wie wärs mit *Falsch verbunden?*". Ich wollte das noch mit der Autorin besprechen, fand den Vorschlag aber gut. „Aber nun sag mal, wie geht es eigentlich meinem Patenkind?" Drama, die eigentlich Margarethe hiess, kannte ich schon seit meinem ersten festen Engagement. Sie, die junge Dramaturgin (deshalb der Spitzname Drama), ich die Schauspielerin frisch von der Schule. Wir hatten von Anfang an einen guten Draht. Wir lebten zusammen in einer Wohngemeinschaft und waren beide elektrisiert von unseren Berufen. Nächtelang diskutierten wir über Inszenierungen, hatten Ideen für neue Stücke. An den darauffolgenden Morgen erwachten wir immer in einer völlig verqualmten Wohnung mit einem Brummschädel, wir konnten uns ja nur den billigsten Wein leisten. Als uns der Beruf räumlich schon nach einem Jahr auseinanderriss, war das wahrscheinlich unser Glück, denn wer weiss, wie lange unsere Körper noch mitgespielt hätten. Den Kontakt hatten wir jedoch nie verloren. Zufällig war Drama, als ich schwanger in meine Heimatstadt zurückkehrte, am hiesigen Theater engagiert. Sie war inzwischen eine gefragte Dramaturgin. Sie war mir am Ende der Schwangerschaft eine grosse Hilfe, war sogar bei der Geburt von Lena dabei und wurde dann ihre Patentante. Als der Intendant drei Jahre später Direktor eines der renommiertesten Theater des deutschsprachigen Raumes wurde, wollte er sie unbedingt mitnehmen. Schweren Herzens mussten wir uns wieder trennen. „Lena geht es gut", antwortete ich nun, „stell dir vor, sie ist verliebt." Ein schriller Schrei raste nun die 400 Kilometer durch die Sphäre: „Was, das gibt's doch nicht, das kleine Mäuschen ist verliebt." „Das kleine Mäuschen wird ja auch schon 16 Jahre alt." „Ok, ich nehme an, sie ist aufgeklärt. War sie schon beim Frauenarzt? Pille oder Spirale? Wie heisst denn der junge Mann? Ich nehme doch an, es ist ein junger Mann und sie hat nicht die lesbische Ader ihrer Patentante." Kurzes Auflachen. „Aber ernsthaft. Wie geht es dir damit? Ich habe ja keine Ahnung von Kindern, aber ich könnte mir vorstellen, dass das für eine Helikoptermutter wie dich gar nicht so einfach ist." Ich versicherte ihr, dass es mir wunderbar ging und dass ich mich für Lena freute. Um von dem Thema abzulenken, erzählte ich noch von Lenas erster Demo und ihrer Erfahrung mit der Polizei, was sie mit der Bemerkung: „Na ganz die Mama!", quittierte.

Beim Abendessen versuchte ich mich darauf zu konzentrieren, nicht auf Lenas Hals zu schauen, an dem gut sichtbar, beinahe schon trophäenhaft ein Knutschfleck zu sehen war. Als ich dann jedoch auf ihrem Arm zwei dicke Kratzer entdeckte, konnte ich mich nicht zurückhalten. „Was ist denn da passiert?", fragte ich scheinheilig. „Ach, das war Miro, nicht schlimm. Er ist sooo süss", antwortete sie. Der Bissen von meinem Käsebrot blieb mir förmlich im Hals stecken. Noch eben hatte ich für diesen Tobias gebürgt und nun war also schon der nächste am Start. Oder hatte sie etwa zwei Jungs gleichzeitig. Ich hustete. „Das kommt davon, dass du immer noch tierische Produkte isst", kommentierte sie, während sie mir kräftig auf den Rücken schlug. „Also erstens mal verzichte ich deinetwegen auf ein Wurstbrot und zweitens wer ist Miro." „Ne, Mama, nicht wirklich", gluckste sie laut lachend und ich befürchtete, dass sie sich nun an ihrem Humusbrot verschlucken würde. „Du glaubst nicht wirklich, dass ich schon einen Neuen habe", fuhr sie fort, als sie sich erholt hatte, „Miro ist die Katze respektive der Kater von Tobi. Er ist eigentlich ganz lieb. Ich habe etwas zu wild mit ihm gespielt." Erleichtert befreite ich meinen Hals mit einem Schluck Wasser von den letzten Brotkrümeln. „Übrigens wäre es vielleicht einmal Zeit für einen Besuch bei einer Gynäkologin. Soll ich dir einen Termin bei meiner Frauenärztin machen?" Ich versuchte so beiläufig und unverkrampft wie möglich zu klingen. „Habe ich schon getan bei der Ärztin von Jenny. Nächsten Dienstag gehe ich dahin. Jenny begleitet mich." „Ach so…gut", sagte ich. Sie drückte mir einen Kuss auf die Wange, stellte ihren Teller in die Spüle und verschwand in ihrem Zimmer. Leicht enttäuscht verzog ich mich mit einer Zigarette und einem Glas Rotwein auf den Balkon. Eine Amsel sang ihr Abendlied. „Ich bin raus", sagte ich in ihre Richtung, „mein Mädchen wird erwachsen und bald sind wir zwei alleine." Die Amsel fing plötzlich an fürchterlich zu zetern. „Wenn du mich jetzt auch noch beschimpfst, dann hole ich mir eine Katze", sagte ich zu ihr. Das war überhaupt die Idee. Ich hatte das perfekte Geburtstagsgeschenk für Lena. Gleich morgen wollte ich mich bei Anna melden.

Nachdem Lena am nächsten Morgen aus dem Haus war, hängte ich mich sogleich ans Telefon, um Anna anzurufen. Sie war hocherfreut, dass ich mich für ein Kätzchen entschieden hatte. „Es ist genau noch eines übrig. Er ist zwar ein kleiner Rabauke, aber ich habe das Gefühl, er passt genau zu dir." Ich überlegte kurz, ob sie mir damit etwas sagen wollte. Als ich sie jedoch danach fragte, antwortete sie nur: „Ja, was wohl, Claudi Raudi. Tut mir furchtbar leid, aber ich habe gerade eine Reitstunde. Melde dich einfach, wenn du ihn holen willst." Ich setzte mich zu Frau Amsel und sinnierte über meine Kindheit. War ich in meiner Jugend wirklich ein Wildfang gewesen? Die Antwort darauf konnte ich mir nicht mehr geben, denn plötzlich stand Lena vor mir. Sie zitterte und ihr Gesicht war tränenüberschmiert. „Um Gottes Willen, was ist passiert?" „Keiner hat geholfen, alle sind einfach weitergegangen, das ist so gemein", schluchzte sie. Ich zog sie sanft ins Wohnzimmer auf das Sofa und konnte sie langsam beruhigen, so dass sie mir mit ganzen Sätzen das Geschehene berichten konnte. Sie war mit ihrem Fahrrad auf dem Weg in die Schule, als plötzlich ein alter Mann vor ihr auf die Strasse trat. Sie konnte gerade noch bremsen, aber das Auto neben ihr streifte ihn. Er fiel zu Boden. „Ich habe mein Fahrrad auf die Seite geschoben und den Mann auf den Gehsteig gesetzt. Er hat geblutet. Aber niemand hat mir geholfen. Ich habe den Krankenwagen gerufen und gewartet, bis er da war. Ich hatte solche Angst, dass er stirbt. Der Sanitäter hat noch meine Personalien aufgenommen.... Ich muss zur Schule." „Du musst jetzt gar nichts", antwortete ich, „du musst dich erst mal beruhigen und die Schule kann warten." „Aber ich muss da hin, wir schreiben doch eine Englischarbeit", entgegnete sie vollkommen aufgelöst. Dieser schulische Ehrgeiz meiner Tochter war mir völlig fremd. Da war es also, dieses winzige Gen ihres Vaters, das den Weg in ihren Körper gefunden hatte. „Unsinn", sagte ich bestimmt, „So gehst du mir nicht in die Schule und schon gar nicht zu einer Englischklausur. Ich schreibe dir eine Entschuldigung. Du kannst die Arbeit ja nachholen, wenn es denn sein muss." Ich redete noch weitere fünf Minuten auf sie ein, bevor sie sich ihrem Schicksal mit dieser sturen Mutter ergab.

Drei Tage später erhielt Lena ein kleines Päckchen. Darin befanden sich eine Schokolade, die sich von ihrem Ablaufdatum schon seit Jahren verabschiedet hatte, ein 20 Euroschein und ein Zettel, auf dem mit zittriger Schrift geschrieben war: „Liebe Lena. Der Sanitäter hat mir ihre Anschrift gegeben. Ich möchte mich bei Ihnen für ihre Hilfe bedanken. Sie sind eine mutige und liebenswürdige junge Frau. Leider kann ich ihnen nicht mehr geben. Danke. Mit freundlichen Grüssen Horst Lauer." Wir waren beide sehr gerührt und nahmen uns stumm in die Arme, denn es gab nichts dazu zu sagen.

Für den Rest der Wochen war ich total ausgelastet. Drama hatte mir das überarbeitete Stück für Schwarzheim bereits zurückgemailt und ich musste mir überlegen, wie ich die Rollen verteilen wollte. Mit acht Textbüchern stand ich am darauffolgenden Samstag vor meiner Schwarzheimgruppe. Selina, die Insassin, die den Text für unser Stück geschrieben hatte, war hoch erfreut über die Resonanz. Sie erzählte mir, dass sie nach dem Abitur eine Journalistenschule besuchte. Abhängig von ihrem damaligen Freund geriet sie auf die schiefe Bahn und wurde wegen mehrfachen Drogenschmuggels zu 2 Jahren Gefängnis verurteilt. Ich berichtete ihr über Dramas Pläne, das Stück auch einem Verlag anzubieten. Die kleine rundliche Frau weinte vor lauter Freude und konnte das alles gar nicht glauben. Ich fing an die Rollen zu verteilen. Lady spielte eine junge Musicaldarstellerin, die kein Engagement fand und sich in dem Callcenter ihr Geld verdienen musste. Wir bauten den Song Shallow von Lady Gaga in das Stück mit ein, worüber sie sich ungemein freute. Susa war die bescheidene Hausfrau, ruhig und immer hilfsbereit, bis sie nach einem Telefonat völlig ausflippte. Sie spielte sehr glaubhaft. Gitte bekam die Rolle der Aufseherin. Ich konnte wirklich alle mehr oder weniger ihrem Typ entsprechend besetzen.

10

Mit den Kindern der Grundschule probte ich „Die kleine Hexe" von Ottfried Preussler. Wir machten alles selbst: Bühnenbilder, Kostüme, Requisiten. Hilfe bekamen wir von ihrem Werklehrer Paul, einem äusserst kreativen Mann. Es war wunderbar, mit wieviel Energie und Freude die Kinder mitmachten. Die Aufführung stand unmittelbar bevor. Fast täglich war ich in der Schule. Wir probten oft und Paul stand mir bei den Endproben als Regieassistent zur Seite. Wir waren ein gutes Team. Die Premiere vor Lehrern, Familien und Freunden wurde ein voller Erfolg. Die Kinder wurden mit grossem Applaus belohnt. Man zerrte mich auf die Bühne und überreichte mir einen grossen Blumenstrauss. „Vielen Dank für die tolle Zusammenarbeit. Es hat unglaublichen Spass gemacht mit dir. Paul», stand auf einer beigefügten Karte. Ich unterbrach den Applaus und rief Paul auf die Bühne und dankte ihm für seine Mitarbeit. Mit Freude und Herzlichkeit verabschiedeten sich Lehrer, stolze Eltern und rotbackige Kinder. Ich wollte gerade das Licht in der Aula löschen, als Paul zu mir trat. „Wollen wir nicht noch irgendwo auf deinen Erfolg anstossen?", fragte er. „Auf unseren Erfolg", erwiderte ich betont, „wir können gerne noch darauf anstossen. Und vielen Dank für die Blumen." Wir gingen in eine kleine Kneipe in der Nähe der Schule. Ich war ziemlich aufgekratzt und sehr erleichtert, dass alles so gut gelaufen war. Wir erzählten uns kleine Anekdoten von den Proben und schmiedeten schon Pläne für weitere Aufführungen. Der neue Kurs sollte schon in zwei Wochen beginnen. Wir besprachen noch, was man anders, oder

auch besser hätte machen können. Beim dritten Bier erzählte er mir von seinem Leben, seiner Scheidung, seinen zwei Kindern, die er sehr vermisste. Beim vierten Bier erzählte ich von meinem Beruf und meiner Tochter. Es tat gut mit ihm zu reden, zu lachen. Plötzlich bemerkte ich, dass er meine Hand hielt. Ich war mir nicht sicher, wie lange dieser Zustand schon anhielt. Obwohl es sich gut anfühlte, war ich mir nicht im Klaren, ob ich das wollte. Und schon meldeten sie sich:
H: „Schön, das hast du ja schon lange nicht mehr gehabt."
V: „Lass es, das gibt doch nur Probleme."
H: „Ach was, geniesse es einfach. Es fühlt sich doch gut an. Der Mann sieht ganz gut aus, ist nett und empathisch..."
V: „Eben. Probleme sind vorprogrammiert. Dein Leben ist doch wunderbar ohne Mann."
H: „Willst du denn immer allein bleiben? Deine Tochter hat ihren ersten Freund. Du musst sie langsam loslassen, da ist doch jetzt genau der richtige Zeitpunkt, dich wieder einmal zu verlieben."
„Jetzt haltet endlich die Klappe", murmelte ich leicht beschwipst. „Was hast du gesagt?", fragte mein Gegenüber. „Och", sagte ich, „der kleine Tom, der konnte doch nie die Klappe halten während den Proben. Immer musste er drauflosplappern." Paul bestätigte meine Aussage grinsend und wollte nochmals zwei Bier bestellen. Sanft entzog ich ihm meine Hand. „Ich glaube, es wird langsam Zeit für mich. Vielen Dank für den schönen Abend." Sein Angebot mich zu begleiten, lehnte ich dankend ab. Ich erklärte ihm, dass ich gerne noch etwas alleine sei. Draussen umhüllte mich die laue Herbstnacht. Tief atmete ich ein.

Am nächsten Morgen empfing mich meine Tochter mit den Worten: „Spät geworden gestern, nicht wahr. Wer ist Paul?" Sie hatte die Blumen entdeckt, in denen unglücklicherweise immer noch die Karte steckte. Ich versuchte, mich herauszureden mit: „Werklehrer der Kids, Bühnenbild gestaltet, netter Kollege." „Wie? nett?", bohrte sie weiter. „Na, eben nett, nichts weiter." „Schade!", war ihr Kommentar. „Was soll das denn heissen?", fragte ich. „Ach komm schon Mama, wie lange hast du jetzt keinen Partner mehr gehabt. Gib dir doch mal einen Ruck. Weisst du, das würde mich beruhigen und ich müsste kein schlechtes Gewissen mehr haben, wenn ich mein Ding mache." Ich musste lachen. Meine Tochter schien sich Sorgen zu machen, dass ich zu einer alten, vertrockneten Frau verkümmerte. Sie wollte mich also tatsächlich verkuppeln, um unbeschwert und guten Gewissens mit ihrem Tobias durch die Welt schlendern zu können. „Das ist nicht lustig", sagte sie. Ich nahm sie in die Arme. „Aber Schatz, du musst doch meinetwegen kein schlechtes Gewissen haben. Ich komme ganz gut zurecht. Geniesse du dein Leben. Das habe ich in deinem Alter auch gemacht. Und wenn Paul oder sonst ein Typ kommt und ich denke, das wäre der Richtige für eine Beziehung, dann werde ich gnadenlos zuschlagen. Hast du dir eigentlich schon Gedanken für deine Geburtstagsparty gemacht?", versuchte ich von mir abzulenken. Zu meinem grossen Erstaunen wollte Lena nur einen gemütlichen Abend mit mir und Tobias verbringen. Ich konnte es nicht glauben. „Du wirst 16 Jahre alt und willst keine Party machen?", fragte ich ungläubig, „monate-, nein jahrelang hast du dich auf deinen 16 Geburtstag gefreut und mir immer vorgeschwärmt, was für ein unglaublich, megageiles, cooles Fest, wie es die Welt noch nicht gesehen hat, du dann schmeissen würdest." „Aber Tobi findet das oberflächlich und uncool. Und er hat ja recht." Es entfachte sich eine Diskussion über Eigenständigkeit, Selbstreflektion, eigene Bedürfnisse in einer Beziehung, bis hin zu Feminismus. Lena blieb jedoch dabei. Sie wollte mit mir und Tobi feiern. „Du kannst ja deinen Paul noch einladen." „Das ist nicht mein…", entgegnete ich, aber sie war schon in ihrem Zimmer verschwunden und liess eine völlig verdutzte Mutter zurück. Was war bloss mit der Jugend los?!

Zwei Tage später, ich saugte gerade die Wohnung, als es in meiner linken Hosentasche vibrierte. „Was hältst du übermorgen von Theater?" Eine SMS von Paul. Ich zögerte und wollte mich wieder den staubigen Tatsachen meiner Wohnung zuwenden. Erneutes Vibrieren. „John Gabriel Borkman mit Martin Wuttke." Natürlich wusste ich von dem Gastspiel. John Gabriel Borkman von Ibsen in der Regie von Simon Stone, mit Martin Wuttke, Caroline Peters und der Crème de la crème der deutschsprachigen SchauspielerInnen. Aber es war unmöglich an Tickets zu kommen. Ich hatte mich sogar schon in der Schauspielschule umgehört, ob einer der Kollegen oder Kolleginnen zufällig Karten hätte. Einzig unsere Schulleiterin Cathy, die einige der Ensemblemitglieder kannte, hatte zwei Eintritte bekommen. „Großartige Idee", schrieb ich nun zurück, „leider total ausverkauft…schon seit Wochen." Ich wartete ein paar Minuten, bis ich mich wieder dem Staubsauger zuwandte. Es kam keine Antwort mehr. War ich zu unfreundlich gewesen? Das Rätsel löste sich zwei Stunden später. „Sorry, hatte gerade zwei Stunden Unterricht. Habe zwei Karten von einem Freund bekommen, der kurzfristig verhindert ist. Also bist du dabei?" Ein Freudenschrei verselbstständigte sich und schmetterte ungebremst durch die Wohnung. „Wow, das ist ja unglaublich, ja, bin sehr gerne dabei. Du bist der Hammer", schrieb ich euphorisch in mein Handy. „Weiss ich doch", lachendes Smiley, „um 19.00 Uhr vor dem Theater?" Mit zehn Daumen nach oben und einem Herz bestätigte ich die Anfrage. Als Lena nach Hause kam, fand sie eine blitzblanke Wohnung vor, laute Musik und eine singende Mutter, die dem Badezimmer den letzten Glanz verlieh. „Du singst, währendem du putzt? Was ist passiert?" Als ich ihren völlig entsetzten Blick sah, musste ich schallend lachen. Sie hatte recht, normalerweise konnte man mich nicht ansprechen, wenn ich die Wohnung sauber machte. Ich hasste putzen. Mit der Klobürste in der rechten Hand, die ich nun als Mikrofon benutzte, tänzelte ich um sie herum. „Deine Mutter geht übermorgen ins Theater." „Mensch Mama, lass das. Wie eklig. Du bist ja voll ätzend." Sie hatte recht. Von mir selbst etwas peinlich berührt und mit einem „Sorry" liess ich die Klobürste wieder in ihren Behälter plumpsen. Als ich mir kurz darauf einen Kaffee machte, stand Lena in der Küchentür. „Paul?", fragte sie. „Nein John", erwiderte ich kurz. Ihre Augenbrauen zogen sich in die Höhe und verliehen ihrem Gesicht einen fragenden Ausdruck. „John Gabriel Borkman, so heisst das Theaterstück, das ich mir übermorgen anschauen werde." „Und du gehst mit Paul dahin?" „Ja, stell dir vor, er hat Karten. Mensch Lena, es war total ausverkauft, aber Paul hat Karten." „Der ist ja wirklich ne Wucht, dein Paul. Erst Blumen und jetzt dieser Bormann", sagte sie augenzwinkernd. „Borkmann", wiederholte ich dezidiert, „und im Übrigen, er ist nicht mein Paul." „Schon klar", und nach einer kurzen Pause, „kommt er zu meinem Geburtstag?" „Das weiss ich noch nicht, aber ich glaube eher nicht. Was wünscht du dir eigentlich?", versuchte ich vom Thema Paul abzulenken. „Na was wohl", erwiderte sie, „was ich mir schon seit 13 Jahren wünsche: einen Hund. Von mir aus kann es auch eine Katze sein." Sie schaute mich spitzbübisch an: „Ja, ich weiss, Mama, ein Vierbeiner kommt dir nicht ins Haus. War ein Scherz. Lass dir was einfallen, aber etwas Nachhaltiges. Ich lasse mich überraschen." Ob die Katze wohl nachhaltig genug war?

In meinem schwarzen Strickkleid, das schon seit einigen Jahren allein und unbemerkt die linke Ecke in meinem Kleiderschrank bewohnte, schwarzen Leggins, knallroten Schuhen und einem ebensolchen Schal stand ich zwei Tage später kurz vor 19:00 Uhr vor dem Theater. Da Paul weit und breit noch nicht zu sehen war, zündete ich mir eine Zigarette an. Nach zwei Zügen sah ich, wie seine Gestalt sich mit langen Schritten näherte. Schnell schob ich mir ein Pfefferminzbonbon in den Mund und drückte die Zigarette aus. „Wow, du siehst toll aus,", war seine Begrüssung samt Küsschen links, Küsschen rechts. Wir drängten uns ins Foyer, in dem schon einige hundert Leute standen. Die meisten nippten an einem Glas Champagner. Das war nicht das Publikum, das ich von Schauspielaufführungen her kannte. Ihre Garderobe entsprach wohl eher einer Opernpremiere. Anscheinend gehörte es zum guten Ton, dass man eine Inszenierung anschauen musste, die

Kultstatus hatte. Einige Damen waren in langen Abendkleidern. Die Farben waren eher gedämpft und bewegten sich auf der dunklen Seite der Farbskala. Flaschengrün, bordeaux, schwarz. Dazu glänzten an Hals und Ohren die prächtigsten Geschmeide. Um meine Unsicherheit in diesem Meer von Seide und Schmuck zu überbrücken, verwickelte ich Paul in ein tiefgründiges Gespräch über Ibsen. Plötzlich bekam ich einen Stoss und eine etwas rundliche Ü60 Lady landete in Pauls Armen. „Hoppla", sagte dieser nur und versuchte verzweifelt das Gleichgewicht zu behalten. „Diese verdammten Schuhe", schimpfte es ungefiltert aus Pauls Armen hervor. Sie war mit dem Absatz ihres rechten Schuhs, der eine stolze Grösse von mindestens 10cm aufwies in ihrem langen, mit Pailletten besetzten, Kleid hängengeblieben. Paul stellte sie wieder auf die Beine und mit einem zerrissenen Kleid und einer Sturmfrisur stakste sie davon. „Da mach ich mir nen Schlitz ins Kleid und find es wunderbar", prustete ich los. Mein Zynismus legte sich schnell wieder. Ich kam mir underdressed und etwas deplatziert vor. Plötzlich stiess mich jemand von hinten an. Cathy und Julia nahmen mir meine Unsicherheit sofort weg. Wie sie da standen, Hand in Hand, beide in Jeans, vollkommen selbstverständlich, waren sie für mich wie eine rettende Insel in diesem Meer von Abendkleidern und Anzügen. Ich stellte ihnen Paul vor und schon bald mahnte uns die Klingel zum Eintritt. Das Stück war stark modernisiert. Während zwei Stunden schneite es unaufhörlich auf der Bühne und die Figuren kämpften sich aus den Schneemassen gegen die erfrierende Welt. Den Autor, Henrik Ibsen, musste man des Öfteren unter dem Schnee zwar suchen, aber es entstanden beeindruckende Bilder und Szenen mit schauspielerischen Höhepunkten. Als ich beim Applaus kurz die Augen schloss, schneite es vor meinem geistigen Auge weiter. Ziemlich benommen von den Eindrücken, und völlig verwundert, dass uns draussen eine immer noch laue Herbstluft und keine Winternacht empfing, gingen wir noch auf ein Bier in die Kneipe neben dem Theater. Cathy und Julia sassen bereits an einem Tisch und winkten uns zu sich. „Und?", fragte Cathy. „Großartig!", sagte ich und Paul sowie Julia nickten zustimmend. Cathy machte allerdings gewisse Abstriche. „Etwas viel Boulevard", war ihre nüchterne Beurteilung. „Schauspielerisch, da gebe ich euch recht, natürlich grossartig." Wenig später gesellten sich noch zwei der Ensemblemitglieder, Cathys Kollegen, zu uns. Es wurde ein heiterer und bierseliger Abend. Ich erlaubte Paul nun auch mich nach Hause zu begleiten. Vor der Haustüre küsste er mich innig. Als ich die Augen dabei schloss, schneite es wieder.

„Weisst du, Mama", sagte Lena am nächsten Morgen, „du kannst deinen..." Mit einem kurzen „Wie bitte" unterbrach ich sie. „Ich meine, du kannst den Paul ruhig über Nacht mit nach Hause bringen. Das stört mich echt nicht." „Ich weiss", antwortete ich ihr, „das hast du mir nun zur Genüge gesagt. Und falls du darauf spekulierst, dass du dann deinen," wobei ich das Wort deinen speziell betonte, „Tobi auch mitbringen kannst. Von mir aus." „Echt jetzt, Mama, und das macht dir nichts aus?" „Ich nehme an, ihr habt das Thema Verhütung geklärt." Sie versicherte mir, dass sie mit ihrer Frauenärztin, die sie unheimlich nett fand, alles besprochen hatte, dass sie es aber langsam angehen wollten und dass kuscheln mit Tobias soooo gut war und im

Moment völlig genügen würde. Ich verkniff mir die Frage, ob das Tobi auch so sehen würde. Mit einem „Hab dich lieb, Mama" verabschiedete sie sich und trat hinaus in die graue Welt des Schulalltags. Ich erinnerte mich daran, wie es war, als sie mit mir kuschelte. Die weichen Kinderarme. Das war vorbei und kein Paul der Welt konnte das ersetzen. Bei dem üblichen zweiten Kaffee mit Zigarette auf meinem Balkon tippte ich in mein Handy: „Vielen Dank für den schönen Abend." Danach schaltete ich schnell mein Smartphone aus. Ich hatte schliesslich einen anstrengenden Tag vor mir und keine Zeit für weitere Konversation mit Paul. Es war eine Ausrede!
In der Schauspielschule stand die Türe von Cathys Büro sperrangelweit geöffnet. Mit einem „Guten Morgen" huschte ich an ihr vorbei. „Nett, dein Paul!", schrie es mir hinterher. Ich stoppte abrupt und ging drei Schritte zurück. „Er ist nicht mein Paul", sagte ich forsch. „So wie der dich angeschaut hat, möchte er es aber sein", antwortete sie lachend. Ich trat in ihr Büro ein und schloss die Türe hinter mir. „Ich habe aber keine Ahnung, ob ich das möchte. Stimmt, er ist nett, zuvorkommend, kreativ, manchmal sogar lustig." „Aber?", unterbrach sie mich. „Aber da ist kein einziger Schmetterling in meinem Bauch." „Nicht mal eine Raupe?" Verneindes Kopfschütteln meinerseits. „Nö, nicht mal ne klitzekleine Made." „Aber die können ja noch kommen. Probiers doch einfach aus." Gedankenvoll verliess ich ihr Büro und verbrachte die beiden nächsten Stunden mit Sprachübungen und Sprechtechnik. Über Mittag verschlang ich auf dem Weg ins Hessegymnasium ein Sandwich. Ich war mit der Klasse verabredet für eine Kostümprobe. Das hiesige Theater erlaubte uns Kostüme

aus seinem Fundus auszuleihen. Frau Keller, eine gemütliche Fünfzigerin erwartete uns bereits. Ich kannte sie schon lange und sie war mit den jungen Leuten immer sehr geduldig. Erstaunlicherweise waren wir mit den Mädchen schnell durch. Sie waren alle begeistert von ihren schönen langen Kleidern. Leon, unser Lord Goring, der privat immer im Rapper Stil gekleidet war, fing plötzlich an herumzuzicken. „Schrecklich, diese Hose und dann dieses Sakko dazu. Nein, das ziehe ich nicht an." Frau Keller redete beruhigend auf ihn ein und erklärte ihm, dass das genau aus der Zeit sei, ihm wie angegossen passen und doch wirklich etwas hermachen würde. „Er hat eine neue Freundin", flüsterte mir einer der Jungs zu. Belustigt schaute ich Leon zu, wie er an seiner Hose herumzupfte. *„Wie sagt Lord Goring einmal: Mode ist, was man selber trägt, was unmodern ist, tragen die andern."* Ich zwinkerte ihm zu. „Oh nee, Mann, nicht euer ernst." Ich versicherte ihm, dass dieser Anzug den perfekten Goring aus ihm machen würde. Nach drei Stunden hatten wir es geschafft und alle waren mehr oder weniger mit ihren Kostümen zufrieden. Zuhause schaltete ich mein Handy wieder ein. Drei neue Nachrichten: „Hallo Mama, habe nächste Woche eine Mathe-Prüfung. Tobi lernt noch mit mir. Esse dann bei ihm. Tschüssi." Die Zweite war von Beate: „Hey Mädels, nicht vergessen, am Montag bei mir." Die Letzte war von Paul: „Wollen wir uns morgen sehen? Vielleicht einen Herbstspaziergang und hinterher was essen?" Ich goss mir ein Glas Weisswein ein und setzte mich auf den Balkon. „Habe morgen Nachmittag meinen Kurs in Schwarzheim, sorry!", schrieb ich zurück. Es verging keine Minute, als es wieder surrte: „Entschuldige, habe ich ganz vergessen.

Vorschlag: ich koche uns was und du kommst nach deinem Kurs zu mir." Ich dachte an Cathys Worte: Probiers doch einfach aus, und tippte in mein Handy: „Ok, gerne." Zurück kam „19:00 Uhr." „Na dann!", sagte ich und prostete der Amsel zu, die, so schien es mir, kurz ihren Abendgesang unterbrach und mich keck anschaute.

Der Kurs in Schwarzheim lief ganz gut. Die meisten Frauen waren hochmotiviert. Einzig die Sprech- und Konzentrationsübungen, die wir am Anfang jeweils machten, kommentierten einige immer wieder mit „So ein Scheiss!", „So boring!" „Was soll das denn bringen", etc. Auch rastete während der Proben zum Stück immer wieder jemand aus, aber das hatte ich mittlerweile im Griff. An diesem Samstag war es wieder einmal Lady. Sie räkelte sich lasziv in ihrem Stuhl, während eine andere Frau einen kleinen Monolog hatte. Ich sagte ihr, dass sie das unterlassen solle, da sie den Focus sonst auf sich ziehen würde. „Na und", sagte sie, „ist doch eh langweilig." „Wenn dich das alles langweilt, dann kannst du gehen und wir streichen deine Rolle, das ist überhaupt kein Problem", sagte ich ruhig. Wie aus dem Nichts flippte sie völlig aus. Sie tigerte durch den ganzen Raum, schlug schreiend auf die Wände. „Scheiss Theater, dumme Fotze, ihr könnt mich alle mal, ich werde es euch zeigen, ich mach euch alle fertig." Ursula, die Aufseherin, packte sie und setzte sich neben sie an den Rand des Raumes. Dann nickte sie mir ruhig zu und wir fuhren fort mit der Probe. Als ich mich von den Frauen verabschiedete, kam Lady zu mir. Mit gesenktem Kopf murmelte sie ein „Tschuldigung." „Schon gut", antwortete ich, „Schwamm drüber." Susa, die mir half aufzuräumen, sagte, als alle anderen gegangen waren:

„Du darfst dir das mit Lady nicht so zu Herzen nehmen. Sie meint es nicht so." „Weiss ich doch unterdessen, ich nehme das nicht persönlich." „Aber es erschreckt dich immer noch, ich sehe dir das an. Da ist noch genau derselbe Blick wie vor 30 Jahren, wenn du deine Hausaufgaben nicht gemacht hast und an die Tafel musstest." Die Erinnerung liess uns beide schmunzeln. Wie gerne hätte ich jetzt Susanne in die Arme genommen, aber die Aufsicht streckte bereits den Kopf durch die Türe. „So, Susa, mach endlich hinne." Rita erwartete mich bereits, um mich nach draussen zu bringen. Seit ich ihr die Rose geschenkt hatte, entliess sie mich immer mit einem Augenzwinkern und einem „Na, dann wünsche ich Ihnen mal ein schönes Wochenende, Frau Schneider", was ich jedes Mal lächelnd erwiderte. Im Zug hielt ich vergebens Ausschau nach dem alten Mann.

Natürlich war Lena nicht zuhause. Ich legte mich kurz hin, dann nahm ich eine Dusche und machte mich auf den Weg zu Paul.

Das Haus hatte einen kleinen Vorgarten. Der Klingel entnahm ich, dass Paul wohl im zweiten Stockwerk wohnte. Die Treppe des typischen Altbaus knarrte unter meinen Füssen. Auf der zweiten Etage war eine Wohnungstür angelehnt und es roch verlockend nach angebratenen Zwiebeln. „Komm rein", rief Paul und kam mir auch schon mit einer Küchenschürze um den Bauch entgegen. Er begrüsste mich mit Küsschen links, Küsschen rechts, nahm meine Jacke, die ich bereits über einen Garderobenständer geworfen hatte und hängte sie fein säuberlich über einen Kleiderbügel. „Gib mir noch zwei Minuten. Du kannst dich gerne schon mal umschauen", sagte er und verschwand wieder in der Küche. Die Wohnung hatte drei Zimmer, ein Schlafzimmer mit einem Doppelbett mit geblümter Bettwäsche und einem Schrank, ein Wohnzimmer mit gelbem Sofa und rundem Esstisch für vier Personen und ein Arbeitszimmer. Überall war es aufgeräumt und hygienisch sauber. Ich dachte an unsere Wohnung, in der oft das nackte Chaos herrschte. Ich hatte es mir auf dem Sofa gerade gemütlich gemacht, als sich Paul mit zwei Gläsern Prosecco zu mir gesellte, die Schürze immer noch umgebunden. „Schön hast dus hier", sagte ich lächelnd, „und so sauber. Du musst mir mal die Nummer deiner Putzfrau geben." „Aber Liebes, das mache ich doch alles selbst. Ist doch keine Arbeit. Ich putze ganz gerne." Das fing ja schon mal gut an und hatte er eben Liebes gesagt? Ich war also sächlich. Na Servus. Bestimmt kochte er auch ganz gesund und ausgezeichnet. Meine Vermutung sollte sich bewahrheiten. Es gab ein thailändisches Gericht, dessen Name ich mir auch beim dritten Mal nicht merken konnte, das aber sehr schmackhaft war. Während dem Essen unterhielten wir uns über Theater, über die Schule und künftige Projekte. Bei der zweiten Flasche Wein fand ich ihn sehr amüsant und der Weg ins Schlafzimmer war geebnet. Ich kicherte, als er mich auszog und sich stürmisch über mich warf. Die anfängliche Arbeit entwickelte sich zu einer sportlichen Übung und endete im Vergnügen. Nach dem orgastischen Schrei, der immerhin von beiden gleichzeitig kam, seufzte er stöhnend: „Das war…" was auch immer er sagen wollte, ich hatte es nicht verstanden. Als ich plötzlich ein zufriedenes Schnarchen neben mir hörte, ging ich ins Badezimmer. Dann band ich mir die Küchenschürze um meinen nackten Körper und verzog mich zur Zigarette danach auf den Balkon. Was mach ich bloss hier, dachte ich.

H meldete sich: "Du bringst dich wieder in Schwierigkeiten. Ich habs ja gleich gesagt."

V: „Ach was, hör einfach nicht auf sie. War doch gut, oder nicht?"

H: „Bist du denn verliebt?"

V: „Muss doch gar nicht sein. Es darf doch auch mal einfach ein bisschen Spass sein. Obwohl, ich weiss nicht, ob man mit dem Typen wirklich Spass haben kann."

H: „Ach hör doch auf mit Spass. Du bist in einem Alter, in dem man entweder eine Beziehung hat, oder man lässt es bleiben."

V: „Was soll denn das jetzt heissen…in einem Alter."

H: „Ist das der Mann, neben dem du morgens aufwachen willst?"

V: „Ne, das ist er definitiv nicht."

Sieh an, die beiden waren sich endlich mal einig.

Als die Kälte langsam unter die Schürze kroch, ging ich wieder hinein. Währendem ich mir ein Glas Wein nachschenkte, überlegte ich, was ich nun tun wollte. Ich entschied mich fürs Abhauen. Leider wurde mein Plan durch einen umfallenden Stuhl zunichte gemacht, als ich mich durch den Alkohol etwas schwerfällig geworden vom Tisch erhob. Paul stand in der Türe. „Was machst du denn da?", sagte er verschlafen. Als er näherkam, fragte er: „Hast du etwa geraucht?" „Ja", sagte ich, „aber draussen, keine Angst." „Was so? Nackt?". Ich blickte in seine erschrockenen Augen, was mich belustigte. „Wenn das die Nachbarn mitbekommen." „Ach komm, sei nicht kindisch.

Erstens ist es stockdunkle Nacht, zweitens sind deine gegenüberliegenden Nachbarn etwa 200 Meter entfernt und drittens habe ich mir ja die Schürze umgebunden." „Dass ihr Frauen hinterher immer rauchen müsst. Meine Ex hat das auch immer gemacht, wobei sie sich wenigstens etwas angezogen hat." Nach einem 20- minütigen Exkurs über seine Ex, wurde es mir wirklich zuviel. Das darf doch alles nicht wahr sein, dachte ich. Wie wir so am Esstisch sassen, beide nackt, er mit einem kleinen Badetuch um die Hüften, ich immer noch mit der Küchenschürze und er mir erklärte, wie seine Ex ihn nach dem Sex immer über den Klee gelobt hatte, was für ein toller Hecht er doch sei, bekam ich einen Lachanfall. Ich konnte nicht mehr aufhören und das thailändische Essen drohte, sich einen Weg nach oben zu bahnen. Ich musste mich sehr konzentrieren, mit dem Lachen innezuhalten. Er schaute mich an, ohne eine Miene zu verziehen. „Ich glaube, du nimmst mich nicht ernst." Verneinend schüttelte ich den Kopf und fragte: „Wie bitte machen denn Hechte Sex?". Ich prustete wieder los. Sein ungläubiger Blick schien zu fragen, ob er sich eine Irre ins Bett geholt hatte, was mich noch mehr belustigte. Als ich mich einigermassen erholt hatte, sagte ich: „Paul, du bist wirklich ein netter, zuvorkommender, kreativer Kerl. Aber ich denke, du trauerst immer noch deiner Ex nach. Wir beide sind einfach zu verschieden." „Das denke ich auch", war seine Antwort. Ich ging ins Schlafzimmer, zog mich an, bedankte mich für das Essen und flüchtete in die Dunkelheit der Nacht.

Auf dem Nachhauseweg sah ich von weitem die Leuchtschrift der Casinobar. Obwohl mich der Gedanke an gewisse Gäste erschaudern liess, überkam mich eine grosse

Lust auf einen Drink. Sollte ich wirklich hineingehen? Warum eigentlich nicht? Was gingen mich diese Leute an. Ein prüfender Blick in meinen Geldbeutel zeigte mir den Inhalt von 20 Euro. Ich beschloss nachzusehen, ob Gregor hinter der Bar stand. Er winkte mir sofort zu und zeigte auf einen freien Platz in der Ecke der Theke. Ich hievte mich auf den Hocker. „Claudia, nicht wahr?", fragte er. „Hallo Gregor", sagte ich, „Sie erinnern sich wirklich an mich?" „Aber aber, wie könnte ich denn nicht! Eine Frau mit Stil. Ihr Abgang das letzte Mal war grossartig." Ich grinste. „Was darf ich Ihnen denn bringen?" „Ich verfüge leider nur über 20 Euro. Reicht das für einen Drink? Er muss nicht allzu viel Alkohol beinhalten. Davon hatte ich heute schon genug.", antwortete ich. „Fruchtig, leicht, wie beim letzten…" Ein gutaussehender Mann um die 60 mit zu viel Gel in den Haaren und einer dicken Zigarre im Mund unterbrach ihn: „Gregor, einen Champagner und einen Whisky, aber ein bisschen flott." Gregors Gesichtszüge strafften sich, die Augenbrauen zogen sich nach oben und mit einem strengen, aber korrekten Ton sagte er: „Gerne, Herr Schmidt, aber die Zigarre muss draussen bleiben." „Doktor Schmidt, soviel Zeit muss sein", sagte er überheblich. „Ach, was sind wir denn für ein Doktor", mischte ich mich ein, „Orthopäde? Gynäkologe? Pädiater? Otorhinolaryngologe? oder gar Ophthalmologe?" Beim letzten Wort bemerkte ich, wie Pauls Wein meine Zunge um mindestens 300 Gramm schwerer gemacht hatte. Gregors Gesicht entspannte sich wieder und der Mitsechziger schaute mich perplex an. „Wen haben wir denn da?", fragte er, indem er mich mit missbilligendem Blick betrachtete. „Jemanden, den es brennend interessiert, in welcher medizinischen Disziplin sie unterwegs sind." „Ich bin Jurist." Ich versuchte ein enttäuschtes Gesicht zu machen und sagte bedauernd: „Ach so, gar kein richtiger Doktor." Damit wandte ich mich demonstrativ von ihm ab. Ich spürte in meinem Rücken, wie er nach Luft schnappte, um mir irgendetwas zu erwidern, fand jedoch anscheinend keine richtigen Worte und verzog sich stumm auf die Terrasse. „Danke", sagte Gregor lächelnd. Er stellte mir ein Glas hin mit einem wunderbar gelb-orangefarbigen Inhalt, über dem ein Spiess mir allerlei exotischen Früchten hing. „Geht aufs Haus", sagte er mir zuzwinkernd. Als sich die Bar allmählich leerte und nur noch der Zigarrenheini mit seiner bepelzmäntelten Begleitung, was bei dem milden Herbstwetter völlig übertrieben war, auf der Terrasse sass, setzte sich Gregor kurz zu mir. „Darf ich Sie mal was fragen", sagte ich. „Na klar, aber immer doch." „Meine damalige Begleitung..." „Roman Keller", unterbrach er mich, „eigentlich darf ich ja nicht über Gäste sprechen, aber ok, was ist mit ihm?" Ich erzählte ihm von Bylle, wie ich ihn kennengelernt hatte und dass ich nicht wusste, wie ich mich nun verhalten sollte. Auf meine Frage, ob Roman oft mit anderen Frauen hier sei, antwortete er: „War, ja, er war seit einigen Jahren bestimmt einmal pro Woche hier und oft in Begleitung, selten jedoch war es zweimal die gleiche Dame. Allerdings seit Sie mit ihm hier waren, habe ich ihn nur noch einmal gesehen. Die Frau an seiner Seite hat er mir als seine zukünftige Gattin vorgestellt. Das muss dann wohl ihre Bylle gewesen sein. Sie schien mir ganz vernünftig." Erleichtert atmete ich auf. Daraufhin erzählte ich ihm, wie ich Roman kennengelernt hatte und dass ich erst später erfahren hatte, dass er der neue Partner meiner

Jugendfreundin sei. „Also wenn sie mich fragen, ich würde es ihr nicht erzählen. Man soll doch keine schlafenden Hunde wecken." Nachdem der Zigarrentyp mit seinem kichernden Biber die Bar verlassen hatte, schloss Gregor die Türe und machte uns beiden einen alkoholfreien Cocktail, natürlich aufs Haus. Ich gab ihm meine 20 Euro Trinkgeld und erzählte ihm von meinem Beruf, meiner Tochter, meinem Leben. Als ich bei Paul, der Küchenschürze und dem eben vergangenen Abend angelangt war, lachte er aus vollem Halse. Er war ein wunderbarer Zuhörer. Ich fragte ihn nach seinem Leben. Er antwortete bescheiden: „Da gibt es nicht viel zu erzählen. Ich bin seit zehn Jahren mit meinem Partner zusammen. Im Frühjahr wollen wir heiraten. Er ist Professor für Chemie. Wir wohnen in einem kleinen Häuschen am Stadtrand. In meinem Beruf höre und sehe ich viel Verrücktes, aber privat lebe ich sehr ruhig und zurückgezogen. Durch meinen Partner habe ich das kulturelle Leben unserer Stadt kennn- und liebengelernt. An meinen freien Abenden gehen wir oft ins Theater oder in ein Konzert." Kurze Zeit später ging ich zufrieden durch die laue Herbstnacht nach Hause.

Als ich am nächsten Morgen ins Bad wollte, stolperte ich über ein Paar Herrenschuhe. „Na, da hat aber jemand grosse Füsse", murmelte ich schlaftrunken. „Grösse 45, wenns recht ist", dröhnte eine sonore Stimme hinter mir, „guten Morgen Claudia. Kaffee steht in der Küche." „Guten Morgen Tobias, vielen Dank." Entweder war er erst gekommen, oder ich hatte die Schuhe übersehen, als ich nach Hause kam. Wie auch immer, ich musste mich wohl daran gewöhnen, dass ich jetzt mehr oder weniger in einer

WG lebte. Als mir der erste Schluck Kaffee wärmend die Kehle hinunterlief, stand das junge Paar auch schon umschlungen in der Küchentür. „Ist wohl spät geworden gestern", sagte meine fürsorgliche Tochter mit einem Lächeln auf dem Gesicht, „Und? Kommt nun Paul zu meinem Geburtstag?" „Nö", erwiderte ich, „bestimmt nicht." „Ach nee, Mama, du hast es wieder verkackt. Das darf doch nicht wahr sein. Was hast du denn wieder falsch gemacht?" Der Gedanke, dass ich nun vor dem langhaarigen Freak mit Schuhgrösse 45 mein Liebesleben erläutern sollte, gefiel mir nicht sonderlich. „Weisst du Lena, wenn's nicht passt, dann passt es eben nicht." „Hast du wieder zu viel Alkohol getrunken?" „Wie bitte? Lena, ich glaube, jetzt reichts. Ich bin dir weder über mein Liebesleben noch über meinen Alkoholkonsum Rechenschaft schuldig." Tobias schaute angestrengt und anscheinend etwas peinlich berührt zur Küchendecke. „Da oben gibt es nichts zu sehen", schnauzte ich ihn an. „Komm, wir gehen," sagte Lena zu ihm, „das macht keinen Sinn, sie hat wohl einen Kater." „Habe ich nicht, verdammt nochmal", schrie ich ihnen nach, als sie bereits auf dem Weg in ihr Zimmer waren und knallte die Küchentüre zu. Zwar hatte ich bei Paul wohl wirklich etwas viel getrunken, aber die alkoholfreien Cocktails, die Gregor mir zum Schluss des Abends kredenzte, liessen mich nach geraumer Zeit wieder vollkommen nüchtern werden. „Sind eure Kinder auch so respektlos, wenn sie flügge werden?", fragte ich meine Amsel bei einer Come-down-Zigarette auf dem Balkon. Sie schaute mich stumm an. Und genauso blickte ich auch das junge Liebespaar an, als es zwei Stunden später wieder vor mir stand. „Sorry Mama, ich mach mir halt manchmal Sorgen." „Das brauchst du wirklich nicht", antwortete ich lächelnd, „ich bin schon ziemlich gross. Und dass ich dich blöd angemacht habe, das tut mir leid", die letzten Worte waren an Tobias gerichtet. „Kein Thema", sagte er locker.

11

Als ich tags darauf mit meinem Fahrrad in die Strasse einbog, in der Beate wohnte, sah ich schon von weitem, wie Bylle einem weissen Cabrio entstieg. Ich klingelte, stieg von meinem Rad und wir gingen die letzten Meter zusammen. „Mensch Claudi,", sagte sie erfreut, „gerade habe ich an dich gedacht. Du hast uns das letzte Mal ganz verschwiegen, ob du einen Partner hast. Weisst du, es ist auch wegen meiner Hochzeit. Kommst du allein oder zu zweit." Am liebsten gar nicht, dachte ich und sagte laut: „Also im Moment habe ich nichts Festes, aber ich habe ja noch 4 Monate Zeit. Ich würde schon gerne in Begleitung kommen." „Na, dann halte dich mal ran", erwiderte sie lachend, „so lange sind 4 Monate auch nicht." „Ich werde mir alle Mühe geben", sagte ich grinsend, „es kann nicht jede so viel Glück haben wie du." „Ja, du hast ja recht. Ich habe wirklich unglaubliches Glück. Lange genug hats ja gedauert. Roman ist einfach ein Schatz. Er verwöhnt mich jeden Tag." Der Blick in ihre strahlenden Augen liess meine Zweifel betreffend Roman schwinden.

Beates Wohnung war hell und gemütlich. Im Wohnzimmer thronten bereits Anna und Simone auf einem hellgrauen Sofa. Wir begrüssten uns alle herzlich und redeten über die Kälte draussen, dass der Winter jetzt doch langsam kommen würde, als uns eine tiefe Stimme aufhorchen liess. „Dann will ich die alte Clique doch auch noch mal begrüssen. Ich werde mich auch ganz schnell wieder verziehen." Ein Mann mit Glatze, Bierbauch und Brille, hinter der zwei lustige, wache Augen hervorblickten, stand in der Türe. Bylle, die neben mir sass, kniff mich so fest in den Oberarm, dass ich beinahe aufgeschrien hätte. „Roberto", flüsterte sie mir ins Ohr, bevor sie laut ausrief: „Roberto, bist du das wirklich, Roberto?" „Und wenn du mal nicht Bylle bist", antwortete er lachend, „Bylle mit der Brille." „Ach du heilige Kuhscheisse", entfuhr es unserer Bäuerin Anna, „unser aller alter Schwarm Roberto." Wir hievten uns alle aus dem bequemen Sofa. Er kam zu uns und klatschte alle ab. Vor mir blieb er stehen, sah mir kurz in die Augen und küsste mich verwegen auf den Mund. Alle blickten uns ungläubig an. Es entstand eine kurze Pause, bevor Anna die Situation mit einem „Ich will auch" rettete. Allgemeines Gelächter. „Haben wir da irgendetwas verpasst?", fragte Simone. „Ja, wir haben es alle nicht gewusst", sagte Beate und hakte sich bei ihrem Mann ein, „die beiden hatten etwas miteinander während der Schulzeit." „Nicht euer ernst und du hast es uns allen verschwiegen?" Der leichte Vorwurf von Anna wandte sich an mich. „Ach kommt schon", versuchte ich mich wie vor einigen Wochen bei Bylle zu verteidigen, „wir hatten doch alle unsere kleinen Geheimnisse damals. Roberto war ja sehr begehrt und ich hatte Angst, dass es durch mein Geständnis in unserer Clique zu Unstimmigkeiten kommen könnte. Es hat auch nicht lange gehalten." Warum in aller Welt musste ich mich jetzt, 30 Jahre später, schon wieder dafür rechtfertigen. „Na schön, dann wollen wir mal nicht so sein und euch verzeihen", sagte Simone ironisch. „Na, Claudi, da haben wir aber noch mal Glück gehabt", grinste Roberto und verzog sich mit den Worten: „Ich wünsche den Ladies noch einen schönen Abend." Kaum war er draussen, sagte Anna: „Nun sag schon, Beate, wie ist es dir gelungen, unser aller Roberto zu angeln? Ist er nicht damals von unserer Schule geflogen? Weshalb eigentlich?". Beate lachte: „Ja stellt euch vor, damals ging das Gerücht um, dass er etwas mit unserem Fräulein Ostermeier hatte." Anna schrie auf: „Waaas, mit unserem geschichtsträchtigen Faltenrock! Unmöglich." „Natürlich stimmte es nicht. Seine Eltern sind schlichtweg nur weggezogen. Fräulein Ostermeier ist seine Tante." Schon wieder kniff mich Bylle in den Oberarm. Von mir fiel jedoch ein jahrzehntelanges Unbehagen ab. Dass unser Fräulein Ostermeier meine damalige Konkurrentin gewesen wäre, hatte mich immer wieder beschäftigt, wenn ich an Roberto zurückdachte. Während ich noch meinen Gedanken nachhing, begann Beate bereits zu erzählen. Nach dem Abitur hatte sie gleich angefangen, Medizin zu studieren. Roberto, der in unsere Stadt zurückgekehrt war, um an der hiesigen Universität ebenfalls Medizin zu studieren, hatte sie gleich wieder erkannt. In den ersten drei Semestern hatten sie kaum Kontakt. Beim Sezierkurs waren sie in derselben Gruppe. „Es bekamen jeweils 6 Studenten eine Leiche, die wir Schritt für Schritt, Schicht für Schicht auseinandernehmen mussten." Bylle schrie auf: „Bitte keine Details, mir wird jetzt schon schlecht." „Ja, so ging es mir zu Anfang auch." Beate ertrug das Eröffnen der Leiche in dem Chloroform durchdrängten Raum nur schwer. Roberto schien es ihr anzumerken und bot ihr an, ihren Teil zu übernehmen. „Zum Dank lud ich ihn auf einen Kaffee ein und so begann unsere Geschichte." Sie lernten gemeinsam, feierten nach einer bestandenen Prüfung zusammen und kamen sich dabei immer näher. Sie schlossen zusammen ihr Studium ab und nach der Promotionsfeier fragte er sie, ob sie ihn heiraten würde.

Beate wurde Augenärztin und Roberto Gerichtsmediziner. Sie arbeiteten sehr viel, spielten in ihrer Freizeit Tennis, hatten ein Abonnement für klassische Konzerte und waren in einem Literaturclub. „Wir lieben beide unseren Beruf. Deshalb haben wir uns auch bewusst gegen Kinder entschieden. Unser Privatleben verläuft sehr ruhig, fast langweilig. Allerdings ist Robertos Beruf unglaublich spannend vor allem, wenn es sich bei den Toten um Opfer eines Verbrechens handelt. Durch ihn wurde schon mancher Fall aufgeklärt. Ich kann auch immer meine Ideen und Vermutungen mit einbringen und war damit auch schon an der Lösung von einigen Fällen beteiligt. Wir müssen uns die Krimis nicht am Fernsehen anschauen, wir besprechen sie an unserem Küchentisch." Ohne Namen zu nennen, erzählte uns Beate von komplizierten Fällen. Etwa von der betrogenen Ehefrau, die eines Tages erstochen in ihrem Schlafzimmer lag. Alles deutete darauf hin, dass ihr Mann die Tat begangen hatte, hätte Roberto an dem Messer nicht zufällig eine DNA entdeckt, die er weder der Toten noch ihrem Gatten zuordnen konnte. Man untersuchte das ganze Umfeld der beiden vergeblich auf DNA-Spuren. Ein Jahr später gab es einen ähnlichen Fall. Tod einer betrogenen Frau durch Messerstich. Auch da keine Spuren in ihrem Umfeld. „Hier, auf diesem Sofa hat Roberto mir davon erzählt. Ich erinnerte mich sogleich an den anderen Fall und was soll ich euch sagen, es war wirklich derselbe Täter. Ein Verrückter, der es auf betrogene Frauen abgesehen hatte und glaubte, sie durch den Tod zu erlösen." Es gab auch den plötzlichen Herzstillstand, der jedoch auf einen Giftmord zurückzuführen war. „Vergiftungen", so erläuterte uns Beate, „werden oft von

Frauen verübt. Wer weiss, vielleicht hast du in Schwarzheim auch eine Giftmörderin in deinem Kurs." Vor lauter Schreck verschluckte ich mich an dem Prosecco und bekam einen Hustenanfall. Anna schlug mir beherzt und kräftig auf den Rücken und Bylle sagte zu Beate: „Jetzt erschrecke Claudia doch nicht so. Sie hat bestimmt keine Mörderin in ihrem Kurs." Eigentlich wollte ich ihnen am heutigen Abend von Susanne erzählen, aber nun dachte ich, es wäre doch besser, das auf das nächste Mal zu verschieben. „Hast du?", fragte nun Simone interessiert. „Ja", antwortete ich, „Zwei meiner Kursteilnehmerinnen wurden des Mordes angeklagt. Ich weiss aber nicht, was sie getan haben und will es auch nicht wissen. Ich finde, das ist für meine Arbeit nicht wichtig." „Finde ich irgendwie krass", meldete sich Anna, „hast du denn keine Angst?" Ich verneinte und berichtete ihnen von all den Vorsichtsmassnahmen. Danach fuhr Beate fort mit ihren Geschichten. Da gab es den knapp 20jährigen Junkie aus bestem Haus, der am goldenen Schuss gestorben sein sollte. Die Mutter, eine Jetset-Lady, die sich mit Charityveranstaltungen die Zeit vertrieb, erlitt einen Nervenzusammenbruch, als sie die Nachricht erhielt. Der Stiefvater, ein eiskalter Geschäftsmann, bemerkte nur, dass es ja so kommen musste. Die Mutter schwor, dass sich der Junge niemals das Leben genommen hätte. „Als Roberto mir davon erzählte, beschwor ich ihn aus lauter Mitgefühl zu der Mutter, das Blut des jungen Mannes nochmals toxologisch zu untersuchen. Und ihr glaubt es nicht", Beates Stimme überschlug sich beinahe, „Roberto fand ein tödliches Gift. Jemand hatte seinem Heroin ein Pflanzenschutzmittel beigemischt. Die Familie wohnte in einer Villa mit einem grossen Garten, für den ein Gärtner zuständig war. Trotzdem fand Roberto an dem Pflanzenschutzmittel die DNA des Stiefvaters. Nach langen Verhören konnte er überführt werden. Er war dahintergekommen, dass sein Sohn sich an Firmengeldern bedient hatte, um seinen Stoff zu bezahlen. Als er ihn zur Rede stellte, drohte ihm sein Stiefsohn irgendwelche Ungereimtheiten der Firma an die Presse zu geben. Das war sein Todesurteil." Wow. Wir sassen alle ganz erschlagen auf dem schönen, grauen Sofa. Unbeirrt fuhr Beate fort. Sie berichtete uns von den zahlreichen Fällen, bei denen es nicht um Mord und Totschlag ging, sondern um Raub und Überfälle. Es gab auch Positives zu berichten. Wie beispielshalber DNA-Bestimmungen zur Entlastung von Verdächtigen führen können. Als wir uns alle wieder beruhigt hatten, erzählte sie uns noch von Drogenkurieren, die Päckchen mit Kokain schlucken, um diese zu schmuggeln. Platzen die Päckchen im Magen, so sterben die jeweiligen Menschen meistens. Sie erzählte von einer Frau, die unglaubliches Glück gehabt hatte und es überlebte. Sie stammte aus Bolivien und hatte eine kleine Tochter, die drohte zu erblinden. Sie hatte gehört, dass eine Operation in Europa der Kleinen helfen könnte und wollte sich als Drogenkurierin das Geld dafür verdienen. Roberto, der ihre DNA untersuchte, um auszuschliessen, dass sie aktenkundig war und zu einem bekannten bolivianischen Drogenring gehörte, der immer wieder aktiv war, lernte die Frau kennen und erzählte Beate von ihr. „Ich war neugierig, an welcher Augenkrankheit ihre Tochter litt"; fuhr Beate fort, „und besuchte sie in der Untersuchungshaft. Die Frau hat mich sehr beeindruckt.

Mit Roberto zusammen setzten wir uns gemeinsam bei den Behörden für sie ein. Sie bekam eine Bewährungsstrafe. Wir sorgten dafür, dass ihre Tochter eingeflogen wurde. Ich habe sie operiert. Das alles war vor sechs Jahren. Heute ist Esmalda meine Praxisassistentin und ihre Tochter ein fröhlicher Teenager." Bylle stand auf, ging zu Beate und nahm sie in die Arme: „Du bist toll", sagte sie auf die typische Bylle-Art und wischte sich eine Träne aus den Augen. „Und du bist und bleibst unsere empathische Kitschtante", bemerkte Simone trocken. „Und du, Simone bist und bleibst unsere trockene Realistin. Deswegen", sagte Anna, „war unsere Clique auch so genial. Wir waren und sind immer noch alle so verschieden und waren uns immer trotzdem so nah." Alle nickten zustimmend. Es schien mir, dass das alte Vertrauen der Gruppe wieder uneingeschränkt vorhanden war. Wir tratschten und diskutierten noch lange wie vor 30 Jahren. Bylle hing an meinem Arm wie damals. Ich kam mir plötzlich so jung vor und voller Energie. Ich überlegte mir wirklich in diesem Moment, ob ich nicht wieder einmal auf einen Baum klettern, mich demonstrierend auf die Strassenbahnschienen setzen, einen Joint rauchen oder eine Nacht durchtanzen sollte. „Wieder mal nach Italien trampen", sagte ich laut. Alle schauten mich völlig entgeistert an. Sie hatten gerade über eine neue Kaffeemaschine diskutiert, die Simone in Beates Küche entdeckt hatte.

Bevor ich auf mein Fahrrad stieg, ging ich noch ein paar Schritte mit Bylle. „Ich könnte das nie." „Was meinst du?", fragte ich Bylle. „Na so in Leichen rumwühlen. Da hast du ja nochmals Glück gehabt, dass aus Roberto und dir nichts geworden ist."

12

Die Generalprobe zum „Idealen Gatten" ging ohne weitere Zwischenfälle über die Bühne. Drei Wochen zuvor hatte sich noch eine Gruppe von fünf Schülern bei mir gemeldet. Sie wollten jetzt plötzlich auch mitspielen. Ich bat Drama um Hilfe. Sie schrieb eine Rahmenhandlung mit zahlreichen Zitaten von Oscar Wilde. Es passte perfekt zum Stück. Drama war einmal mehr meine Heldin, meine Dramaqueen. Die Jugendlichen waren glücklich und alle sehr aufgeregt. Am Premierenabend tauchte kurz vor Vorstellungsbeginn Lena mit Tobias auf. Ich traute meinen Augen nicht. Lena hatte sich bisher kaum für meine Arbeit interessiert und ich hatte das auch nie erwartet. Als die beiden vor mir standen und ich auch noch Cathy mit Julia im Zuschauerraum erblickte, beschlich mich eine seltsame Nervosität. Während der Vorstellung tigerte ich hinter der Bühne auf und ab. Die Schüler steigerten sich zu Höchstleistungen. Die Rahmenhandlung mit Oscar Wildes zum Teil zynischen Zitaten trugen zur allgemeinen Unterhaltung bei.

-*Sei du selbst! Alle anderen sind vergeben.*

-*Männer können analysiert, Frauen nur angebetet werden.*

(Typisch Drama)

-*Erfahrungen sind Massarbeit, sie passen nur dem, der sie gemacht hat.*

Oder etwa

-*Bigamie ist, eine Frau zu viel zu haben, Monogamie dasselbe.*

Der Schlussapplaus war frenetisch. Die jungen Leute strahlten und der Stolz spritzte ihnen förmlich aus den

Augen. Leon unterbrach den Applaus, holte mich auf die Bühne, übergab mir eine Flasche Champagner und sprach mir einen Dank aus, den ich stante pede an die Jugendlichen zurückgab. Ich erwähnte auch noch Drama, die in wenigen Stunden die Rahmenhandlung aus dem Boden gestampft hatte. Die Familien empfingen ihren vielversprechenden Nachwuchs im und vor dem Saal. Cathy und Julia kamen auf mich zu und gratulierten mir. Julia schaute mich begeistert an. „Wenn das mit unseren Frauen nur halb so gut wird, dann übersteigt das meine Erwartungen vollkommen", versicherte sie mir. „Wart's ab", antwortete ich übermütig, „Das wird noch besser!" Auch Lena und Tobias kamen zu mir. Lena umarmte mich auffällig. Es schien mir, als wollte sie allen zeigen, dass ich ihre Mutter sei. „Hast du gut hinbekommen," kommentierte Schuhgrösse 45 neben ihr. Aus der Ferne sah ich Paul. Als ich ihm zuwinkte, drehte er sich um und verliess die Aula. Ich hatte ihn anscheinend sehr verletzt. Leon, mein begabter Lord Goring, riss mich aus meinen Gedanken. „Liebste Frau Schneider, bei mir zu Hause steigt noch eine Party. Sie sind herzlichst eingeladen", sagte er überschwänglich. „Das ist sehr nett, liebster Leon, aber ich denke, da solltet ihr Jungen unter euch bleiben", sagte ich lachend. „Da wären wir aber alle sehr enttäuscht", konterte er und mit einem Blick auf Lena sagte er mit einer leichten Verbeugung: „Ich nehme an, das ist das Fräulein Tochter. Sie ist natürlich mit ihrer Begleitung auch herzlich eingeladen." Lena schaute ihn entsetzt an. „Er ist nicht immer so", beruhigte ich sie lachend und an Leon gewandt: „Na schön auf ein Bier, aber nur, wenn du jetzt Lord Goring weglegst." Als ich kurz nach Mitternacht die Party

verliess, sassen Lena und Tobias völlig integriert diskutierend bei meiner Idealer-Gatte-Truppe. Schon wieder ein kleiner Abschied von jungen Leuten, dachte ich, wie nach jeder Schüleraufführung. Es war einmal mehr eine schöne Reise gewesen mit anstrengenden, lustigen Momenten, mit Streit und vielen Emotionen. Ich wusste damals noch nicht, dass Leon zwei Jahre später einer meiner Schüler in der Schauspielschule sein würde.
Als ich am nächsten Morgen erwachte, dachte ich an meine nächsten Herausforderungen. Am Nachmittag musste ich nach Schwarzheim und dann sollte ich mich langsam um Lenas 16. Geburtstag kümmern, der auf den Freitag der nächsten Woche fiel. Drama hatte ihr Kommen zugesagt. Sie würde bei uns übernachten und mich tags darauf nach Schwarzheim begleiten. Ich musste die Frauen noch informieren. In der folgenden Woche begann mein neuer Workshop für die Kids und eine weitere Schüleraufführung war geplant. Das erste Kennenlernen der Klasse fand auch nächste Woche statt. Und bald war ja auch schon wieder Weihnachten. Ich war froh, dass ich immer genug zu tun hatte, aber an diesem Morgen überforderte es mich und schnell zog ich mir das Kissen über den Kopf. Wenige Minuten später polterte es an meine Türe. „Mama, alles ok? Du musst doch in den Knast." Mit einem Ruck setzte ich mich auf und schaute auf den Wecker auf meinem Nachttisch. Es war 11 Uhr. Ich war tatsächlich nochmals eingeschlafen. „Kaffee steht auf dem Küchentisch", begrüsste mich Schuhgrösse 45, als ich schlaftrunken die Türe öffnete. Frisch geduscht erwarteten mich in der Küche nebst dem Kaffee zwei frische französische Croissants, daneben ein Tupperware mit einem Käsebrot. In einer Vase

thronte ein Strauss Tulpen. „Waren im Angebot", bemerkte Schuhgrösse 45 und ich schwor mir, ihn nie mehr so zu nennen. Ich war gerührt. „Das Käsebrot ist zum Mitnehmen", fügte Lena noch hinzu. Ich murmelte etwas von „Vielen Dank, ihr seid die Besten. Womit habe ich das verdient?" Sie setzten sich beide zu mir und erzählten von dem vergangenen Abend. Sie hatten neue Freunde gefunden. Einige von Leons Klasse waren in derselben Klimabewegung. Sie hatten bis um drei Uhr morgens gefeiert, diskutiert, Pläne geschmiedet. „Was", entfuhr es mir, „bis um drei Uhr? Und ihr seid schon wieder so fit." „Wir sind eben noch jung und voller Energie." Während beide weitererzählten, schweifte ich mit meinen Gedanken ab. Ich hatte mich immer vor dem Moment gefürchtet, in dem Lena einen Freund mit nach Hause bringen würde und ich nicht mehr gefragt sein würde. Nun blickte ich dieses junge, strahlende, quasselnde Paar an und es überkam mich ein unerwartetes Glücksgefühl.

Voller Energie nach dem erfolgreichen Abend und dem schönen Morgen bestieg ich den Zug. Ich hörte laute, grölende Stimmen. Zwei junge Männer, die sehr aggressiv tönten, redeten auf jemanden ein. Ich wollte mich nicht einmischen, als ich plötzlich ein „Lasst mich doch endlich in Ruhe" vernahm. Die Stimme kam mir bekannt vor. Ich sah, wie der alte Bauer Sepp in der Ecke des Abteils sass, vor dem die beiden jungen Männer standen. Zottel war nirgends zu sehen. „Nun schau dir das mal an, der Alte hat sich in die Hose gepisst. Du stinkst wie ein Schweinestall." Ein Paar mittleren Alters sass im Abteil gegenüber und rührte sich nicht. Der Mann schaute verbissen in die Zeitung und die Frau starrte zum Fenster hinaus. Ich sah, wie einer der jungen Männer seine Bierdose über dem Kopf des alten Mannes kreisen liess. „Dann wollen wir den Hosenpisser doch mal waschen." „Stopp", schrie ich, „die Hosenscheisser seid wohl ihr, wenn ihr euch zu zweit mit einem alten, gebrechlichen Mann anlegen müsst." Ich erkannte mich kaum selbst. Ich, die ich solchen Situationen immer feige aus dem Weg ging, wollte mich mit zwei kräftigen, jungen Männern anlegen? „How, how, how, was haben wir denn da. Die Alte ist ja unglaublich schlau", sagte einer der beiden. „Und auch so mutig", fügte der andere hinzu und kam mir gefährlich nahe. Der Zug setzte sich in Bewegung. Ein Sekundenblick zur Seite zeigte mir, dass das Paar sich vom Zeitungslesen und Ausdemfensterstarren nicht abbringen liess. Wie in einem Film nahm ich alles wahr und spürte plötzlich den Pfefferspray in meiner Hand. Als ich ihn in die Höhe hob, waren die beiden sekundenschnell verschwunden. „Könnten wir vielleicht etwas Ruhe haben", sagte die Stimme hinter der Zeitung. Ich drehte mich um: „Ach, schau mal an, ES kann ja doch sprechen. Was sind Sie bloss für ein feiges Arschloch." Der Mund der Frau, die aus dem Fenster blickte, zuckte fast unscheinbar. Ich war mir nicht sicher, ob aus Entsetzen oder Belustigung. Dann wandte ich mich dem Alten zu. „Alles ok?" fragte ich. „und wo ist Zottel?" „Tot", sagte er nur. Wir sassen noch eine Weile schweigend nebeneinander. Als der Schaffner kam, erzählte ich ihm von dem Vorfall und bat ihn ein Auge auf den Alten zu halten. Vollkommen echauffiert kam ich in Schwarzheim an. „Was los?" fragte Rita, als sie mir das Tor öffnete. Nachdem ich ihr alles erzählt hatte, sagte sie: „Habe heute zum ersten Mal Freigang. Wenn sie wollen, können wir nach dem Kurs mal rüber gehen und nach dem Alten schauen." Ich musste mit den Tränen kämpfen. „Sie haben heute ihren ersten Freigang und wollen sich mit mir um einen alten Mann kümmern?", fragte ich ungläubig. „Wat soll ich denn sonst machen." Als ich das Büro von Julia betrat, wollte sie mich nochmals für meine Schüleraufführung loben: „Also das war ja wirklich toll, mit diesen jungen…" Sie unterbrach sich. „Was ist los.", fragte sie, „du bist ja ganz aufgebracht?" Ich erzählte ihr von der Geschichte im Zug und von Rita. „Und?", fragte sie, „Hättest du Lust mit ihr bei dem Alten vorbeizuschauen?" Als ich zögernd bejahte, versicherte sie mir, dass ich mit Rita keine Bedenken haben müsste. „Sie lebt auf, wenn sie sich um jemanden kümmern kann. Zudem ist sie stark und unerschrocken. Und sie kann zupacken. Du weisst ja nicht, was dich bei dem alten Mann erwartet." Auf meine Frage, weshalb Rita in Schwarzheim sei, erzählte sie mir, dass sie mit einem Alkoholiker verheiratet gewesen sei, der sie im Suff immer verprügelt hätte. Eines Tages hat sie sich gewehrt. Totschlag! Ich erschrak nun doch ein wenig. „Sie ist nun seit sechs Jahren hier", beruhigte mich Julia, „und sie hat noch keiner Fliege etwas zuleide getan. In wenigen Wochen kommt sie hier raus. Sie wirkt zwar sehr schroff und unnahbar, aber das ist nur Schutz. Anscheinend hat sie dich ins Herz geschlossen, sonst hätte sie dir niemals diesen Vorschlag gemacht." Ich schrieb Lena eine Nachricht, dass ich später nach Hause kommen würde. Zurück kam: „Ich koch uns was. Kein Stress".

Im Workshop kamen wir gut voran. Nach einigen Sprech- und Konzentrationsübungen probte ich jeweils einen kleinen Monolog, dann eine Szene mit mehreren Beteiligten, dann nochmals einen kleinen Monolog. Am Anfang und Ende der Probe sang Lady jedes Mal ihr Lied. So konnte ich die Aufmerksamkeit aller einigermassen aufrechterhalten. Ich hatte Lady eine Playbackversion besorgt vom Song „No reply" von den Beatles, mit dem das Stück beginnen sollte. Sie wollte ihn mir gleich zu Beginn der Probe vorsingen. Damit sorgte sie für eine gute und lockere Stimmung. Als allerdings zwei Frauen begannen mitzusummen, brach sie ab. In ihren Augen blitzte es böse auf. Ich sah schon einen erneuten Ausbruch voraus und rief sofort: „Stopp. Das ist Ladys Song. Er ist genauso wichtig wie die Texte. Ich möchte, dass alle zuhören und ruhig sind. Möglich, dass wir später noch eine Choreographie dazu machen, aber im Moment seid ihr einfach still. Lady, du kannst dein Lied nochmals singen." „Wann können wir endlich eine Vorstellung geben", fragte mich eine der Teilnehmerinnen, als Lady mit ihrem Song fertig war. „Da müsst ihr euch noch etwas gedulden, noch sind wir nicht so weit." Allgemeines Murren. „Aber am nächsten Samstag kommt uns die Frau besuchen, die den Text bearbeitet hat. Sie arbeitet an einem der grössten deutschsprachigen Theater. Ihr könnt ihr schon mal zeigen, was ihr draufhabt. Also lernt alle eure Texte. Ich werde noch Julia Hartmann fragen, ob sie auch dazukommt. Dann können wir alles Organisatorische mit ihr besprechen." Das ungeduldige Gemurmel wandelte sich in ein aufgeregtes Geplapper. Nach dem Kurs wartete Rita bereits auf mich. Sie war frisch gekämmt und hatte sich umgezogen. Ich ging noch schnell zu Julia ins Büro und fragte sie, ob sie nächste Woche auch zu einem kleinen Probelauf dazukommen würde. Den Besuch von Drama hatte ich bereits mit ihr abgesprochen. Sie sagte zu. Ich fragte sie noch, ob ich bei meinem kleinen Ausflug mit Rita etwas beachten müsse. „Sie muss um 22 Uhr wieder zurück sein. Aber das weiss sie und du musst weder auf sie aufpassen noch ihr Kindermädchen spielen. Ich vertraue ihr vollkommen. Und du kannst es auch."

Der alte Mann hatte mir einmal gesagt, dass er eine Station nach Schwarzheim aussteigen müsse. Wir bestiegen also den Zug, um ihn an der nächsten Haltestelle wieder zu verlassen. Kurz vor dem kleinen Bahnhof sahen wir auf der linken Seite einen einsamen Hof. „Das muss es wohl sein", sagte ich zu Rita. Wir stiegen aus und mussten etwa 10 Minuten zurückgehen. „Sagen Sie mal, Rita, was haben Sie eigentlich beruflich gemacht?", fragte ich sie unterwegs. „Altenpflegerin." „Und", fragte ich weiter, „hat ihnen das Spass gemacht?" „War ganz ok." Wortlos gingen wir einige Schritte weiter. Plötzlich unterbrach sie das Schweigen und erzählte mir, dass sie am liebsten Fotografin oder Kamerafrau geworden wäre. Aber das lag bei ihren Eltern nicht drin. Für die wäre das kein richtiger Beruf gewesen und schon gar keiner, mit dem man seinen Lebensunterhalt verdienen konnte. Von ihrem Gehalt hatte sie sich einmal eine Leica Kamera zusammengespart. Diese war damals ihr ganzer Stolz. Ihr Mann hatte die Kamera im Suff mit einem Hammer zerschlagen. Seither hatte sie nie mehr einen Fotoapparat angerührt. „Fiel mir auch nicht schwer", grinste sie, „denn ich hatte ja keinen mehr."

Von Weitem sah ich Zottel vor der Hütte liegen. „Er lebt", rief ich erleichtert. Rita schaute mich erstaunt an. „Der

Hund, er lebt." Wir hämmerten an die Türe, denn die Klingel schien nicht zu funktionieren. Nach wiederholtem Klopfen und Rufen, das unbeantwortet blieb, drückte ich sanft die Klinke nieder, trat mit einem beherzten „Hallo" ein und stand in einer Küche. „Ach du Scheisse", ertönte Ritas Stimme hinter mir. Auf einem alten Herd thronte eine Pfanne, in der angefaulte Kartoffeln lagen. Hinter einem wackligen Küchentisch, auf dem alte Brotrinden und ein Krug mit säuerlich riechender Milch standen, war eine Holzbank. Mit weiteren Hallorufen machten wir uns auf die Suche nach dem alten Mann. Gleich hinter der Küche war eine Art Schlafzimmer, das jedoch menschenleer war. Rita stürzte sogleich zum Fenster und riss es auf. „Das hält man ja nicht aus", sagte sie, „dagegen ist der Knast geradezu ein 5 Sternehotel. Vielleicht ist der Alte im Stall." Ganz im Gegensatz zu dem Haus, war der Stall sauber und frisch geputzt. Der Alte striegelte eine der beiden Kühe. „Hallo", rief ich ihm zu, „wir sind gerade zufällig hier vorbeigekommen und wollten mal sehen, wie es Ihnen geht." „Wollt ihr Eier?", fragte er, „drei Euro die Schachtel."

Ich wusste nicht, wie ich mich verhalten sollte und suchte umständlich einen Fuenf-Euroschein in meiner Tasche. Rita zog sich ihre Jacke aus, krempelte die Ärmel hoch und nahm den Alten am Arm. „Weisst du was, Opa, wir gehen jetzt erst mal in dein Haus und machen etwas sauber." Völlig verdutzt, mit meinen fünf Euro in der Hand, sah ich, wie Rita den Alten sanft ins Haus zog. Ich hörte noch, wie sie zu ihm sagte: „Ich bin die Rita und die andere ist die Schneider." Ich machte erst einen kleinen Rundgang durch den Hühnerstall und auch hier fand ich saubere und gepflegte Tiere. Dann setzte ich mich auf die Bank vor dem Haus. „Na du", sagte ich zu Zottel, der mich schwanzwedelnd betrachtete, „ich hatte schon Angst um dich." Er setzte sich neben mich und liess sich von mir kraulen. Plötzlich drang scheppernde Volksmusik aus dem Haus. Ich trat ein. Der Alte sass an seinem bereits geputzten Küchentisch. Auf dem Herd kochte Wasser in einer frisch gescheuerten Pfanne und aus dem Zimmer hinter der Küche johlte Rita vollkommen falsch zu der Musik, die aus einem alten Kassettenrecorder kam. Der Alte dirigierte dazu selig lächelnd. Ich ging zu dem hinteren Zimmer. Nebst einem Stuhl mit drei Beinen, auf dem ein paar alte Klamotten lagen, gab es eine Pritsche. Bett konnte man dieses Ding kaum mehr nennen. Darauf lagen eine alte Armeedecke und ein zerlumptes Kopfkissen. „Ach, Schneider, gut, dass sie da sind", empfing mich Rita, „ich kümmere mich um ihn. Vielleicht könnten sie, bevor sie gehen, noch ein paar Karotten und Kartoffeln holen. Er hat gesagt, dass es hinter dem Stall welche gibt. Ich mach hier ein bisschen sauber und koch ihm noch ne Suppe." Ich sah eine völlig veränderte Rita vor mir. Ihre Gesichtszüge waren viel weicher geworden. Ich sagte ihr, dass ich noch eine Stunde Zeit hätte und ihr helfen würde. „Na, dann könnten sie ja schon mal die Suppe kochen. Ich putze noch die Toilette, wenn ich hier fertig bin." Als ich das Gemüse holte, sah ich hinter dem Stall ein kleines Häuschen, das wohl die Toilette sein musste. Zurück in der Küche fing ich an, das Gemüse zu rüsten. „Ich kenn dich", sagte der Alte plötzlich, als wäre er gerade aus einem tiefen Schlaf erwacht, „aus dem Zug." Ich bestätigte und erklärte ihm, dass wir schon oft zusammen gefahren seien und ich jeweils in Schwarzheim aussteigen würde. „Weiss ich doch", sagte er, „du bist eine von den Knastschwestern. Mir ist das egal. Aber die Rita, die ist nett. Ich glaube, die ist ne Aufseherin da drüben oder vielleicht gar die Direktorin. Bestimmt ist sie ne Studierte. Und ne Stimme hat sie, das haut einen glatt um." „Ja", antwortete ich lächelnd, „die Rita ist toll." Und das meinte ich auch wirklich so. Sie legte ein unglaubliches Tempo an den Tag. Sie hatte in einem Schrank in der Küche Putzmittel gefunden und während ich das Süppchen kochte, hatte sie das Schlafzimmer, die Küche und die Toilette aufgeräumt und geputzt. Im Kachelofen in der Küche hatte sie Feuer gemacht, das gemütlich vor sich her knisterte. Mit roten Wangen und Schweissperlen auf der Stirne stand sie plötzlich vor mir. „Das müssen sie sich ansehen", flüsterte sie mir zu. Sie zog mich im Schlafzimmer durch eine Türe, die in einen Korridor führte. Eine hölzerne, ächzende Treppe führte in das obere Stockwerk. Es gab kein Licht. Ein unheimliches Gefühl überkam mich. Was uns da oben wohl erwartete. Dreck? Spinnen? Fledermäuse? Gar die alte, tote Bäuerin? Mich schauderte. Rita öffnete eine Tür und wir standen in einem lichtdurchfluteten Raum. Ich konnte nicht glauben, was ich hier sah. Ein Doppelbett mit strahlendweisser Bettwäsche, ein grosser Bauernschrank und zwei purpurrote Sessel standen in dem Zimmer. Über alles hatte sich ein zarter Staubteppich gelegt. „Es geht noch weiter", flüsterte Rita andächtig, als ob sie vor etwas Heiligem stehen würde. Ein zweiter Raum, ebenso hell, war mit zwei Einzelbetten mit karierter Bettwäsche, einer Bauernkommode und einem kleinen Tisch ausgestattet. Auch hier war alles ordentlich und sauber, abgesehen von der kleinen Staubschicht. „Und nun die Krönung." Rita zog mich in ein grosses Badezimmer. Nebst einer Badewanne und Toilette gab es eine separate Dusche. „Ist das zu glauben", kommentierte Rita, „und der haust da unten in dem verdreckten Loch." Sie spülte die Wanne aus und liess warmes Wasser einlaufen. „Sepp", sagte Rita zu dem Alten, als wir wieder in der Küche standen, „warum zum Teufel lebst du in diesem Saustall hier unten, wenn du oben ein kleines Paradies hast?" „Schneider, das geht dich einen vertrockneten Kuhmist an", fuhr er mich an, obwohl ich gar nichts gesagt hatte. „Du wirst jetzt da oben ein warmes Bad nehmen. Und nachher gibt's eine gute Suppe von der Schneider." Ritas Ton war bestimmt, klang aber nicht nach Befehl. „Wenn das die Frau Direktor meint, dann will ich mal nicht so sein", grinste er und zwinkerte Rita zu. „Ich bleibe noch hier", wandte sich Rita an mich, „ich werde mit ihm noch die Suppe essen und das obere Schlafzimmer herrichten. Sie können schon mal nach Hause." Ich sah ein, dass ich überflüssig war. Ich setzte mich nochmals auf die Bank zu Zottel. Rita trat mit der Armeedecke aus dem Haus, schüttelte sie kräftig aus und setzte sich neben mich. „Rauchen Sie?", fragte ich und hielt ihr meine Zigarette hin. „Ja schon, bloss ist das Zeug im Knast so teuer." Wir zündeten uns beide eine an und genossen schweigend die Stille, die nur hin und wieder durch ein Hühnergackern unterbrochen wurde. „Sie sind..." „Jetzt bloss keine Komplimente oder Schmeicheleien", unterbrach sie mich. „Hören sie mal Rita, wollen wir uns nicht duzen? Ich hätte da eine Idee. Wie wäre es, wenn sie für unsere Aufführung Fotos machen oder vielleicht sogar einen kleinen Film drehen würden? Ich müsste es natürlich noch mit Frau Hartmann besprechen." Als keine Antwort kam, hakte ich nach: „Na, was sagst du dazu?" „Du heiliges Kanonenrohr, das wäre grossartig. Du meinst so richtig fotografieren und filmen." Als ich bejahend nickte, stand sie auf und verschwand wortlos im Innern des Hauses. Ich hörte noch, wie sie zum Alten sagte: „Mensch Opa, ich werde wieder mal Fotos machen, du heiliges Kanonenrohr." Ich legte meine Zigarettenpackung, die noch mehr als halb voll war, auf die Bank und machte mich auf den Weg zum Bahnhof. Zuhause erwartete mich ein Teller Spaghetti. Lena hatte bereits vorgekocht und wollte sich nach dem Essen noch mit Tobias treffen. Ich erzählte ihr von meinem Tag, meinem Ausflug mit Rita und meiner Begegnung im Zug. „Was für Arschlöcher", war ihr Kommentar. „Ja", entgegnete ich, „das waren junge, betrunkene Arschlöcher. Aber eigentlich habe ich mich noch mehr über das Ehepaar geärgert, das überhaupt nicht reagiert hat." Sie lächelte mich an: „Weisst du Mama, ich find dich toll, wenn du dich so aufregst." Nach 20 Minuten rutschte sie unruhig auf ihrem Stuhl hin und her. „Na, nun geh schon." „Danke, Mama!" Sie wollte noch den Tisch abräumen. Ich wiederholte mein „Geh schon", was sofortige Wirkung zeigte. Als die Wohnungstüre ins Schloss fiel, atmete ich auf. Die Ruhe tat gut. Einige Sekunden später stand Lena schon wieder in der Küchentür. „Ach, hab ich ganz vergessen, Papa hat angerufen. Schöne Grüsse und er meldet sich noch bei dir." Weg war sie. Seit wann nannte sie ihn Papa? Bisher sprach sie immer nur von Jochen. Was er wohl wollte? Ich räumte die Küche auf und machte es mir danach auf dem Sofa gemütlich. Vor 24 Stunden hatte die Premiere von Oscar Wilde gerade angefangen. Ich dachte an alles, was seither geschehen war. Das Telefon klingelte. Auf dem Display leuchtete der Name Jochen auf. „Heute nicht mehr", sagte ich zum Handy, das unbeirrt weiterklingelte.

Ich hatte tief und fest geschlafen und machte am nächsten Morgen einen ausgiebigen Spaziergang in der kalten Winterluft. Als ich nach Hause kam, klingelte mein Handy. Jochen. Na schön. „Guten Morgen Jochen", sagte ich so natürlich wie möglich, bemerkte jedoch, dass sich meine Stimme eine Terz nach oben verlagert hatte. „Guten Morgen Claudia. Wir geht es Dir?" „Danke gut, und selbst?" „Naja, was soll ich sagen, frisch geschieden." „Oh, das tut mir leid." „Wirklich?", fragte er. Nee, dachte ich und sagte: „Ja." Pause. „Naja, ich will dich nicht mit meinem Privatleben langweilen." Pause. Unangenehme Pause. Peinliche Pause. Ich hüstelte gekünstelt. „Also, weshalb ich anrufe. Ende Woche hat doch unsere Tochter Geburtstag und wenn ich richtig nachgerechnet habe, dann ist es der 16." Verlegenes Lachen. „Mathematik eins", sagte ich trocken. Räuspern seinerseits. „Hast du eine Idee, was sie sich wünscht?" „Das musst du sie schon selber fragen." „Nun, ich würde sie gerne überraschen und hätte auch eine Idee. Was hälst du von einer Shoppingtour in New York? Natürlich in meiner Begleitung. Wir könnten uns dann auch etwas besser kennenlernen." Es verschlug mir die Sprache.

V meldete sich: „Das ist aber wirklich grosszügig".

H: „Grosszügig? Was glaubt dieses Arschloch eigentlich, jetzt, wo er frisch geschieden ist, kann er nach sechszehn

Jahren durch Aufdrehen des Geldhahns in seinen alten Tagen die Tochter ihrer Mutter entziehen?"
V: „Nun übertreibst du aber völlig"
H: „Ach ja? Du könntest dir das nie leisten. Shoppen in New York. Und du schenkst ihr eine Katze vom Bauernhof, für die du nicht mal etwas bezahlen musst."
V: „Du bist ja total eifersüchtig."
H: „Das ist Blödsinn. Aber Mädchen in diesem Alter sind manipulierbar."
Es stimmte, ich war eifersüchtig, nein, ich hatte plötzlich Angst, sah vor meinem geistigen Auge Lena durch New York tanzen vollgepackt mit Einkaufstaschen der teuersten Boutiquen. Zum 18. Geburtstag kurvte sie dann wahrscheinlich mit ihrem neusten Cabrio neben Papa durch die Welt, während ich zuhause meine Tränen trocknete.
H: „Aber, dass du Lena das zutraust, ist unfair. So ist Lena nicht."
V: „Stimmt, so ist Lena nicht."
„Claudia, bist du noch da? Was meinst du? Würde sie sich freuen?" „Nein", sagte ich tapfer, aber ziemlich bestimmt. Nach einer erneut gefühlten Ewigkeit setzte ich das Gespräch fort. „Das ist zwar eine nette Idee", sagte ich nun versöhnlich, „aber Lena ist total auf dem Ökotrip. Sie ist Mitglied bei Einer Klimabewegung. Ich denke ein Flug nach Amerika wird ihr nicht entsprechen und auch shoppen ist wohl nicht so angesagt. Es sei denn, ihr zwei würdet nach Amerika segeln und dann die veganen Boutiquen besuchen, vielleicht würde ihr das gefallen." „Kann es sein, dass du mich nicht ernst nimmst?" „Nun", sagte ich, „vielleicht fragst du sie am besten selbst, was sie sich wünscht." Pause. Dann fragte er zaghaft: „Was macht ihr

denn an ihrem Geburtstag? Meinst du ich könnte mal schnell vorbeischauen?" Wie bitte! Ich war vollkommen überrumpelt. Wer zum Teufel glaubte er zu sein, dass er nach 16 Jahren mal einfach so schnell vorbeischauen wollte. Ich wollte diesen Mann nicht in meinem Leben. Ich wollte meine Tochter nicht mit ihm teilen, nicht nach 16 Jahren. Er würde mit seinem dicken Auto und seinem noch dickeren Geldbeutel vorbeikommen und mein Kind damit ent- und verführen. Das wollte ich nicht zulassen. Ich bemerkte, dass er inzwischen weitergesprochen hatte und von weitem vernahm ich etwas von „Klimabewegung" und „Natürlich mit dem Zug kommen." Um schnell mal vorbeizuschauen wollte er eine fünfstündige Zugreise auf sich nehmen. Ich schwieg. „Ich weiss, dass ich keinen Anspruch auf meine Tochter habe, aber seit ich sie gesehen habe vor einem Jahr, weiss ich, was ich verpasst habe. Ich will mich auch nicht einmischen, aber ich bereue sehr, dass ich mich nie um euch gekümmert habe." Arschloch, dachte ich. Stille. Meinte er das wirklich ernst. Hatte ich überhaupt das Recht Lena ihren Vater vorzuenthalten? Vielleicht das juristische Recht, aber bestimmt nicht das moralische. Ich gab mir einen unglaublichen Ruck. „Na schön. Wir wollten was Kleines essen gehen. Lena, ihr Freund Tobias und ihre Patentante Drama. Wenn du willst und wenn Lena damit einverstanden ist, kannst du auch mitkommen." „Claudia, das wäre wunderbar. Ich würde euch natürlich einladen. Da gibt es doch dieses Sternerestaurant in eurer Stadt." „Jochen, nun schalte mal einen Gang zurück. Bei uns um die Ecke gibt es eine gemütliche kleine Pizzeria. Die haben auch vegane Pizzen oder Pasta." „Ok, du bist der Boss. Ich werde gleich mal mit Lena telefonieren und sie fragen, was sie sich wünscht und ob sie damit einverstanden ist, dass ich komme." „Mit dem gleich musst du dich noch etwas gedulden", erwiderte ich leicht gehässig, „deine Tochter geht noch zur Schule, falls du das vergessen hast. Aber gegen Abend sollte sie zu Hause sein." „Claudia, du bist ein Schatz." „Und vergiss nicht ein Hotelzimmer zu buchen. Bei uns kannst du nicht übernachten. Da schläft nämlich schon Drama…und überhaupt…" Warum verdammt nochmal musste ich mich erklären. „Natürlich nehme ich mir ein Hotelzimmer. Ich freue mich euch zu sehen…euch beide", sagte er nachdrücklich. „Na dann." Scheisse, dachte ich, nachdem ich aufgelegt hatte. Mein Mädchen hat einen Freund, ihr Vater meldet sich nach Jahren und möchte mit uns ihren Geburtstag feiern. Mein ruhiges, zufriedenes Leben drohte aus den Bahnen zu geraten. Ich wählte Dramas Nummer. „Er kommt auch am Freitag", sagte ich ohne Begrüssung als sie sich meldete. „Guten Morgen, liebe Claudia, wer kommt?" Ich erzählte ihr von Jochen. „Mensch, Klasse, dann lerne ich den Typen ja auch mal kennen." „Finde ich gar nicht Klasse." „Jetzt bist du aber die Dramaqueen", sagte sie lachend, „ich bin doch bei dir und wenn er sich danebenbenimmt, schmeisse ich ihn hochkant raus, das verspreche ich dir." Nach einer guten halben Stunde hatte es Drama geschafft, mich zu beruhigen.

Wir waren gerade beim Abendessen, als Lenas Handy klingelte. „Das wird dein Vater sein. Geh nur ran", sagte ich so gelassen wie möglich. Nach einigen Ja, Nein, das wäre super, das geht klar für mich, legte sie wieder auf. Sie schaute mich sehr erwachsen an. „Ist es ok für dich, wenn er kommt?" Ich nickte bejahend, indem ich versuchte den

Kloss in meinem Hals zu ignorieren. „Er hat mich gefragt, was ich mir wünsche. Preis spielt keine Rolle. Was meinst du, vielleicht ein Fahrrad?" Ihr jetziges Rad hatten wir vor drei Jahren auf einem Flohmarkt gekauft. Es war inzwischen eigentlich zu klein für sie und ich konnte schon von weitem das Scheppern hören, wenn sie nach Hause kam. Wieder kam ein leichtes Eifersuchtsgefühl auf, das ich jedoch gleich zu unterdrücken versuchte. „Das ist eine super Idee, aber dann ein richtig teures", antwortete ich tapfer. Nachdem sie sich in ihr Zimmer verzogen hatte, setzte ich mich auf meinen Balkon und die Tränen liefen mir ungebremst über mein Gesicht. Warum wusste ich nicht. Ich hatte einfach Angst.

13

Donnerstagnacht. Der Geburtstagskuchen verabschiedete sich im Ofen von seinem flachen Dasein und hob sich gefährlich neugierig in die Höhe. Lena war rechtzeitig schlafengegangen und ich dekorierte die Wohnung. Herzchenballons, Girlanden schauten erwartungsvoll auf mich herunter. Der Tisch fürs Abendessen bei Giovanni war reserviert. Nun musste ich am nächsten Morgen nur noch bei Anna die kleine Katze holen. Als ich zu Bett ging, beschlich mich eine seltsame Nervosität. War es die freudige Erwartung auf den 16. Geburtstag meiner Tochter, war es die Angst vor ihrem Erwachsenwerden oder gar die Aussicht auf das Zusammentreffen mit ihrem Vater? Ich hatte ihn seit 16 Jahren nicht mehr gesehen. Als er Lena vor gut einem Jahr zum ersten Mal treffen wollte, hatte ich sie in der Hotelhalle eines noblen Schuppens parkiert und zwei Stunden später vor dem Hotel wieder in Empfang genommen. Auf meine Frage, wie das Treffen verlaufen sei, antwortete sie damals mit: „Ganz gut". Wir vermieden es beide, uns weiter darüber zu unterhalten. Da er sich seither auch nicht wieder gemeldet hatte, schien das Thema Vater mit dieser Begegnung gegessen zu sein. Ich hatte mich geirrt!

Ich erinnerte mich nun an den gut gewachsenen, charmanten Mann vor 16 Jahren und neun Monaten mit seiner tiefen Sexystimme. Wie er wohl heute aussah? Bestimmt hatte er den entsprechenden Wohlstandsbauch, eine Glatze und eine dicke Brille. Ich war auf alles gefasst. In der Nacht träumte ich von ihm. Sein Gesicht konnte ich zwar nicht erkennen, aber ich konnte ihn riechen und spürte seine Hände auf meinem Körper. Schweissgebadet wachte ich auf, als der Wecker viel zu früh klingelte. Leise ging ich in die Küche und montierte 16 Kerzen auf den Kuchen. Als es Zeit war Lena zu wecken, zündete ich die Kerzen an und schlich in ihr Zimmer. Bevor ich sie mit einem kräftigen „Happy birthday to you…" aus den Träumen holte, betrachtete ich meine schlafende Tochter. Sie war tatsächlich schon eine junge Frau geworden, nun ja, beinahe. Von meinem Gesang aufgeweckt schlang sie ihre Arme um mich mit einem „Danke, Mama, du bist die Beste." Da war es doch wieder, mein kleines Mädchen.

Cathy hatte sich angeboten, meine Stunden in der Schauspielschule zu übernehmen. So blieb mir genügend Zeit, um zu Anna auf den Bauernhof zu fahren. Ich holte im Keller die Katzentransportkiste, die ich schon vor einigen Tagen besorgt hatte und trat in die graue, kalte Novemberluft. Am Bahnhof besorgte ich mir einen Kaffee to go und bestieg den Zug. Anna, mit der ich tags zuvor noch telefoniert hatte, holte mich am Bahnhof mit der Pferdekutsche ab. In dicke Decken gehüllt fuhren wir zu ihrem Hof. Als wir das Haus betraten, sass der kleine Kater frech auf dem Küchentisch. „Das wirst du ihm abgewöhnen müssen. Sobald ich das Haus verlasse, sitzt er hier und wartet. Er weiss genau, dass er das nicht tun darf. Er ist eben ein Filou, und so haben wir ihn auch genannt." Anna machte uns noch einen Kaffee. Filou setzte sich auf meinen Schoss, als wenn er gewusst hätte, dass er von nun an zu mir gehören würde. Ich kraulte ihn. Er schnurrte behaglich und es fühlte sich sehr gut an. „Ich seh schon", sagte Anna, „da haben sich zwei gefunden. Ich freue mich, dass er zu euch kommt. Er ist etwas ganz Besonderes." Es war sehr vertraut, so bei Anna in der Bauernküche zu sitzen und über allerlei Nichtigkeiten zu plaudern. Ich fühlte mich so wohl, dass ich ihr sogar von Lenas Vater und meinen Ängsten erzählte. „Am liebsten würde ich einfach bis morgen hier bei dir sitzen bleiben." Sie legte ihre zerfurchte, bäuerliche Hand auf meinen Arm. „Komm schon, Claudi, du schaffst das. Du hast doch anscheinend ein ganz patentes Mädchen zuhause. Und du willst dir ihren Geburtstag doch nicht vermiesen lassen." Ich lächelte sie an. Sie hatte es tatsächlich geschafft, mich zu beruhigen. „Schön, dass wir uns wieder gefunden haben", sagte sie plötzlich, „nur Monika und Susanne fehlen. Schade, dass niemand weiss, was aus Susanne geworden ist. Sie war immer so sozial und freundlich zu allen. Weisst du noch, als Ava in unsere Klasse kam. Ava aus der Türkei, die kaum deutsch sprach. Susanne hat sie sogleich unter ihre Fittiche genommen und hat mit ihr und sogar mit ihren kleineren Geschwistern Deutsch gelernt. Nach einem Jahr ging Ava mit ihrer Familie wieder zurück in ihr Heimatland." Nach einer kleinen Pause fügte sie traurig lächelnd hinzu: „Unsere Sozialtante Susanne fehlt mir." „Ich werde sie finden", versuchte ich sie aufzumuntern. „Ach Claudi Raudi, bestimmt sitzt sie in einem Entwicklungsland und bringt den Kindern lesen und schreiben bei." Beinahe hätte ich ihr von Susanne erzählt und war erleichtert, dass in diesem Moment ihr Mann mit dem Grosskind auf dem Arm in die Küche trat. „Hallo", begrüsste er mich mit einem breiten Grinsen, „wir beide wollen uns nur noch schnell von Filou verabschieden." Der Kleine drückte das Kätzchen mit seinen Kinderarmen fest an sich und Annas Mann streichelte Filou über den Kopf. „Na, dann machs mal gut in der grossen Stadt", und an mich gewandt, „viel Spass mit dem kleinen Ungeheuer." Als der Kleine mit einem „Bilou leiben" drohte in Tränen auszubrechen, nahm ihn sein Grossvater schnell wieder auf den Arm und versprach ihm, dass sie nun zusammen die Hühner füttern würden. Kurze Zeit später packte ich Filou in die Box und Anna brachte mich zum Bahnhof.

Zuhause öffnete ich die Transportkiste und versuchte Filou durch Zureden herauszulocken. Sie schien mir nun doch etwas verängstigt und zog es vor noch drinnen zu bleiben. Ich holte im Keller das Katzenklo, das ich auch bereits seit einigen Tagen dort unten versteckt hielt. Als ich wieder in die Wohnung kam, schmiegte sich das kleine Knäuel schnurrend an meine Beine. Seine Neugier schien die Schüchternheit überwunden zu haben. Eine halbe Stunde später hörte ich das Scheppern von Lenas Fahrrad. Schnell lockte ich Filou in die Küche, schloss die Türe und stellte mich davor. Lena stürmte in die Wohnung, in ihr Zimmer, ins Wohnzimmer. Lachend schaute ich ihr zu. Vor mir riss sie einen Boxenstopp. „Mama, bitte, wo ist es?" „Was denn?" „Mein Geschenk. Ach, komm schon, Mama, nun sag schon." „Ab ins Wohnzimmer und Augen zu!", sagte ich streng. Mit einem Sprung landete sie auf dem Sofa. Ich holte Filou, die es sich tatsächlich auf unserem Küchentisch bequem gemacht hatte. Behutsam legte ich sie in Lenas Arme. Sofort öffnete meine Tochter ihre Augen. Sie war sprachlos und ich war mir anfangs nicht sicher, ob sie sich freute, bis ich ein Glänzen in ihren Augen sah und tatsächlich kullerte auch schon eine Träne ihre Wange hinunter. „Das ist Filou", sagte ich, setzte mich neben sie auf das Sofa und legte meinen Arm um sie. „Herzlichen

Glückwunsch zum Geburtstag, mein Schatz." „Das ist das schönste Geschenk ever", flüsterte Lena unter Tränen. Filou erschnupperte in ihrem Gesicht die salzigen Tränen und drückte ihren kleinen Kopf gegen Lenas Wange. Plötzlich sprang sie von Lenas Schoss, rannte aus dem Zimmer, um im nächsten Moment wieder auf dem Sofa zu landen. Wir mussten beide lachen. Nachdem sie das viermal wiederholt hatte, sprang sie wieder auf Lenas Schoss, wo sie sogleich einschlief. „Kannst du mir mein Handy holen? Ich muss das sofort Tobias schreiben. Ich kann mich unmöglich in zwei Stunden mit Papa treffen. Kannst nicht du mit ihm ein Fahrrad kaufen gehen. Und… wir müssen unbedingt das Essen bei Giovanni absagen. Wir können Filou doch am ersten Abend nicht schon allein lassen", sprudelte es dann wasserfallmässig, flüsternd aus dem Mund meiner Tochter. „Moment mal…" „Psst", unterbrach sie mich, „nicht so laut, Filou schläft." „Es wird ihn in seinem Schlaf nicht weiter stören, wenn wir in normaler Lautstärke reden. Das mit dem Fahrrad musst du schon selbst machen. Ich bleibe hier und werde gut auf das kleine Monster aufpassen." „Aber heute Abend müssen wir hier essen, bitte Mama." Was hatte ich mir mit meinem Geschenk nur eingebrockt. Ich versprach ihr, dass wir das Essen bei Giovanni bestellen und liefern lassen würden. Kaum hatte ich das ausgesprochen, bereute ich es auch schon. Das bedeutete, dass Jochen hierherkam. Der Fürst sollte bei Aschenputtel dinieren. Mich schauderte. „Hast du Bedenken wegen Papa?" Ich zuckte zögernd mit den Schultern. „Ach komm, Mama, wir sind, wie wir sind und wir sind gut, und wenn ihm das nicht passt, dann muss er nie wieder hier auftauchen." Ich musste lächeln. Meine

Lena! Sie war ja so klug und sie hatte recht. Sollte er doch kommen. Wir mussten uns für nichts schämen. Eingebildeter Schnösel. Als Lena eine Stunde später aus dem Haus ging, juckte ich auf und fing an, die Wohnung aufzuräumen und zu putzen. Ich musste mir eingestehen, dass meine Nervosität nun trotz aller Vernunft stieg. Ich würde Lenas Vater nach all den Jahren zum ersten Mal wieder treffen, hier, in der Wohnung, die er uns gekauft hatte. Ich erinnerte mich an damals. Ich war im vierten Monat schwanger. Wir besichtigten zusammen die Wohnung, die ich bereits vorher ausgesucht hatte. Anschliessend unterschrieben wir bei einem Notar den Schenkungsvertrag. Das Treffen war freundlich, aber sehr distanziert. Und nun sollte ich ihm also nach über 16 Jahren in dieser Wohnung wieder gegenüberstehen. Aber ich hatte ja Unterstützung. Neben meiner Tochter und Tobias stand mir auch noch Drama zur Seite. Plötzlich tat er mir leid. Er musste ganz allein in die Höhle der Löwin. Geschieht ihm recht, dachte ich, er hätte sich auch schon vor Jahren melden können. Übermütig warf ich meinen Putzlappen in die Ecke. „Soll er doch kommen", sagte ich zu Filou, der verschlafen seinen Kopf hob.
Eine Stunde später klingelte es Sturm. Drama eroberte die Wohnung wie ein Wirbelwind und hätte mich beinahe umgerannt. „Wo ist sie", fragte sie mich, nachdem sie mich fest umarmt hatte, „wo ist meine Kleine." „Nun setz dich erstmal. Prosecco?", fragte ich. „Was jetzt schon." „Also ich könnte schon mal einen Schluck vertragen", entgegnete ich. „Na dann mal her mit dem Gesöff." Bei unserem ersten Glas berichtete ich ihr, dass Lena mit ihrem Vater unterwegs sei. Ihre Frage, ob ich mich freuen würde, ihn

wieder zu sehen, musste ich nicht beantworten, denn ein Kratzen unter dem Sofa liess Drama hochschrecken. „Ihr habt Mäuse", rief sie aus, indem sie ihre Beine in die Höhe streckte. „Bestimmt nicht", antwortete ich grinsend, „und wenn wir welche gehabt hätten, wären sie spätestens heute verschwunden." Ihr fragender Gesichtsausdruck erübrigte sich sofort, als wir ein zartes Miauen hörten. Filou kroch unter dem Sofa hervor und landete mit einem Satz auf Dramas Schoss. Es war doch immer wieder erstaunlich, welche Emotionen junge Tiere bei den Menschen auslösen konnten. Drama blieb stocksteif sitzen und flüsterte nur noch. „Oh! Nein! Wirklich! Ich glaubs ja nicht! Mein Gott, ist die süss." Nachdem sie sich etwa zehn Minuten nur flüsternd mit mir unterhalten hatte, sprang Filou plötzlich auf und verliess das Zimmer. Dramas Gesichtsausdruck änderte sich so schnell, wie die kleine Katze verschwunden war. „Kennst du die Weisheit: *Hunde brauchen ein Herrchen, Katzen brauchen Personal?* Oder wie wärs damit: *das Leben und dazu eine Katze, das gibt eine unglaubliche Summe.* Ist übrigens von Rilke." „Und was meinte Goethe zu Katzen?", fragte ich belustigt, denn Drama kannte ihren Goethe wie keine andere.

„Zum Fressen geboren, zum Kraulen bestellt;
In Schlummer verloren, gefällt mir die Welt.
Ich schnurr auf dem Schosse, ich ruhe im Bett
In lieblicher Pose- ob schlank oder fett.
So gelte ich allen als göttliches Tier.
Sie stammeln und lallen und huldigen mir.
Liebkosen mir glücklich Bauch, Öhrchen und Tatz
Und ich wählte es wieder- das Leben der Katz."

Ich staunte. Drama war so unglaublich gescheit und belesen. Diese Eigenschaften gepaart mit ihrem Humor machten die Unterhaltungen mit ihr immer spannend und erfüllten mich. Wir besprachen noch den Besuch am folgenden Tag in Schwarzheim. Ich fragte sie nach dem aktuellen Stand ihrer Herzensangelegenheiten. Als ich Drama bei meinem ersten Engagement kennenlernte, war sie mit Gloria, einer Tänzerin des Theaters, zusammen. Sie war Dramas grosse Liebe, die jedoch zerbrach, als Gloria mit ihrer Ballettcrew nach London ging. Nächtelang versuchte ich meine Freundin zu trösten und von ihrem Verlust abzulenken. Sie hatte danach immer wieder mal sporadische Beziehungen und Liebschaften, die jedoch nie allzu lange hielten. Natürlich war das auch beruflich bedingt, denn sie arbeitete meist nicht länger als vier bis fünf Jahre an einem Theater, bis sie wieder in eine andere Stadt zog. Ich konnte das gut verstehen, denn auch bei mir waren längere Beziehungen vor meiner Schwangerschaft durch das Umherreisen unmöglich und nach Lenas Geburt wollte ich mich erst mal nur um meine Tochter kümmern. „Stell dir vor, Gloria hat sich gemeldet", sagte sie leise, fast andächtig flüsternd. Mit strahlenden Augen erzählte sie mir, dass sie wieder in Deutschland sei und sie sich bereits dreimal getroffen hätten. Sie hatte eine eigene Ballettschule und wäre bereit, diese in die Stadt, in der Drama arbeitete, zu verlegen. „Und du hast mir bis jetzt nie etwas davon erzählt?", sagte ich vorwurfsvoll und etwas beleidigt. Sie versicherte mir, dass das alles ganz frisch und noch gar nichts in Stein gemeisselt sei und dass sie nicht wisse, ob sie sich nochmals in eine Beziehung mit Gloria einlassen sollte. Ich bemerkte ihre Unsicherheit, ihre Angst vor Verletzungen und sah die unglückliche Drama von damals vor mir. Schnell nahm ich sie in die Arme. „Sie war wirklich die Liebe meines Lebens. Ich weiss nicht, ob ich eine erneute Trennung von ihr überleben würde." „Ach meine Dramaqueen. Trau dich einfach. Wenn du es nicht tust, wirst du es ewig bereuen." Gefühlte zehn Minuten später, es mochten in Wirklichkeit zwei Stunden gewesen sein, stürzte meine Tochter in die Wohnung. Ich fragte mich, warum einem manchmal zehn Minuten wie zwei Stunden vorkamen und umgekehrt. Was hatte es bloss mit unserem Zeitgefühl auf sich. Ich wurde in meinen Gedanken durch einen jähen Schrei meiner Tochter aufgeschreckt. Dann ging alles sehr schnell. Filou, der es sich seit längerem wieder auf Dramas Schoss gemütlich gemacht hatte, landete durch den Ausruf aufgeschreckt wieder unter dem Sofa und Lena nahm seinen Platz bei Drama ein. „Hoppla", sagte diese nur, „Wir sind aber gross geworden." Dann umarmten und knuddelten sich die beiden. Plötzlich juckte Lena auf und suchte Filou. Sie nahm ihn auf den Arm und erzählte uns von dem Fahrradkauf. Jochen hatte ihr ein unglaublich tolles, megaleichtes, schweineteures 24-Gang-Carbon-Fahrrad gekauft. Sie wollte es erst nicht annehmen, nachdem sie den Preis gesehen hatte. Ihr Vater hatte sich nicht davon abbringen lassen und als der Händler -ein unglaublich gutaussehender, junger Mann- auch noch auf sie einredete, war sie damit einverstanden. Ich versuchte sofort, das aufkommende Gefühl einer Eifersucht zu unterdrücken. Natürlich hätte ich meiner Tochter niemals ein so teures Fahrrad kaufen können. Aber egal, Hauptsache, sie war zufrieden damit. Als hätte sie meine Gedanken erraten, drückte sie Filou fest an sich und sagte zu ihm: „Aber keine Angst, du bist natürlich mein bestes Geschenk." Drama zauberte eine kleine silberne Dose aus ihrer Tasche und überreichte sie ihrem Patenkind. Lena öffnete sie und entnahm ihr eine kleine, zarte Goldkette. Sie hob sie in die Höhe und schaute sprachlos erst mich und dann Drama an. „Nun, ich weiss ja", erklärte diese, „dass du auf Nachhaltigkeit stehst. Deshalb dachte ich, ich schenke dir etwas Gebrauchtes und doch Kostbares. Die Dose habe ich vor gefühlten 200 Jahren auf einem Markt bei einem Selbstfindungstrip in Indien erstanden und die Kette gehörte einst meiner Mutter. Da ich sowas nicht trage und kinderlos bin, habe ich gedacht, sie wäre bei dir gut aufgehoben." Plötzlich sah ich Tränen in Lenas Augen. „Was ist denn jetzt los?", fragte Drama verwundert. „Ihr seid alle so toll. Von Mama etwas Lebendiges, von Dir etwas Kostbares und von Papa etwas Teures", schluchzte sie, sodass Drama und ich nicht wussten, ob wir auch weinen, oder lachen sollten. Und als sie „Das ist der schönste Geburtstag meines ganzen Lebens," hinzufügte, brachen wir doch alle in ein erlösendes Lachen aus. Sobald Drama, meine Tochter und ich zusammenkamen, war es schon von jeher so, dass nichts dazwischen passte. Gerade als sich das Gefühl bei mir wieder einstellen wollte, klingelte es. Lena sprang auf und wir hörten gleich darauf die sonore Stimme von Tobias gefolgt von einem knutschenden Geräusch. Nun, anscheinend passte der eine oder andere doch dazwischen.

Eine Stunde später stand Jochen vor der Tür. Er begrüsste mich mit einem Ausdruck der Freude und Küsschen links, Küsschen rechts, einem Blumenstrauss und einer Tasche, in der sich drei Flaschen Wein scheppernd aneinanderreihten. Als ich ihn Drama vorstellte, begutachtete ich ihn heimlich von oben bis unten. Er zog seinen weichen Cashmeremantel aus. Sportlich, unaufdringlich gekleidet mit Pullover (natürlich ebensolcher Cashmere), Jeanshose, auf der ich das Label von Versace entdeckte und Schuhen, deren weiches Leder ich förmlich riechen konnte. Apropos riechen: seinen Körper umgab ein angenehmer, herb männlicher Duft. Erinnerungen kamen auf. Er benutzte tatsächlich noch das gleiche Parfum wie vor 17 Jahren. Seine Figur war immer noch perfekt und die orange Farbe des Pullovers verlieh ihm ein jugendliches Aussehen. Irgendwie erinnerte er mich an den Mann von Sibylle. Obwohl sie sich in keinster Weise ähnlich sahen, strahlten sie beide diesen angegrauten Charme aus, dem man sich nur schwer entziehen konnte. Ich verschwand schnell in die Küche, um den Apéro vorzubereiten.

Kurz darauf bestellten wir die Pizzen. Drama war mir eine unglaubliche Hilfe. Sie war die perfekte Gesprächsführerin und vermochte die Unterhaltung immer im Fluss zu halten. Nie gab es peinliches Schweigen. Sie bezog alle Anwesenden mit ein. Ich schaute sie bewundernd an und konnte mir nicht vorstellen, wie der Abend ohne sie verlaufen wäre. Als wir zu Tisch uns den ersten Schluck Wein genehmigten, rief sie: „Ach du meine Herren, nicht dein ernst, Claudia, ein Sassicaia, der kostet doch ein Vermögen." Verstohlen hob ich die Flasche, die Jochen gebracht hatte, auf den Tisch. Um Platz zu schaffen hatte ich sie, nachdem ich eingeschenkt hatte, auf den Boden gestellt. Drama erzählte uns, dass sie den Wein erst einmal

getrunken hatte, nach einer Preisverleihung bei einer Feier in kleinem Kreise. Ich gestand, dass ich zwar keine Kennerin sei, dass ich einen so teuren Wein aber bestimmt noch nie getrunken hätte. Jochen lächelte: „Oh doch", sagte er, „damals, als wir uns kennenlernten, haben wir eine Flasche zusammen getrunken." Dass er das noch wusste!
Die entstandene Gesprächspause versuchte Drama zu überbrücken: „Du solltest ihn dekantieren." Leicht genervt schaute ich sie an. Ich besass keine Karaffe. Das war mit meinen fünf bis zehn Euro-Weinen auch nie nötig. Sie bemerkte meine Hilflosigkeit sofort und fügte mit einem entschuldigenden Blick zu mir hinzu: „Aber er schmeckt auch so Bombe."
Es wurde ein, ich musste es mir eingestehen, wirklich schöner Abend. Lena und Tobias verabschiedeten sich gegen 23 Uhr. Lena bedankte sich bei uns allen mit einer festen Umarmung und zusammen mit Filou verschwanden die beiden in Lenas Zimmer. Jochen schaute ihnen nach, ergriff meine Hand, die auf dem Tisch lag und sagte: „Das hast du ja unglaublich gut hinbekommen. Ein großartiges Mädchen." Und da waren sie wieder, diese peinlichen Schweigesekunden. „Finde ich auch. Und wenn das kein Grund ist darauf anzustossen," rettete Drama die Situation. Nachdem ich die dritte Flasche geöffnete hatte, stand ich auf mit den Worten: „Sorry, ich habe Frau Amsel noch keine gute Nacht gewünscht." Jochen schaute mich verwundert an. „Sie war schon immer ein wenig verrückt", sagte Drama zu ihm, „ist aber nicht weiter schlimm."
Natürlich war die Amsel schon lange verstummt, aber die Zigarette tat unheimlich gut. Seltsam, dachte ich, dieser Mann ist der Vater meiner Tochter und ich kenne ihn

überhaupt nicht. Allerdings musste ich zugeben, dass er eigentlich ganz sympathisch war. An die Einzelheiten der damaligen Nacht erinnerte ich mich kaum, aber es überkam mich ein warmes Gefühl, wenn ich daran dachte. Eine gewisse Erotik konnte man ihm heute immer noch nicht absprechen. Was ich jedoch absolut nicht verstehen konnte, war, dass er sich jahrelang nicht gemeldet hatte. Nicht einmal hatte er nachgefragt, wie es uns geht, wie es seiner Tochter geht. Das war unverzeihlich. Zwar hatte er uns finanziell abgesichert, aber die Interessenlosigkeit konnte ich wirklich nicht nachvollziehen. Ich kehrte wieder zurück in die warme Stube. Die Stimmung war sehr aufgeräumt. Drama hatte ihn anscheinend über ihre Homosexualität aufgeklärt. Jochen zeigte auf mich: „Ihr seid aber nicht..." „Ein Paar?", unterbrach ihn Drama sofort, „das ist wieder mal so typisch. Ihr Heteromänner könnt euch nicht vorstellen, dass man als Lesbe eine beste Freundin haben kann, ohne gleich mit ihr in die Kiste zu steigen. Genau das unterscheidet uns von euch Männern." Schweigen. Jochen machte ein betretenes Gesicht. „Wahrscheinlich hast du recht", sagte er nach einer Weile. „Na klar habe ich recht. Aber ihr könnt ja eigentlich nichts dafür, dass ihr so einfach gestrickt seid. Immer noch Jäger und Sammler, immer noch gebeutelt von eurem Sexualtrieb, der euch zwingt, Nachkommen zu produzieren, damit euer ach so wertvolles Geschlecht nicht ausstirbt. Ich frage mich bloss, warum habt ihr euch nie weiterentwickelt." Sie hatte sich so richtig in Rage geredet. Tobias, vollkommen nackt, die Hand schützend über seinen Allerheiligsten gelegt, streckte den Kopf ins Zimmer und fragte: „Alles easy bei euch?", die skurrile Situation führte dazu, dass wir alle in ein herzliches und befreiendes Lachen ausbrachen.

Dann erzählte uns Drama von ihrer neusten Stückbearbeitung. Romeo und Julia von, nein, nach Shakespeare. Romeo, der syrische Flüchtlingsjunge, der mit seiner Familie vor dem Bürgerkrieg geflohen war und Julia, Tochter einer wohlsituierten Familie. Da die beiden ihre Liebe vor ihren Familien verstecken müssen, treffen sie sich immer auf der Strasse. Romeo, heimatlos ohne festen Wohnsitz wird zum Alkoholiker und wendet sich von Julia ab. Aus lauter Liebeskummer nimmt diese Schlaftabletten. Romeo findet sie, denkt sie ist tot und stürzt sich aus dem Fenster. Julia erwacht, sieht ihren toten Liebsten und tut es ihm gleich.

Auch ich erzählte den beiden von meiner Arbeit. Vor allem von meiner neuen Aufgabe in Schwarzheim. Ich berichtete ihnen von Susanne, von Lady, von Selina, die unser Theaterstück geschrieben hatte und von Ritas Schicksal, die so gerne Fotografin geworden wäre. Drama stellte mir immer wieder Fragen und Jochen hörte mir schweigend zu. Zum Schluss sagte er: „Ich würde deine Arbeit gerne unterstützen. Ich werde dir eine Summe überweisen, die du nach deinem Gutdünken dafür einsetzen kannst." Drama und ich sahen uns ungläubig an. „Das musst du nicht tun", sagte ich. „Ich weiss, denn wenn ich es müsste, würde ich es nicht tun." „Nun", stammelte ich nun doch etwas überwältigt, „das wäre natürlich grossartig. Ich würde gerne eine Kamera kaufen. So könnten wir bei künftigen Aufführungen Videos miteinbauen und die Vorstellungen aufnehmen." Ich spürte, wie mir die Hitze vor lauter Aufregung und der entsprechenden Menge Wein zu Kopf stieg und ich bemerkte, dass ich es nun war, die meine Hand auf Jochens Hand gelegt hatte. Schnell zog ich sie zurück. „Aber nun erzähle du doch mal", versuchte ich abzulenken. Eine leichte Enttäuschung legte sich auf Jochens Gesicht, als er von seinem Leben berichtete: die Arbeit in seiner Firma, Sitzungen über Gewinnoptimierung, Digitalisierung und damit verbundenen Mitarbeiterreduktion. Geschäftsessen fingen an, ihn zu langweilen. Er hatte einen Sohn, der in England studierte und die Firma, so hoffte er, bald übernehmen würde. Er war seit einem halben Jahr geschieden, spielte Golf und Tennis. Über seine Ehe und die Scheidung verlor er kein Wort. Mit einem mulmigen Gefühl erinnerte ich mich an Paul, der nach unserem ersten Sex von nichts anderem gesprochen hatte und war ganz froh, dass Jochen das nicht tat. Als eine Stunde später die letzte Flasche Sassicaia leer war, verabschiedete ich mich von den beiden, die sich mittlerweile bestens verstanden und noch sitzenblieben. Ihr leises Reden und Lachen wiegte mich in einen traumlosen Schlaf.

Die Fahrt nach Schwarzheim machte ich am nächsten Tag mit einer schweigsamen Drama. Sie schien mir recht verkatert. Die frische Luft auf dem Weg vom Bahnhof zum Gefängnis brachte mir meine redselige Freundin zurück. „Ich muss schon sagen, der ist gar nicht so übel, dein Jochen." durch meinen Blick korrigierte sie sich sofort: „Ich meine dieser Jochen.... ich meine Lenas Vater." Sie hakte sich bei mir unter. „Ich meine deinen ehemaligen folgenschweren One-Night-Stand." „Es ist jetzt gut", unterbrach ich sie schnell. „Aber dass er dich in Schwarzheim unterstützen will, ist doch echt nett."

Schweigen. Drama: „Warum sagst du nichts?" „Ich warte auf eines deiner Zitate." „*Grossmut findet immer Bewunderer, selten Nachahmer, denn sie ist eine zu kostspielige Tugend* - Nestroy." „*Die Grossmut muss eine beständige Eigenschaft der Seele sein und ihr nicht nur ruckweise entfahren –* Lessing", antwortete ich. Sie: „*Die Tat allein beweist der Liebe Kraft –* Goethe." Ich: „*Für andre frein ist bedenklich-* auch Goethe." Prompt kam es zurück: „Ok, bleiben wir bei Goethe*: «Es ist doch nichts besser, als wenn man sich liebt und zusammen ist."* „*Amor bleibt ein Schalk und wer ihm vertraut, ist betrogen."* Lachend hatten wir das Tor von Schwarzheim erreicht. Als ich klingelte, entfuhr es Drama: „*In ein reinliches Haus zu kommen ist eine Freude, wenn es auch sonst geschmacklos gebauet und verziert ist."*

„*Dann baut ich grandios mir selbstbewusst,*
Am lustigen Ort ein Schloss zur Lust....
Dann aber liess ich allerschönsten Frauen
Vertraut bequeme Häuslein bauen.", dröhnte es durch die Gegensprechanlage.

„Was war das denn?", flüsterte Drama nach einigen Sekunden der Sprachlosigkeit. „Das war Rita", hauchte ich in ihr Ohr. „Nein, das war auch Goethe", kam es zurück. Das Tor öffnete sich und Rita stand triumphierend in der Türe des Hauptgebäudes. „Hallo Schneider." Ich stellte die beiden einander vor und bat Rita uns in Julias Büro zu begleiten, da ich eine Überraschung für sie hätte. Auf dem Weg dorthin unterhielt sie sich mit Drama über Goethe, den sie in der Knastbibliothek, so sagte sie, kennengelernt hatte. Julia und Drama verstanden sich auf Anhieb. Ich berichtete Julia von der Spende, von der ich eine Kamera kaufen wollte, um zu Beginn der Vorstellung von jeder Figur eine kurze Filmsequenz zu zeigen und die ganze Aufführung aufzuzeichnen. „Ich würde gerne Rita mit dieser Aufgabe betreuen." Julia gefiel diese Idee und sie war mit allem einverstanden. Rita stammelte mit glänzenden Augen: „Dankeschön, ihr seid ne Wucht, alle beide".

Die Probe, der Drama, Julia und nun auch Rita beiwohnten, verlief ganz gut. Hin und wieder gab es noch einige Patzer, etwa die Rolle der Studentin, die dauernd ihren Einsatz verpasste, oder die gelangweilte Hausfrau, die immer zu leise sprach. Joya, die die Nutte spielte, musste ich des Öfteren ermahnen nicht so dick aufzutragen. Lady triftete immer wieder mal ab, kaute an ihren Nägeln, spielte mit ihren Haaren und konnte einfach nicht stillsitzen. Es passte allerdings zu ihrer Rolle. Sie kommentierte Ritas Anwesenheit mit „Was will denn die da", worauf ich erst gar nicht einging. Zum Schluss berichtete ich den Frauen von meinen Filmplänen, für die Rita zuständig sein würde. Dies sorgte wie erwartet für einige Aufregungen und alle redeten durcheinander. Julia klatschte in die Hände und sofort wurde es ruhig. Schon wieder war ich fasziniert von der Autorität, die diese kleine, zierliche Frau ausstrahlte. „Ich gratuliere euch allen", sagte sie, „ich hätte niemals gedacht, dass dieser Theaterworkshop so erfolgreich sein würde. Vor allem möchte ich Frau Schneider danken. Befolgt weiter ihre Anweisungen und Kritik und die Aufführung wird ein grosser Erfolg, das verspreche ich euch. Ich bin stolz auf euch." Nach einer kurzen Schweigepause erhob sich Rita und begann kräftig in ihre Hände zu klatschen. „Bravo Schneider", rief sie und alle begannen zu applaudieren. Ich spürte, wie mir die Röte ins Gesicht stieg. Als dann auch noch Drama sich an die Frauen wandte und ihnen ihr Kompliment aussprach, konnte man sein eigenes Wort kaum mehr verstehen. Alle klatschten sich ab und redeten durcheinander. Ich schmetterte ein „Ruhe" in den Raum, gefolgt von einem „Und nun macht, dass ihr rauskommt und lernt eure Texte nochmals." Als Lady die Aula verliess, zeigte sie einer Kollegin voller Enthusiasmus Posen, die vor der Kamera gut aussehen würden. Susanne sagte im Vorbeigehen, indem sie mir zuzwinkerte: „Gut gemacht, Claudi." Drama besprach mit Selina noch das weitere Vorgehen bezüglich des Textes. Sie wollte ihn tatsächlich einem Theaterverlag anbieten. Ich redete mit Julia über den Bühnenaufbau, die Kostüme und das weitere Vorgehen. Sie legte mir zwei weitere Frauen ans Herz, die mir mit Requisiten und Maske helfen könnten. Wir verabredeten, dass ich mich mit ihnen eine Stunde vor der nächsten Probe treffen würde, um alles zu besprechen. Plötzlich stand Rita vor mir und drückte mich steif an ihre Brust. „Danke, Schneider, das vergesse ich dir nie", sagte sie und war schnell wieder weg.

Als wir leicht erschöpft den Zug bestiegen, sah ich von weitem schon den Alten mit Zottel. „Komm", sagte ich zu Drama, „ich stelle dir noch jemanden vor." Der Alte schien mich wiederzuerkennen und winkte mir zu. Ich staunte. Seine Haare und sein Bart waren geschnitten, seine alte, speckige Hose war einer neuen Jeans gewichen und über seine Brust spannte sich ein frisch gebügeltes Bauernhemd. Auch Zottels Fell war geschnitten und glänzte in der winterlichen Abendsonne, die ihre letzten Strahlen durch das Zugfenster sandte. Er begrüsste uns mit: „Na, schon wieder Freigang. Eure Frau Direktor ist wirklich ein grosszügiges und ein grossartiges Weibsbild." Er wollte noch schnell in die Stadt, Blumen kaufen am Bahnhof und gleich wieder zurück. Frau Direktor kam zum Abendessen. Sie wollte kochen. Kartoffeln mit Spiegeleiern und Speck. Die Kartoffeln und Eier hatte er ja in Eigenproduktion. Den Speck, Salz und Pfeffer hatte er schon am Vortag eingekauft. „Ja, die Frau Direktor mag es gut gewürzt. Kein Wunder bei dem Weib." fügte er noch hinzu. Ich stellte ihm Drama vor, was er kurz mit „so ein bescheuerter Name" kommentierte. Dann schaute er wieder vollkommen abwesend zum Fenster hinaus. Drama blickte mich fragend an. Als wir uns beim Hauptbahnhof von ihm verabschiedeten, reagierte er kaum.

Bevor Drama sich auf die Rückfahrt machte, tranken wir zu Hause mit Lena noch Kaffee. „Das waren schöne und intensive Stunden mit euch. Allerdings fehlt dir noch ein Mann", sagte meine Freundin plötzlich. Ich lachte etwas verlegen. „Ich meine das ernst. Du solltest dich wirklich auf die Suche machen, sonst ist es plötzlich zu spät. Du gehst in Rente, hast keinen Job mehr, Lena ist aus dem Haus und du sitzt verbittert, grau und einsam hier rum mit deiner alten, zahnlosen Katze." „Stopp", mischte sich Lena ein, „die alte, zahnlose Katze nehme ich mit." „Da hast du's, nicht mal die bleibt dir." „Ich kann doch nichts erzwingen", ging ich nun lachend dazwischen. „Ne, Mama, aber du könntest dir wirklich etwas mehr Mühe geben." Bevor Drama sich verabschiedete, mussten wir ihr versprechen, dass wir sie bald besuchen würden. „Du kannst auch mit deinem Tobias allein kommen", sagte sie zu Lena. „Echt jetzt", entgegnete diese, „das wäre cool. Er möchte nämlich beruflich etwas in Richtung Theater machen. Er weiss nur noch nicht genau was." „Na, dann, nichts wie auf zu Tanta Drama. Ich werde euch den ganzen Betrieb zeigen. Er kann auch einmal ein paar Tage kommen und in den verschiedenen Bereichen schnuppern." Lena warf sich Drama stürmisch an den Hals und versicherte ihr, dass sie wirklich die beste aller Patentanten sei. Wir umarmten uns alle fest zum Abschied, wischten uns gegenseitig die Tränen von den Wangen und gelobten uns, wie immer in den letzten Jahren, ewige Freundschaft.

Die letzten zwei Tage waren doch sehr anstrengend gewesen. Ich setzte mich auf den Balkon und genoss die Ruhe. Ich hörte wieder einmal ein Gezeter von Frau Harzer, die schräg gegenüber mit ihrer Familie wohnte. Wie wunderbar, dass mich das Geschrei nichts anging. Wie friedlich mein Leben doch eigentlich war. Friedlich und erfüllt, dachte ich und überlegte, was ich zum Abendessen basteln sollte. Ein Fenster fiel krachend zu und es war still. Lena streckte den Kopf durch die Balkontüre. „Übrigens Papa ist noch in der Stadt. Er war heute Nachmittag hier und würde dich am Abend gerne nochmal sehen, bevor er morgen wieder zurückfahren muss." Ohne eine Antwort abzuwarten, schloss sie wieder die Türe mit einem „Brr ist das kalt." Das durfte doch nicht wahr sein. Ich erstarrte. Was fiel dem ein, einfach hier aufzutauchen.

H: „Nun sei mal nicht so. Er ist doch Lenas Vater."

V: „Aber er kann trotzdem nicht einfach so ungefragt hier auftauchen."

H: „Jetzt werde doch nicht gleich hysterisch. Wahrscheinlich hat sie ihn eingeladen."

V: „Glaub ich nicht."
H: „Dann könntest du sie ja fragen, bevor du urteilst."
V: „Und überhaupt, ich will den heute gar nicht mehr sehen. Ich will jetzt meine Ruhe."
H: „Ach, jetzt komm schon, so übel ist er doch gar nicht."
V: „Eben!"
Ich war erschöpft von den Ereignissen der letzten beiden Tage. Lena schaffte es jedoch, mich zu überreden, mich noch einmal mit ihrem Vater zu treffen. Bei einem kurzen Telefonat verabredeten wir uns in seiner Hotelhalle. Ich knotete mir die Haare zusammen, zog mir meinen in die Jahre gekommenen Lieblingspulli und die Hosentaschenloch-Jeans über, montierte meine alten Sneakers an die Füsse und machte mich müde auf den Weg. Das Hotel lag gleich neben der Casinobar. Ein pompös aussehender Kasten, den ich nur von aussen kannte und der den Ruf der vornehm-teuren Noblesse hatte. Die Ausstattung des Foyers hätte mich beinahe erschlagen. Ich bat die Frau an der Rezeption, deren missbilligenden Blick ich ignorierte, Jochen Bescheid zu geben. „Wen darf ich denn bitte melden?", fragte sie spitz, während sie mich von oben bis unten missbilligend begutachtete. „Schneider", antwortete ich eben so spitz, „Claudia Schneider, bekannt aus Funk und Fernsehen." Ich setzte mich in einen weichen Sessel. Ich sah aus dem rechten Augenwinkel, wie sich die Rezeptionistin mit einem Pagen leise unterhielt. Sie blickten beide zu mir und ich überlegte mir kurz, ob sich meine Veganlatschen auf dem kleinen Biedermeiertischchen vor mir wohl gut machen würden. „Claudia", rief plötzlich eine mir wohlbekannte Stimme. „Claudia, was machst du denn hier?" Gregor von der

Casinobar kam mit einer Schale mit Zitronen auf mich zu. Unter dem ungläubigen Blick der Rezeptionistin begrüssten wir uns herzlich. In kurzen Stichworten klärte ich ihn über mein Hiersein auf, als auch schon Jochen aus einer der sieben Lifttüren trat. Ich stellte die beiden Männer einander vor. Nach einer kurzen Verlegenheitspause und Räuspern von Jochen erklärte uns Gregor, dass sich die Zitronenlieferung in seiner Bar verzögert hätte und dass ihm das Hotel ausgeholfen hatte. Er musste sich auch wieder schnellstens verabschieden. Jochens Frage, was wir zwei denn Schönes unternehmen wollten, beantwortete mein Magen. „Ich habe einen Riesenhunger", formulierte ich sein Brummen aus. Jochen berichtete mir von dem kleinen Restaurant in dem Hotel, das über eine exzellente Küche verfügte. Ich bemerkte, dass ich dafür wohl nicht das passende Outfit tragen würde. „Das ist mir sowas von scheissegal." Das letzte Wort flüsterte er mir ins Ohr. Als er jedoch den Blick der Rezeptionistin sah, der immer noch auf uns ruhte, schmetterte er das „Scheissegal" ungefiltert in die Hotelhalle. Schnell senkte sie den Kopf und blätterte geschäftig in einem dicken Buch. Allerdings hatte er nun die Aufmerksamkeit der anderen Gäste auf sich gezogen. Charmant lächelte er in die Runde, winkte einer älteren Dame zu, wünschte einem Herrn Direktor Baumann einen schönen Abend und zog mich hinter sich her durch eine Türe, die mit „zum Restaurant" beschildert war. „Geht doch", sagte er schelmisch. Ich unterliess meinen Kommentar, dass man sich so etwas wohl nur mit einem gut gefüllten Geldbeutel leisten konnte. Mich hätte man wohl hinauskomplementiert. Die Kellner im Restaurant waren vornehm diskret und taten so, als bemerkten sie meine Veganlatschen und meine Hosentaschenloch-Jeans nicht. Als ich die Preise auf der Speisekarte sah, befürchtete ich, dass dies eines dieser Restaurants war, in dem ich mit Sicherheit nicht satt werden würde. Aber fürs erste musste es reichen. Ich bestellte zur Vorspeise eine Bohnensuppe mit Basilikum- Mandelpesto. Es schmeckte vorzüglich. Allerdings war die Tasse, in der das Süppchen serviert wurde nach fünf Löffeln, wovon ich einen an Jochen abgab, bereits leer. Ich war mir nicht sicher, ob der Hauptgang: Pochiertes Ei vom Biohühnerhof Mettenheim mit Erbspüree aus Freddys Garten und Frühlingskartoffeln (und das mitten im Winter) nun wirklich meinen Hunger stillen würde. Die fünf halben Minikartoffeln waren köstlich gewürzt. Auch die fünf 1-Euro grossen Erbspüree-Tupfer schmeckten hervorragend. Das Ei war und blieb eben ein Ei. Jochen beobachtete mich belustigt. „Nicht so deins", fragte er mich. „Doooch", betonte ich und lobte die Qualität und das Geschmackserlebnis, gestand ihm aber dann, dass mein Hunger noch nicht ganz gestillt sei. Seine Frage, ob ich Käse mag, bejahte ich. Er rief den Kellner, bestellte eine Käseplatte für 4 Personen mit mächtig viel Brot und dazu einen Rotwein, den der Kellner mit „gute Wahl" quittierte und der mir samten die Kehle herunterlief. Allerdings konnte ich die Harmonie der Brombeere, mit der Birne und dem Hauch von dunkler Schokolade in keinster Weise herausriechen. Die Zeit verging wie im Fluge und meine Müdigkeit war wie weggezaubert. Ich erzählte ihm von Schwarzheim, der Schauspielschule und vor allem von Lena und unserem Leben. Wie schwer der erste Tag war, an dem ich Lena in der Kita abgeben musste, von ihren ersten Schritten, ihrem ersten Schultag, dem ersten Schwimmkurs. Ich berichtete von Fräulein Weiss, der ersten Handarbeitslehrerin, die völlig überfordert war mit Lena. Ich erzählte von unseren Ferien, die wir seit Jahren im Sommer jeweils in einer Ferienwohnung in einem Dorf in den Schweizer Alpen und im Herbst in einem kleinen italienischen Fischerdorf verbrachten. Es war ein wunderbar ungezwungener, weinseliger Abend. Wir lachten gemeinsam über Lenas Streiche und lustige Begebenheiten und regten uns zusammen auf über ungerechte und unfähige Lehrer. Irgendwann kam ich mir vor, wie eines dieser bekinderten Ehepaare, die sich an frühere Zeiten erinnerten. „Weisst du noch, als Lena zum ersten Mal in einen Jungen verliebt war, Jonas, im Kindergarten. Sie war…" Ich stockte. „Sorry", sagte ich und meine Stimme schien beinahe zu brechen, „natürlich weisst du das nicht." Er nahm meine Hände und sah mir tief in die Augen. „Ich hätte es gerne miterlebt. Heute denke ich, es war ein Fehler, dass ich mich nie um euch gekümmert habe. Ich bereue es zutiefst." Was sollte denn nun dieser idiotische Kloss in meinem Hals. Ich hatte diesen Mann doch keine Sekunde vermisst. „Aber hei", sagte er lächelnd, „du hast das grossartig hinbekommen mit Lena. Hätte ich mich eingemischt, wäre es doch nur schief herausgekommen." Was für eine blöde Ausrede, dachte ich und war froh, dass der Kellner plötzlich leise hüstelnd an unserem Tisch stand. „Wir müssten dann so langsam schliessen", murmelte er und es war ihm sichtlich peinlich. Wir bemerkten erst jetzt, dass sich das Restaurant völlig geleert hatte und wir die letzten Gäste waren. Wir schauten beide auf die Uhr: „Ach du Liebe Zeit", entfuhr es mir. Es war schon weit nach Mitternacht. Wir entschuldigten uns bei dem armen Mann, Jochen liess sich die Rechnung aufs Zimmer schreiben und gab dem Kellner ein überaus grosszügiges Trinkgeld.

„Noch einen Absacker?", fragte Jochen mich, als wir wieder in der mittlerweilen leeren Hotelhalle standen, „wir könnten in die Casinobar, oder zu mir aufs Zimmer." „Ich denke, ich gehe nach Hause. Ich bin müde", murmelte ich. Er nahm mich in seine Arme und küsste mich innig und leidenschaftlich. Es war mir, als würden wir ineinander verschmelzen. Mein Beckenboden fing an Tango zu tanzen und die Vagina schlug den Takt dazu. Ein Klirren führte dazu, dass sich unsere Körper voneinander lösten. Frau Miesepeter an der Rezeption hatte anscheinend bei unserem Anblick ihre Teetasse fallenlassen. Mit einem Ruck hob mich Jochen in die Höhe und verschwand mit mir in Lift Nummer 3. Kurze Zeit später entfachte sich in seinem Zimmer ein orgastisches Feuerwerk in meinem Kopf, seine Funken übersprühten meinen ganzen Körper und explodierten in meinem Unterleib. Ein sexuelles Erlebnis erster Güte. Ich erinnerte mich nun tatsächlich wieder an die Nacht vor beinahe 17 Jahren. Ja, so war Lena entstanden! Erfüllt lag ich in seinen Armen. „Das war...", sagte er selig lächelnd. „Das war grossartig", ergänzte ich. „Wie soll es mit uns weitergehen?", fragte er mich nach geraumer Zeit und holte mich damit in die Realität zurück. Ich zuckte mit den Schultern. „Komm zu mir" sagte er und blickte mir tief in die Augen, „du weisst ja, ich bin geschieden. Nimm Lena mit. Von mir aus auch Tobias...und Filou. Pack einfach alles und jeden ein, den du willst und kommt zu mir. Mein Haus ist gross genug." Ich erschrak. Ich setzte mich auf und liess meinen Blick durch das pompöse Zimmer schweifen. „Schau dir das an", sagte ich. Ich zeigte auf seine glänzend geputzten Lederschuhe, die fein säuberlich neben dem Bett standen. Dann zeigte ich auf meine Veganlatschen. Der Vorderteil des rechten Sneakers schaute links vom Bett unter einer Kommode hervor, während der linke Schuh vor der Minibar verharrte. „Es würde nicht funktionieren. Wir sind zu verschieden. Du warst gestern in meiner Welt zu Besuch und ich habe heute Abend eine Reise in deine Welt gemacht. Weisst du, das kleine Fischerdorf am Meer, völlig abgelegen vom Tourismus oder das Bauerndorf in den Schweizer Alpen. Beides Orte, die ich immer wieder besuche, nach denen ich immer wieder Sehnsucht habe. Aber ich könnte niemals dort leben, so wie ich auch in deiner Welt nicht glücklich sein könnte." „Aber das weisst du doch gar nicht. Wir müssen auch nichts überstürzen." „Schau mal, du spielst Tennis, ich Tischtennis, du spielst Golf, ich Minigolf, du trägst massgeschneiderte Anzüge, ich Jeans mit Löchern in der Tasche, du gehst in die Oper und kaufst ganze Theatervorstellungen für deine Freunde und Angestellten, ich führe Regie im Knast." Er schaute mich enttäuscht an. „Ich bin zufrieden mit meinem Leben und du bist es doch auch oder kannst du dir vorstellen, in meiner Welt zu leben? Unser Sex ist zugegebener Massen gut, nein sehr gut, aber das reicht nicht. Und von uns mal ganz abgesehen: Lena aus ihrem hiesigen Leben, aus ihrer Schule, ihrem Freundeskreis rauszureissen, wäre wohl vollkommen bescheuert. Solange wir beide ungebunden und frei sind, können wir ja hin und wieder eine kleine Reise in die Welt des anderen unternehmen. Lena kannst du natürlich jederzeit sehen. Ich denke mehr kannst du

nach all den Jahren deiner Abstinenz nicht erwarten." Die Enttäuschung war ihm ins Gesicht geschrieben. „Wahrscheinlich hast du recht", sagte er und streichelte meinen Oberarm. Wir schliefen noch einmal miteinander und verabschiedeten uns im Morgengrauen.
Als ich die Hotelhalle, in der mir ein junger Mann an der Rezeption ein „Guten Morgen" entgegenschleuderte, verliess und mich auf den Heimweg machte, meldete sich – wie konnte es auch anders sein-
V: „Bist du denn von allen guten Geistern verlassen? Du lässt diesen Mann sausen?"
H: „Naja, ich kanns verstehen. Unterschiedlicher können Lebensweisen ja nicht sein."
V: „Na und? Dieser Mann ist der absolute Jackpot. Reich, charmant, ne Wucht im Bett, zuverlässig"
H: „Bitte was? Zuverlässig? Ein Mann, der sich 16 Jahre nicht um seine Tochter kümmert."
V: „Ach komm schon, er hat sie doch finanziell abgesichert."
H: „Du begreifst wirklich gar nichts."
V: „Nö, tu ich auch nicht."
„Netter Hund", sprach ich eine Frau an, um mich von meinen beiden inneren Stimmen abzulenken. Sie hatte einen humpelnden, dickbauchigen Köter an der Leine und schaute mich völlig konsterniert an.
Zuhause setzte ich mich mit einer Tasse starken Kaffees auf den Balkon. Eine leichte, unerklärliche Melancholie überfiel mich. Was hatte ich bloss in den letzten 24 Stunden alles erlebt, dachte ich, als ich den ersten Zug meiner Zigarette inhalierte. Ich war erschlagen, verwirrt und konnte die Ereignisse in diesem Moment gar nicht

einordnen. Lena, umhüllt von ihrem Morgenmantel, streckte den Kopf durch die Balkontüre. „Bist du jetzt nach Hause gekommen?", fragte sie und ohne meine Antwort abzuwarten, fuhr sie fort, „Und wie wars?" „Schön!" „Dann seid ihr jetzt wieder zusammen?" „Also wieder schon mal gar nicht. Zusammen waren wir nie und werden es auch nie sein." „Ach Mama, du hast es schon wieder versaut." „Wie bitte." „Jochen ist doch wirklich nett. Er könnte für dich sorgen. Du hättest nie mehr Geldsorgen bis an dein Lebensende." „Lena, ich kam bis jetzt immer ganz gut alleine zurecht. Ich brauche niemanden, der für mich sorgt. Ich muss mich schon etwas über deine Argumentation wundern. Für dich zählt doch Nachhaltigkeit und nicht Geld und Luxus. Das dachte ich zumindest immer", antwortete ich nun doch leicht erbost. „Da hat sie recht." Der Einwand kam von Tobias, der sich in einer Boxershorts, vor Kälte leicht zitternd, zu uns gesellt hatte. „Glaubst du denn wirklich ich würde mich in der Welt deines Vaters wohl fühlen?" Zögernd schüttelte sie den Kopf. „Gut, dann wäre das ja geklärt. Und nun rein mit euch, ihr erkältet euch noch." Als die beiden im Innern der Wohnung verschwunden waren, war ich einen kurzen Augenblick versucht, Lena innerlich rechtzugeben. Nie mehr selbst Wohnung putzen. Die schönsten Schuhe tragen, ohne das Geld dafür selbst verdienen zu müssen. Jeden Morgen im hauseigenen Pool schwimmen gehen. Vom Sex ganz zu schweigen. Was hatte ich getan, warum um alles in der Welt hatte ich nein gesagt. Ich werde ihn bald besuchen, dachte ich, ganz bald. Gleichzeitig wusste ich, dass ich es nie tun würde. Nach einer warmen Dusche verbrachte ich den Rest des Tages in meinem Bett.

14

Mit einer 10-minütigen Verspätung klingelte ich bei Simone. Ich erwartete eine kleine Rüge. „Schön, dass du auch kommst", sagte sie nur. So verschieden wir alle waren, ebenso ungleich waren unsere Wohnsituationen. Bylle mit ihrem grosszügigen mit Kunst überladenen Haus, Anna mit dem ruhigen, idyllischen Bauernhof, Beate mit der gemütlichen Wohnung, ich selbst mit der Altbauwohnung und nun stand ich in einer riesigen Loft. Der Raum hatte bestimmt 100 Quadratmeter und war an drei Seiten von Fenstern umgeben. Es gab einen grossen Arbeitstisch, der sehr aufgeräumt war, eine grosszügige Sitzgruppe und ein Cheminée. Der hintere Teil des Raumes mündete in eine offene Küche. Daneben waren drei Türen. Die eine führte in ein grosses, cleanes Badezimmer, die zweite in ein Schlafzimmer und die dritte in ein Kleiderzimmer. „Wow", sagte ich ganz erschlagen, als mir Simone auch schon ein Glas Champagner reichte. Auf dem kleinen Glastisch, der meiner Einschätzung nach ein Vermögen gekostet haben musste, standen verschiedene Blätterteigköstlichkeiten. „Ich traue mich gar nicht etwas zu essen", flüsterte Anna, als Simone eine neue Champagnerflasche holte, „das würde bei mir bestimmt krümeln." „Ach komm schon", entgegnete Bylle, „Simone hat sicher einen Roboterstaubsauger und die Putze kommt wohl auch dreimal die Woche." „Irrtum", Simone hatte die letzten Worte mitbekommen, „ich putze selbst. Aber fühlt euch wie zu Hause". Damit zwinkerte sie Anna auffordernd zu, die nun sehr vorsichtig in eine Blätterteigstange biss.

Simone begann ihre Erzählung mit den Worten: „Nun, nachdem ich eure Geschichten gehört habe, muss ich euch wohl etwas enttäuschen. Mein Leben ist für euch wahrscheinlich ziemlich langweilig." „Ach komm schon", antwortete Bylle, „wenn ich mich mal hier umschaue und dich ansehe, dann sieht mir das doch ziemlich aufregend aus. Du warst doch immer unser kleines Pummelchen. Wie hast du es geschafft, so auszusehen?" Simone, so erzählte sie uns, hatte nach einem unschönen Erlebnis kurz nach dem Abitur angefangen abzunehmen mit gesunder Ernährung und Sport. „Willst du uns denn dein unschönes Erlebnis nicht erzählen?" „Bylle", wandte ich ein, „nun sei doch nicht so indiskret." Es entstand eine längere Pause, in der wir alle etwas betreten unsere Getränke betrachteten, und die bekannten Löcher in die Luft starrten. Was passiert eigentlich, wenn man Löcher in die Luft starrt. Ich meine, wie sieht sie denn aus, diese durchlöcherte Luft, dachte ich. „Du musst uns das nicht erzählen", riss Anna mich aus meinen Gedanken und setzte der unangenehmen Stille damit ein Ende. Simone atmete tief durch „Unsinn", sagte sie, „ihr wart auch alle ehrlich. Ich werde es versuchen, auch wenn es mir nicht leichtfällt." Durch ihren Jugendschwarm, unseren Physiklehrer Doktor Siebert, beeinflusst, fing sie gleich nach dem Abitur an, Physik zu studieren. Siebert, der neben seinem Lehramt noch im physikalischen Institut arbeitete, war auch dort einer ihrer Dozenten. Sie hatte bei ihm ein praktisches Seminar belegt. Um die nötigen Creditpunkte zu erhalten, mussten sie ein Experiment erarbeiten und es zum Schluss dem Plenum vorführen. Als sie eines Abends noch länger im Institut an ihrem Experiment arbeitete, stand Siebert plötzlich hinter ihr. Er umfasste ihre Hüften. Sie erstarrte. Er steckte seine Hand gewaltsam in ihre Hose. Sie konnte nicht glauben, dass dieser Mann, den sie immer so bewundert hatte, den sie jahrelang für einen Feingeist gehalten hatte, so brutal war. Sie sagte ihm, dass sie das nicht wolle. „Natürlich willst du das. Du willst es doch schon seit Jahren", war seine Antwort. „Ich möchte nicht weitererzählen, was dann geschah", fuhr sie fort, „ ich setzte nie mehr einen Fuss in das Institut und beendete mein Physikstudium sofort. Ich begann mit dem Rechtsstudium." Bylle ging sofort zu ihr und wollte ihren Arm um sie legen, was sie jedoch mit einer jähen Bewegung ablehnte. „Dieses Schwein hat dich vergewaltigt?", fragte Anna ungläubig. Simone nickte. „Du hast ihn hoffentlich angezeigt und gemeldet." Simone blickte durch eines ihrer grossen Fenster in die Ferne und schüttelte den Kopf. „Heute weiss ich natürlich, dass ich das hätte tun müssen, aber damals. Ich war so naiv, ich schämte mich und fühlte mich schuldig. Jahrelang konnte ich auch nicht darüber sprechen und auch heute fällt es mir trotz langer Therapie immer noch schwer." Wir schwiegen alle sehr betroffen. Simone atmete tief durch und streckte ihren Oberkörper, bevor sie weitersprach. „Ich ekelte mich jahrelang vor den Männern und hatte auch nie eine längere Beziehung. Ich konzentrierte mich in den darauffolgenden Jahren nur auf mein Studium und begann wie besessen Sport zu machen. Bereits fünf Jahre nach Studienabschluss gründete ich mit drei Kollegen eine Kanzlei, die mittlerweile äusserst gut läuft. Ich führe heute ein zufriedenes Leben. Ich habe eine Wohnung, in der ich mich wohl fühle, einen kleinen, aber liebevollen Freundeskreis. Ich spiele Golf und einen Abend in der Woche mache ich kostenfreie Rechtsberatung für Armutsbetroffene. Die Arbeit dort zeigt mir immer wieder, wie gut und glücklich mein Leben ist auch ohne Beziehung. Wobei ich seit kurzem nicht mehr allein hier wohne." Wir schauten sie alle fragend an. Sie verschwand in ihrem Schlafzimmer und kam kurz darauf eskortiert von zwei kleinen Fellknäueln, den Geschwistern von Filou, wieder zurück. „Darf ich vorstellen: Tristan und Isolde von und zu Annas Bauernhof." Dann nahm sie Tristan auf den Arm und setzte sich neben Bylle. „Tut mir leid, dass ich dich vorher abgewiesen habe, aber wenn ich über damals spreche, dann ertrage ich keine körperlichen Berührungen. Ich mag dich trotzdem und ich finde es grossartig, dass du unsere Clique wieder gefunden und zusammengeführt hast. Und deshalb möchte ich nun auf dich anstossen." Damit setzte sie der verblüfften Bylle Tristan auf den Schoss, nahm ihr Glas und prostete uns allen zu. Es überkam uns eine Erleichterung und alle redeten wieder wild durcheinander bis Bylle an das wertvolle Champagner-Kristallglas klopfte. „Also Mädels, dann mal zwei Dinge. Ihr wisst ja, dass ich im Frühjahr heirate. Ich bin so froh, dass wir uns wieder gefunden haben. Deshalb möchte ich euch alle mit oder ohne Begleitung zu meiner Hochzeit einladen." Allgemeines Jubeln. Wie gut für mich. Im Kreise meiner alten Clique würde ich mich bestimmt wohl fühlen. Bylle schien mir meine Erleichterung anzusehen. Sie stupste mich in die Seite. „Ok für dich?", flüsterte sie fragend. „Jaaa", hauchte ich begeistert.

Die anderen waren schon beim Thema Garderobe, Hochzeitsgeschenk, ob mit oder ohne Partner. Anna klatschte plötzlich in die Hände: „Moment mal, du hast doch von zwei Dingen gesprochen. Du bist doch hoffentlich nicht schwanger." Bylle erlöste uns aus unserer Schockstarre. „In unserem Alter?", fragte sie grinsend. „Na heute ist doch alles möglich", fügte Anna hinzu. „Nein, das zweite ist ein Brief, respektive eine Mail, die mir Monika für uns alle geschrieben hat. Was meint ihr, soll ich sie noch vorlesen?" Ungeduldig bejahten wir und nachdem Simone nochmals alle Gläser aufgefüllt hatte, begann Bylle.

„Hallo, Ihr Lieben
Wie grossartig, dass ihr euch wieder gefunden habt. Awsome. Wie gerne wäre ich jetzt bei euch. Ich versuche mir immer wieder vorzustellen, wie ihr nun aussehe. Bylle hat mich gebeten, euch meine Geschichte aufzuschreiben Es wäre so nice, wenn ihr mir die euren mailen könntet, aber ohne Fotos, denn: Surprise, surprise: Wir werden uns hoffentlich alle bald sehen. Wie ich schon weiss, hat Bylle euch zu ihrer Hochzeit eingeladen. Ich werde auch da sein, denn ich komme jedes Frühjahr zu meiner Mutter auf Besuch." Wir klatschen alle vor Begeisterung in die Hände.
„Ich möchte dann herausfinden, ob ich euch alle wiedererkenne. Big smile. Ob ihr mich wiedererkennen werdet. I dont know.
Aber nun zu meiner Geschichte: Wie ihr ja wisst, hatte ich den einzigen Traum, Model zu werden. Nach dem Abitur habe ich mich bei unzähligen Agenturen beworben. Hin und wieder bekam ich einen kleinen Auftrag, aber es war nie etwas Grosses dabei. Es war sehr zermürbend. Meine Eltern drängten mich zu einem Studium oder dazu, wenigstens einen Beruf zu erlernen. Ich wollte mir eine letzte Chance geben und es noch in den Staaten versuchen.

Sollte ich da auch nicht reüssieren, versprach ich ihnen, mich an der Uni einzuschreiben. Amerika war auf den ersten Blick cool. Ich wohnte mit anderen Models in einer Wohngemeinschaft. Aber auch hier war ich nicht besonders erfolgreich. Unsere Modelfiguren zu behalten war nicht sonderlich schwer, denn wir hatten alle kaum Geld. Und das wenige, was wir hatten, gaben wir natürlich nicht für Essen, sondern für Makeup und Kleider aus. Die einzigen Aufträge, für die wir immer wieder gebucht wurden, waren Partys. Zuerst sträubte ich mich dagegen, denn das entsprach nicht meinen Träumen. Irgendwann ging ich jedoch mit den anderen Mädels mit. Immerhin konnte man sich bei diesen Gelegenheiten wenigstens den Bauch vollschlagen. Ansonsten erfüllten diese Anlässe sämtliche Klischees. Wir wurden von Männern und auch von Frauen angemacht und es gab sämtliche Drogen, die man sich vorstellen konnte. Irgendwie gelang es mir aber, mich rechtzeitig von all dem zu distanzieren, nachdem ich mitbekommen hatte, wie eine Mitbewohnerin, ein stilles, nettes Mädchen aus Frankreich, förmlich vor die Hunde ging. Ich fand sie eines Morgens mit aufgeschnittenen Pulsadern in der Badewanne. Ihr wunderschöner Körper war übersät mit blauen Flecken. Nach diesem schrecklichen Erlebnis wollte ich wieder nach Hause. Drei Tage vor dem Flug erhielt ich noch eine Einladung zu einem Casting. Ich hatte nichts mehr zu verlieren und ging hin. An den harten Ton in den Studios hatte ich mich gewöhnt, trotzdem regte mich das schroffe „Sorry, next please" auf. Vor dem Gebäude stand ein junger Mann und rauchte. Er sah mich an, hielt mir seine Zigaretten hin und sagte in breitem Deutsch: „War wohl nichts." Wir unterhielten uns lange. Ich erzählte ihm weinend von der toten Francine und ich erfuhr von ihm, dass es den männlichen Models nicht viel anders erging. Sie wurden oft für Partys von Homosexuellen gebucht. „Gibt es denn nicht eine seriöse Agentur, die ihre Models fair behandelt?", fragte ich ihn. „Lass es uns versuchen, lass uns die erste saubere Modelagentur gründen", sagte er plötzlich. Und stellt euch vor, wir haben es versucht und wir haben es auch geschafft. Es war unglaublich hart. Wir haben über ein Jahr gejobbt, um das Geld für unseren Start zusammenzubekommen. Wir hatten beide über längere Zeit zwei, manchmal sogar drei Jobs. Wir haben bis 14 Stunden pro Tag gearbeitet und zusammen in einem kleinen Appartement gewohnt. Nach einem guten Jahr konnten wir endlich unsere eigene Agentur eröffnen. Wir haben klein angefangen und mussten zu Beginn auch noch anderen Arbeiten nachgehen, aber wir waren so unglaublich stolz, dass wir es geschafft hatten. Heute betreuen wir zwölf weibliche und zehn männliche Models. Das ist nicht viel, aber so können wir unseren Boys und Girls genügend Aufträge verschaffen. Keine und keiner unserer Models muss hungern, oder sich von irgendwelchen Typen begrapschen lassen, um genügend Geld zu haben. Mittlerweile vermitteln wir auch Kleindarsteller für Filme. Und stellt euch vor, ich war auch schon mal bei einer Oscarverleihung." Anna klatschte vor Begeisterung in die Hände. Bylle las weiter „Ich wohne mittlerweile in einem schönen Haus mit Lennox, meinem Hund. Es gibt hier für euch immer ein Bett, wenn ihr mich mal besuchen kommt. Kinder habe ich leider keine. Ein Preis, den ich für meinen Traum bezahlen musste.

Manchmal denke ich, dass der Preis zu hoch war. Aber ich will mich nicht beklagen. Mit Männern hatte ich bis jetzt kein goldenes Händchen. Als wir unsere Agentur eröffneten, habe ich einen Fotografen kennengelernt. Er war meine grosse Liebe. Wir haben sehr viel gearbeitet zu dieser Zeit. Beide hatten ihr eigenes Appartement und wir haben uns regelmässig besucht. Ronald ist heute einer der gefragtesten Modefotografen in New York. Nach fünf Jahren glücklicher Beziehung habe ich herausgefunden, dass er ein Doppelleben führte. Er ist verheiratet und hat drei Kinder. Ich habe mich sofort von ihm getrennt." "So ein Scheisskerl", unterbrach Simone, "Gib es denn wirklich keine anständigen Typen." Anna legte sogleich ihr Veto ein. Und Bylle doppelte nach: "Ich kann mich auch nicht beklagen, mein Zukünftiger ist doch wirklich ein Sechser im Lotto, nicht wahr Claudi. Ja, stellt euch vor, Claudia hat sogar schon für ihn einen Werbespot gesprochen." Alle Blicke ruhten auf mir. Ich räusperte mich. "Naja, also…" "Jetzt sag bloss nichts falsches", unterbrach mich Sibylle lachend. "Ja, er ist wirklich ein netter Kerl. Aber ich habe ihn ja nicht richtig kennengelernt." "Na das will ich doch hoffen", grinste Bylle augenzwinkernd. Innerlich verbot ich H und V irgendeinen Kommentar. "Kannst du weitermachen?", fragte Simone streng. "Sorry", flüsterte ich und war froh, dass ich mich nicht weiter über Roman unterhalten musste. Sibylle zwinkerte mir zu und fuhr fort: "Ich habe aber ein erfülltes Leben. Mein Beruf nimmt mich sehr in Anspruch. In meiner spärlichen Freizeit reite ich und ich habe einen grossen Freundeskreis. Und ja, es scheint, dass es bald einen neuen Mann in meinem Leben geben wird. Ich habe vor einigen Wochen einen netten

Typen kennengelernt. Er hat mit meinem Business gottlob nichts zu tun. Er ist Arzt. Ich möchte es nach zahlreichen Enttäuschungen langsam angehen, aber wer weiss, vielleicht ist es bis im Frühjahr so weit, und ich werde ihn zu Bylles Hochzeit mitbringen. Mein bester Freund ist mein Agenturpartner, der zusammen mit seinem Ehemann immer für mich da ist, sowohl beruflich wie auch privat. Ihr seht also, der grosse Traum Model zu werden hat sich nicht ganz erfüllt, aber ich bin eine glückliche Frau. Ich freue mich riesig, euch alle zu sehen und bin unendlich gespannt auf eure Geschichten.
Love, babies, eine für alle, alle für eine. Wir bleiben die Glorreichen Sieben.
Eure Monika"
Wir blickten uns alle schweigend an. „Eigentlich können wir ja alle ganz zufrieden sein mit unserer Clique. Anna, die glückliche Bäuerin, Simone, die rechtschaffene Juristin, Beate, die soziale Ärztin, Monika, die erfolgreiche Agenturinhaberin, Claudia, die grosse Schauspielerin und ich, die glückliche Braut", bemerkte Bylle nach geraumer Zeit, „aus uns allen ist etwas geworden und soviel ich das beurteilen kann, sind wir auch mit unserem Privatleben alle im Reinen." „Es fehlt immer noch Susanne", sagte Anna mit einem traurigen Unterton. „Na schön", begann ich, „ich muss euch etwas gestehen. Ich habe Susanne gefunden. Sie ist im Gefängnis Schwarzheim." Fünf Augenpaare schauten mich fragend an. „Du meinst, sie arbeitet da", fragte Anna. „Nein, sie ist inhaftiert. Sie ist in meiner Theater-Workshop-Gruppe." Ich blickte in die entsetzten Gesichter meiner Freundinnen. „Aber…aber, das kann doch nicht sein, ausgerechnet Susanne?", stammelte Anna,

die ihre Sprache als Erste wieder gefunden hatte. Dann begann ein wildes Durcheinander und alle stürzten auf mich los. „Das glaube ich nicht." „Susanne war doch die Anständigste, die Liebste, die Sozialste von uns allen." „Seit wann weisst du das?" „Warum hast du nie etwas gesagt?" „Das ist ja furchtbar." „Wie geht es ihr?" „Das kann nicht sein." Und immer wieder die Frage: Was hat sie getan. „Ok", sagte ich laut, „was sie angestellt hat, das kann ich euch nicht sagen, denn ich weiss es auch nicht. Ich habe ihr aber erzählt, dass wir uns wieder getroffen haben und uns regelmässig sehen. Sie hat vorgeschlagen, dass sie uns ihre eigene Geschichte aufschreibt, wenn wir das im Gegenzug auch tun. Ich denke, es geht ihr den Umständen entsprechend gut. Sie kümmert sich um andere Inhaftierte, so wie wir das immer von ihr gekannt haben. Das Einzige, was ich weiss, ist, dass sie Psychologie studiert hat. Sie hat mir gesagt, dass sie ihre Geschichte bereits aufgeschrieben hat. Ich schlage also vor, dass wir uns nächsten Monat wieder verabreden." „Wir können uns bei mir treffen." Der spontane Vorschlag kam von Simone und wir willigten alle gerne ein. Eine leichte Schwermut hatte sich über uns alle gelegt, die Bylle mit einem Male durchbrach. „Ich muss euch etwas gestehen. Ich habe gelogen, als ich euch von meiner Tochter erzählt habe." Sie erzählte nun allen, was ich schon wusste, von dem Unfall ihrer Tochter und den daraus entstandenen Folgen. Es wurde ein seltsamer Abend. Zum Schluss nahmen wir uns alle in die Arme, traurig und betrübt über das Vernommene, froh und glücklich, dass wir uns wieder gefunden hatten und unsere Freundschaft und das Vertrauen all die Jahre überlebt hatten.

15

Die nächsten drei Wochen vergingen ohne weitere Aufregungen. Jochen hatte mir eine hübsche Summe für meine Arbeit in Schwarzheim überwiesen. Ich bedankte mich in einer SMS und überliess Julia den überschwänglichen Dankesbrief. Als Rita ihren nächsten Freigang hatte, gingen wir zusammen in die Stadt und kauften eine Kamera, mit der sie fotografieren und filmen konnte.
Die Feiertage verbrachte ich völlig unaufgeregt zu Hause. Ich hatte einen kleinen Weihnachtsbaum gekauft, den ich wie jedes Jahr zusammen mit meiner Tochter dekorierte. Filou fand den grössten Gefallen daran und mit einem gezielten Sprung landete er samt geschmücktem Baum auf dem Boden. So geschah es, dass ich kurz vor Ladenschluss an Heiligabend in das nächste Kaufhaus raste, um noch einen Satz Weihnachtskugeln zu kaufen. Lena und ich machten es uns wie jedes Jahr am 24. Dezember unter dem Baum mit einem Picknick am Boden gemütlich. Lena schenkte mir eine Mütze, die sie selbst gestrickt hatte. Ich freute mich riesig. Sind nicht selbstgemachte Geschenke der eigenen Kinder, und wenn sie noch so hässlich sind, das Allerschönste, was man bekommen kann? Ich stülpte das Kunstwerk sofort über. Ich fand, dass seine Buntheit, Lena hatte lauter Restwolle benutzt, mir besonders gut stand. Am 1. Weihnachtstag feierten wir mit Tobi. Er brachte seine Gitarre mit und nachdem wir uns mit zwei Weihnachtsliedern versucht hatten, beschallten mich die beiden mit Liedern von ihrer Klimabewegung. Am 2. Weihnachtstag war Lena bei Tobis Eltern. Ich verbrachte

den Tag vor dem Fernseher. Nach „Drei Nüsse für Aschenbrödel" schaute ich mir noch eine Romanze an. Die Protagonistin sah genau so aus, wie ich zusammen mit wahrscheinlich 90 Prozent der westlichen weiblichen Bevölkerung wohl immer gerne ausgesehen hätte. Die goldblonden Haare fielen ihr mit voller Pracht auf die Schultern. Die ästhetisch vollen Lippen verliehen ihr in Kombination mit den strahlenden Augen und der zarten Nase etwas Mädchenhaftes und zugleich konnte man sich ihrer erotischen Ausstrahlung kaum entziehen. Ihr Körper war gesegnet mit Weiblichkeit, ohne dass er ein Gramm Fett zu viel aufwies. Verstohlen schaute ich an mir herunter. Ein Schlabberpullover verdeckte glücklicherweise meine Pfunde. Ich griff relativ freudlos in die Chipstüte und spülte die letzten Krumen mit einem Bier herunter. Natürlich traf die Schönheit auf dem Bildschirm ihren Traummann. Auch sein Gesicht war von einer bildhaften Schönheit. Die Muskeln und seinen Sixpack konnte man durch sein T-Shirt hindurch erkennen. Trotzdem gefiel er mir nicht. Er war zu schön, zu glatt. Keine Männlichkeit, kein Ausdruck von Lebenserfahrung. Ich entdeckte in mir die alten Muster. Warum wollten wir Frauen immer wie die Märchenprinzessinen aussehen und warum gefielen uns die echten Kerle oder gar die Kuschelbären im realen Leben besser als die Märchenprinzen? Nach etwa 20 Minuten langweilte mich der Film und ich wollte Drama anrufen. Nach einem glucksenden „Lass das" schmetterte sie ein „Hallo" in ihr Handy. „Oh", sagte ich, „du bist anscheinend nicht allein. Ich wollte dich nicht stören." „Du störst doch nie, mein Schatz! Es ist Claudia." Ihre letzten Worte schienen an jemanden in ihrer Umgebung gerichtet zu sein. „Oh, wie schön ich lasse sie grüssen", hörte ich aus dem Hintergrund und glaubte die Stimme von Gloria, Dramas grosser Liebe, zu erkennen. „Sag's ihr", fügte sie noch hinzu. „Sag mir was?" „Gloria lässt dich grüssen." „Ja, das habe ich schon gehört, aber was sollst du mir noch sagen?" „Wir heiraten", platzte es völlig ungefiltert aus meinem Telefon, „und du sollst meine Trauzeugin sein." Ich war gerührt und freute mich sehr für die beiden. Ich wollte sie in ihrem Glück nicht weiter stören und wir verabredeten uns für einen Anruf zu einem späteren Zeitpunkt. Es überkam mich eine leichte Schwermut. Lena war in einer glücklichen Beziehung und nun auch Drama. Nur ich schaffte es nicht, mich zu binden.

V: „Selbst Schuld. Du hättest ja Gelegenheit gehabt in letzter Zeit. Jochen."

H: „Jetzt hör doch endlich auf mit Jochen."

V: „Wie kann man denn so einen Mann von der Bettkante stossen. Ich verstehs einfach nicht. Grosszügig, charmant, guter Sex und erst noch reich. Ich verstehs wirklich nicht."

H: „Du wiederholst dich. Eine andere Welt, ein anderes Leben. Du hast alles aufgezählt nur mich, das Herz, hast du vergessen."

V: „Papperlapapp. In einem gewissen Alter sollte man nicht mehr so wählerisch sein, sondern auch mit dem Verstand entscheiden. Es ist einfach nur dumm."

Schweigen. Einige Minuten später.

V: „Na, dann wenigstens dieser Paul. Ist zwar nicht mein Favorit, aber bitte schön, dann ist wenigstens mal Ruhe."

H: „Aber da hat jetzt wirklich rein gar nichts gepasst."

Ich goss mir ein weiteres Glas Rotwein ein. Nein, da hatte wirklich gar nichts gepasst.

Silvester. Lena wollte einige Freunde einladen. Da alle unsere Nachbarn im Skiurlaub waren, oder an einem fernen Strand in der Sonne lagen, hatte ich nichts dagegen. Ich überlegte kurz, ob ich wegfahren und jemanden besuchen sollte. Drama war bestimmt in einem Liebesrausch. Jochen wollte ich nicht wieder sehen. All meine anderen Freunde waren entweder verreist, oder ich wollte sie nicht in ihrer trauten Beziehung stören. Lena versicherte mir, dass meine Anwesenheit nicht stören würde. Ich kaufte mir für den Abend eine Konzertkarte in der Philharmonie und war somit bis kurz vor Mitternacht versorgt. Ich konnte mit Silvester eh nichts anfangen. Dieses Lustigsein um jeden Preis, diese verzweifelte Suche nach guten Vorsätzen, die man bereits eine Stunde später schon wieder über den Haufen warf, dem konnte ich nichts abgewinnen. Trotzdem beschlich mich eine leise Melancholie, als ich mich allein durch den Neuschnee kämpfend auf den Weg zum Konzertsaal machte. Prokofievs 1. Symphonie, ihre Heiterkeit, der Humor und die Leichtigkeit dieser Musik, die das Orchester im ersten Teil des Abends spielte, steckte mich an und ich dachte mit Freude an die schönen und glücklichen Momente des vergangenen Jahres und vor allem der letzten Monate. Da war meine neue Arbeit in Schwarzheim. Ich hatte die alte Mädchenclique aus meiner Schulzeit wieder gefunden. Lena hatte mit ihrem Freund Tobi einen großartigen jungen Mann in unser Leben gebracht. Ich dachte an die glückliche Drama und daran, dass ich in den letzten Wochen zwei verschiedene Sexualpartner gehabt hatte. Da konnte man doch wirklich nicht meckern. Auch wenn daraus nichts geworden war, so zeigte es mir doch, dass ich immer noch über eine gewisse Anziehungskraft verfügte. Ich dachte an Zottel und den Alten, an all die Inhaftierten in Schwarzheim. Was sie wohl heute Abend machten? All diese Gedanken begleitet von der wunderbaren Musik liessen mich bestens gelaunt in die Pause gehen.

Ich bahnte mir einen Weg zur Bar, um ein Glas Sekt zu ergattern und verzog mich damit in eine Ecke des Foyers. „Hast du diese Schuhe gesehen?" Die herablassende, weibliche Stimme des Paares, das rechts vor mir stand und ebenfalls an einem Glas nippte, holte mich in die Wirklichkeit zurück. Der Mann nickte und murmelte etwas, das ich allerdings nicht verstehen konnte. Ich blickte verstohlen auf meine Füsse. Nein, meine uralten Sneakers hatte ich heute zuhause gelassen und die Stiefel, die nun meine Füsse zierten, sahen trotz hohem Alter doch ganz proper aus. Mich konnte sie also nicht gemeint haben, dachte ich erleichtert. „Und dann dieser auffällige Schal, einfach geschmacklos so etwas." Wie konnte man über Leute herziehen, nachdem man gerade noch so schöne Musik gehört hatte. „Ach, ich finde ihn ganz nett", ertönte nun die männliche Stimme. „Pah, nett. Die ist viel zu alt für so etwas. Schau mal, da drüben steht die Hofer. Nun sieh dir mal an, was die für einen jungen Typen aufgerissen hat. Der könnte doch ihr Sohn sein." „Vielleicht ist er ja ihr Sohn", entgegnete der Mann und fuhr gleich weiter, „die haben den Prokofiev wirklich schön gespielt." Anscheinend wollte er sein keifendes Weib ablenken, was ihm jedoch nicht gelang. „Ach was, die hat keinen Sohn, nur eine Tochter und die ist ja auf der Strasse gelandet. Ne, ne, die Keller aus der 97 hat mir ja erzählt, dass die so einen jungen Typen hat. Das ist bestimmt so ein Callboy." Dabei betonte sie das a im Wort Callboy. Schnell leerte ich mein Glas. „Die hat aber auch einen guten Zug", hörte ich die lästernde Gattin flüstern. Ich drehte mich um. Der Mann lächelte mich verlegen an und zwinkerte mir schleimig zu. „Hermann, willst du damit wohl aufhören", zischte sie ihn an. „Wissen sie was, ich habe auch einen jungen Geliebten. Würde ihnen bestimmt auch guttun. Ich wünsche ihnen ein fröhliches neues Jahr", sagte ich zynisch zu dem Schandmaul. Mit offenen Mündern liess ich die beiden stehen. Im zweiten Teil ertönte Smetanas Moldau. Ich folgte mit der Musik dem Fluss von der Quelle bis zur Mündung. Ich hörte die Jagd und die Hochzeitsklänge am Ufer und das wilde Tosen der Stromschnellen. Beschwingt von der schönen Musik stapfte ich zu Fuss durch den Schnee nach Hause. Als ich die Wohnungstür öffnete, kam mir munteres Geplapper entgegen, das immer wieder durch ein jugendliches Lachen unterbrochen wurde. Ich schlich in mein Zimmer. Eine leichte Traurigkeit überkam mich. Hatte ich den Jahreswechsel doch die letzten Jahre immer mit meiner Tochter verbracht.

V: „Jaja, du hast doch immer behauptet, dass dich Silvester nicht interessiert, und nun willst du eine mittlere Depression schieben."

H: „Nun lass sie doch. Sie ist eben einsam."

„Bin ich nicht", unterbrach ich die beiden. Tapfer nahm ich ein Buch und fing an zu lesen.

Kurz vor Mitternacht klopfte es an meine Tür. Tobi streckte den Kopf in mein Zimmer. „Wir wollen gleich auf das neue Jahr anstossen. Komm doch auch." „Ich weiss nicht." „Ach komm, sei keine Spielverderberin. Wir warten alle auf dich und wir beissen auch nicht." Schnell stand ich auf, richtete meine Haare, so gut es ging, und marschierte in unser Wohnzimmer. Sechs junge Leute verstummten und blickten mich neugierig an. Unter ihnen erkannte ich Leon, meinen Lord Goring aus dem Idealen Gatten. Er stand sofort auf, machte eine Verbeugung vor mir und sagte: „Ich möchte euch die beste, die klügste und netteste Regisseurin Frau Schneider vorstellen." „Also erstens, lieber Leon, ist auch im Theater und vor allem im Theater nett die kleine Schwester von Scheisse und zweitens heisse ich Claudia", sagte ich lachend und das Eis war gebrochen. Ich spendierte eine Flasche Sekt und punkt Mitternacht stiessen wir auf ein glückliches Jahr an. Lena kam zu mir und umarmte mich. Ein schöner Jahresbeginn.

Das Glück der ersten Stunden des neuen Jahres hielt nicht allzu lange an. Bereits vier Tage später kam Lena von der Schule nach Hause. „Der Miller will dich sprechen." „Der wer?", fragte ich meine mürrische Tochter. „Na der Miller." Ich schaute sie fragend an. „Nicht dein ernst, Mama, du weist nicht, wer der Miller, der Spasskiller, ist?" Ich schaute streng über meine neue Lesebrille, die ich mir an jenem Morgen gekauft hatte. Lena prustete los. „Was ist das denn?" „Was meinst du?" „Na, dieses Ding auf deiner Nase." „Stell dir vor, das ist eine Brille." „So eine hat der Miller auch, na, da passt ihr ja wunderbar zusammen." „Nu lenk mal nicht ab. Du meinst aber nicht Mister Miller, deinen Englischlehrer." Sie nickte bejahend. „Was hast du denn angestellt? Ich dachte immer, du bist gut in Englisch." „Na bin ich doch auch. Ich weiss überhaupt nicht, was der von dir will." Ich hatte Mister Miller einmal bei der

Einschulung gesehen und konnte mich nur schwer an ihn erinnern. Klein, pummelig, glatzköpfig mit Lesebrille. Schon vor Jahren hatte ich Lena verboten, ihn nachzumachen. „Der spuckt immer so beim th", hatte sie damals gesagt und wollte es mir auch gleich zeigen. „Aber der wird mich doch nicht grundlos einbestellen. Was hat er denn gesagt?" Sie nahm meine Lesebrille, die ich mittlerweile auf den Tisch gelegt hatte, setzte sie auf und sagte: „Listen Lena, tell your mother, i want to speak to her, this afternoon at four o'clock in your classroom." Bei mother und this spuckte sie über den Tisch, was ich mit „Lena, bitte, es reicht" kommentierte. Sie liess sich jedoch nicht aufhalten. „Wenn sie nicht kann kommen, she can call me", fuhr sie mit einem englischen Akzent fort. Ich verkniff mir das Lachen und sagte streng: „Lena, es werden keine Lehrer veräppelt, es werden überhaupt keine Menschen verhöhnt." Es entfachte sich ein Streit über Respekt gegenüber Lehrern und Erziehungsberechtigten, den sie beleidigt mit dem Satz: „Ich gebe dir einfach den guten Rat, setze dich nicht nahe zu ihm", beendete.

Kurz vor 16 Uhr trat ich in das noch leere Klassenzimmer. Lenas Rat folgend setzte ich mich in die zweite Reihe in der Annahme, dass sich Mister Miller an sein Lehrerpult setzen würde. Als ich so alleine in dem leeren Klassenzimmer sass mit Blick auf die grosse Tafel, erfasste mich ein kleiner Schauer. Es roch noch genauso wie vor 30 Jahren.: eine Mischung aus Moder, Angstschweiss, Apfel und Pausenbrot. Ganz im Gegensatz zu meiner Tochter war ich in Englisch eine vollkommene Niete gewesen. Was die aktuellen Jugendlichen als coolste Sprache taxierten, empfand ich in meiner Kindheit als hässlicher, arroganter

Einheitsbrei. Dazu kam meine Englischlehrerin, die mich so gar nicht mochte. Kurz vor dem Abitur riet sie mir, von der Schule abzugehen und einen reichen Gentleman zu heiraten. Damit hätte ich doch wenigstens noch eine Zukunft, denn die Prüfungen würde ich sowieso nicht schaffen. Ich tat ihr den Gefallen nicht und machte ihr zum Trotz einen ganz passablen Abschluss. Und nun sollte ich mich ausgerechnet mit dem Englischlehrer meiner Tochter unterhalten.

Punkt vier Uhr ging die Türe auf. Mister Miller war noch kleiner und pummeliger, als ich ihn in Erinnerung hatte, und seine Brillengläser waren noch dicker. Er war geradezu prädestiniert für den Spott seiner Schüler und erweckte deshalb in mir eine winzige Portion an Mitleid. Er keuchte, schien sich beeilt zu haben. „Oh", japste er, „Mrs Sneider Sie sind schon hier." Nach einem gegenseitigen „Hallo" holte er schnell einen Stuhl und stellte ihn an seinen Tisch. Er zeigte auf ihn mit den Worten: „Please Mrs Sneider, kommen Sie su mir." Bei dem Wort Please bemerkte ich, dass er nicht nur bei den th spuckte. Nichtsdestotrotz setzte ich mich ihm gegenüber. „Can we speak english?", fragte er mich. Ist ja wieder typisch, dachte ich, von Afrikanern, Syrern, Türken, von Südamerikanern, von Asiaten, von allen Ausländern verlangt man, dass sie in unserem Land auch unsere Sprache sprechen, nur der gebildeten englischsprechenden Oberschicht müssen wir uns immer anpassen. „Lieber Deutsch", antwortete ich und setzte einen gespielt bedauernden Gesichtsausdruck auf. Sein Blick war missbilligend und abwertend, worauf ich mich zu dem unnötigen Satz verleiten liess: „Ich habe mein Abitur in Latein gemacht. Englisch hatte ich nur im

Nebenfach." „Ok, Mrs Sneider!" Er versicherte mir, dass Lena sehr gut sei in Englisch, dass sie jedoch bereits zweimal an einem Freitag in seinem Unterricht unentschuldigt gefehlt hätte. „Ich denke, Sie nicht wissen das." Ich war kurz versucht, seine deutsche Grammatik zu korrigieren, liess es aber sein und versicherte ihm, dass ich davon Kenntnis hätte, denn am Freitag wären jeweils die Demos der Klimabewegung. Er war sehr erstaunt: „You know it. Das nischt gut, das gar nischt gut. Lena kann nicht einfach fehlen. Das ist nischt gut für her future." Ich widersprach: „Diese Demonstrationen sind doch gut für unser aller future." Er sah mich streng an und ich fühlte mich in meine Schulzeit zurückversetzt. „Ich kann das nicht tolerieren, wenn sie noch einmal fehlt, ich muss sie vergeben eine Verwarnung." Ich merkte, wie mir vor lauter Trotz die Röte ins Gesicht stieg. „Es heisst: ich muss ihr eine Verwarnung geben, oder ich muss sie verwarnen." Nun schien mir, dass auch sein Gesicht die Farbe wechselte. Auf seiner Stirne bildeten sich kleine Schweissperlen. „Aber lassen sie uns das Ganze doch einmal sachlich betrachten", ich versuchte einen versöhnlichen Ton anzuschlagen, „Sie haben gesagt, dass Lena gut ist in Englisch. Die Klimabewegung ist doch eine gute Sache. Die jungen Leute engagieren sich für die Zukunft. Es waren in den letzten drei Monaten zwei Lektionen, die sie verpasst hat. Sie hat mir selbst zugesichert, dass sie den Stoff auch nachgearbeitet hat." „Darum geht es nicht, es geht um die Prinzip", betonte er. „Das!" Er schaute mich fragend an. „Das Prinzip." Die Schweissperlen auf seiner Stirn schienen sich unkontrolliert zu vermehren. „How ever, wenn Miss Lena noch eine Mal fehlt, ich werde sie melden auf die Rektorat." Warum, verdammt noch mal, müssen eigentlich Sprachlehrer an einer deutschen Schule unsere Sprache nicht können, obwohl sie umgekehrt genau das von ihren Schülern verlangen, dachte ich wieder, vermied aber jeglichen weiteren Kommentar. „Tun Sie, was sie nicht lassen können." Nun schaute auch ich ihn streng an, griff nach meiner Jacke und wollte aufstehen. „Sorry, Mrs Sneider, ich bin noch nicht su Ende. Sie hat vor einige Wochen auch verpasst eine Klausur." „Ja, ich weiss, ich habe ihr eine Entschuldigung mitgegeben." „Aber Mrs Sneider tz tz tz, seien wir doch ehrlich, das war doch eine seltsame Ausrede. Eine Unfall mit eine alte Mann". Unwillkürlich streckte sich mein Rücken. „Was wollen Sie damit sagen? Es hat sich genauso abgespielt, wie ich es geschrieben habe." „Sie waren dabei?" „Nein, aber ich habe meine Tochter danach gesehen. Sie war vollkommen aufgelöst. Und ich glaube meiner Tochter. Meine Tochter lügt nicht. Zudem hat sich der alte Mann bei ihr bedankt. Lena kann ihnen den Brief gerne zeigen." Ich merkte, wie mir die Zornesröte ins Gesicht gestiegen war. „Nun beruhigen Sie sich doch, Mrs Sneider." „Nein, das tue ich nicht, Herr Müller, ich finde es unmöglich, dass Sie ein Entschuldigungsschreiben einer Mutter anzweifeln. Ich denke, ich muss das dem Rektorat melden." Er tupfte sich den Schweiss von seiner Stirn. „Mein Name ist Miller." „Und meiner Schneider", antwortete ich laut und wütend. Damit erhob ich mich und wollte den Raum endgültig verlassen. „Es gibt noch etwas. Ich habe Lena gesehen in eine Pause, sie hat geknutscht." „Ja, das war dann wohl mit Tobi aus der Achten." „Oh, Sie wissen davon? Dann sagen

Sie Lena, sie kann das machen su Hause, aber bitte nicht auf die Schulhof." „Aber..." „Das ist nicht gut für die Klima." Nun schau mal einer an, Mister Miller, Stimmungskiller, war doch um das Klima besorgt. „Also doch Klimaschutz", murmelte ich. „Wie bitte." Ich hatte plötzlich Bedenken, dass sich meine ironischen Aussagen für Lena schlecht auswirken würden und sagte deshalb schnell: „Gut, ich werde es Lena ausrichten." Seine alte Gesichtsfarbe kam langsam wieder zurück und mit einem grossen Taschentuch wischte er sich erneut über seine Stirne. „You know, Frau Sneider, unser Beruf ist nicht einfach." Arschloch, dachte ich und sagte einschmeichelnd: „Ich weiss, Mister Miller. Ich bedanke mich für das Gespräch." Schnell packte ich meine sieben Sachen und verliess fluchtartig den Raum. Kaum hatte ich die Türe hinter mir zugezogen, kam ein „fuck you" über meine Lippen. Ein Jugendlicher, der es anscheinend fertiggebracht hatte, die Schulstunde vor dem Klassenzimmer zu verbringen, lachte mir zu und streckte seine beiden Daumen nach oben. Schulterzuckend lächelte ich zurück und suchte fluchtartig den Ausgang. An der frischen Luft atmete ich tief durch. Warum, verdammt noch mal, hatte ich Miller provozieren müssen. Ich überlegte kurz, ob ich nicht doch noch das Rektorat aufsuchen sollte, um mich über den Kerl zu beschweren. Aber mit welchen Argumenten? Ich würde Lena damit noch mehr schaden, als ich es schon getan hatte. In diesem Moment bereute ich, alleinerziehend zu sein. Was hätte Jochen jetzt gemacht? Bestimmt wäre er diplomatischer gewesen. Ich war wütend und unzufrieden mit mir selbst.

Ich beschloss zu Fuss nach Hause zu gehen. Die frische Luft würde mir guttun. Von weitem sah ich eine Gestalt, die mir bekannt vorkam. Sie war im Gespräch mit einer zweiten Frau. Ich erkannte in ihr die Tratschtante aus der Silvesternacht und die Blicke der beiden Frauen liessen darauf schliessen, dass sie wieder über jemanden ablästerten. Sie verabschiedeten sich und ich hörte die mir unbekannte Frau sagen, dass sie in Kürze mehr wissen würde. Sie kam mir entgegen: „Hallo, Frau Keller", sagte ich auf gut Glück. Mit unerwartet hoher Stimme und einem kritischen Blick antwortete sie: „Äh…ja, kennen wir uns."
„Sie sind doch die Keller aus der 97." Kurzes Nicken. „Wenn sie wüssten, was man sich so alles über sie erzählt." Kommentarlos ging ich weiter und liess die verblüffte Frau stehen.
H: „Das war jetzt aber nicht gerade nett. Deinen Frust musst du ja nicht an fremden Leuten ablassen."
V: „Verdient hat sies. Und ich fands amüsant."
H: „Ach komm, was geht dich das an. Du kennst die Frau ja gar nicht."
Zu Hause kam mir Filou schnurrend entgegen und setzte sich sogleich auf meinen Schoss. Zögernd trat Lena aus ihrem Zimmer. „Und?", fragte sie. „Ich habs versaut", antwortete ich schuldbewusst und erzählte ihr von dem Gespräch. „Nicht dein ernst, Mama", sagte sie nach einer kleinen Pause. „Tut mir leid." „Aber was soll ich jetzt machen. Darf ich nie mehr an eine Demo?" Ich versprach ihr, dass ich mich mit der Schulleitung besprechen würde. Plötzlich brach sie in Lachen aus. „Naja", sagte sie, „wenigstens hast du dich nicht ganz von ihm bequatschen lassen." Bevor sie das Zimmer verliess, drehte sie sich noch

einmal um: „Hat er dich wenigstens angespuckt?" Ich zuckte nur mit den Schultern. Sie machte sich skandierend auf in ihr Zimmer: „Yes, he did, yes, he did, yes, Miss Sneider, yes, he did." Was hatte ich doch nur für eine unmögliche Tochter.
Gegen Abend klingelte mein Telefon: Drama. „Sag, dass ich verrückt bin, nun sag schon." „Du bist verrückt." „Sag, dass man sich mit 50 nicht mehr, wie ein Backfisch benehmen sollte." „Man sollte sich mit 50 nicht mehr wie ein Backfisch benehmen." „Sag, man sollte sich nicht einfach Hals über Kopf verloben und schon gar nicht, wenn man eine Lesbe ist." „Eine Lesbe sollte sich nicht Hals über Kopf verloben." „Du bist doof." „Aha." Dann rasselte sie los. Die Hochzeit sollte im Sommer stattfinden. Na, Gottseidank, dachte ich, da hatte ich immerhin noch ein halbes Jahr Zeit. Natürlich waren auch Lena und Tobi eingeladen. „Willst du vielleicht Jochen mitbringen?" Ich verneinte. Die Hotelzimmer würde sie gleich reservieren. „Mensch Claudia, ich könnte dich jetzt hier so gut gebrauchen." Sie war völlig ratlos, was sie anziehen sollte. Sie würde sowieso wie ein Kartoffelsack aussehen neben ihrer grazilen Tänzerin. Ich versprach ihr, dass ich auf ein Wochenende vorbeikommen würde, sobald die Aufführungen in Schwarzheim durch seien. Sie erzählte mir, dass sie gerade angefangen habe mit Intervallfasten. Sie wollte unbedingt mindestens noch fünf Kilo abnehmen. „Meinst du, ich schaffe das bis dahin?" Ich versicherte ihr, dass sie das bestimmt schaffen würde, dass es aber völlig sinnlos sei und ihre Figur sehr gut sei. Sie lachte auf und sagte, dass ich mir die Figur von Gloria einmal ansehen müsste. „Na ein Traumkörper reicht doch oder willst du,

dass sich alle deine Gäste beschissen vorkommen", antwortete ich. Ich sagte ihr, dass sie in genau dieses Frauenbild verfallen würde, wovor sie uns mit ihren vehementen, feministischen Reden früher immer gewarnt hatte: Eine Frau muss schlank, lieblich, nett und schön sein. Murrend gab sie mir recht. „und wenn es denn sein muss", sagte ich, „wäre ein wenig Sport bestimmt ratsamer." „Spooort" ein hysterischer Schrei gefolgt von einem ebensolchen Lachen jagten ungefiltert die 400 Kilometer durch die Atmosphäre. Ich versuchte sachlich zu bleiben. „Also erstens ist Sport gut für die Beweglichkeit, zweitens kannst du auch mit Sport ein paar Pfunde verlieren und drittens habe ich erst letzthin gelesen, dass man mit regelmässigem Sport auch länger leben würde." „Ach so, und du meinst also, dass ich einige Stunden in der Blütezeit meines Lebens mit Sport vertun soll, damit ich im hohen Alter, in dem ich krank, klapprig, dement und hoffnungsvoll den Tod erwartend einige Minuten gewinnen kann?" Das war typisch Drama. „Ich gebs auf", antwortete ich lachend, „bleib einfach so, wie du bist". Ich erkundigte mich über die Gästeliste, auf der sich auch gemeinsame Bekannte aus der Theaterszene befanden. Wir erzählten uns noch eine Stunde lang Anekdoten und verrückte Geschichten von unseren Kollegen, von SchauspielerInnen, TänzerInnen, DramaturgInnen. Als ich Lena beim Abendessen von der Hochzeit und der Einladung dazu erzählte, stiess sie einen Freudenschrei aus: „Das wird bestimmt verrückt und schrill mit all diesen Theaterleuten", kommentierte sie. Ich wollte ihr antworten, dass am Theater nicht a priori alle Menschen verrückt und schrill seien, aber sie hing bereits an ihrem Smartphone, um Tobi über die Einladung zu informieren.

Als ich am ersten Samstag vom Jahr im Zug nach Schwarzheim sass und durch die frisch verschneite Landschaft fuhr, fragte ich mich, wie es wohl dem alten Sepp gehe. Ich musste mich bei Rita erkundigen, ob er Hilfe brauchen würde. Vom Bahnhof nach Schwarzheim durch den Neuschnee stapfend kam mir ein kleiner schwarzer Punkt entgegen. Es war Sepp. Zottel allerdings war nicht mit dabei. Er hatte ein Grinsen im Gesicht und schien mich schon von weitem zu erkennen. „Na, Schneider", sagte er, als er näherkam, „Freigang gehabt?" Ohne meine Antwort abzuwarten, hob er seinen Finger. „Sie sind mir ja schöne Flunkertanten, sie und die Rita", sagte er mit verschmitzt lachenden Augen, „die Rita ist ja überhaupt gar nicht die Direktorin, sondern eine Kollegin von ihnen. Sie hätten mir das nicht verschweigen müssen. Das ist mir nämlich sowas von egal. Die Rita, das ist eine Seele von Mensch. Wenn das meine Tochter wäre, ich wäre ja stolz wie Bolle. Meine Isabelle, die hat ja so einen reichen Schnösel geheiratet, die schämt sich für mich, aber die Rita, das ist ein Pfundskerl, das wär mir eine gute Tochter." Ohne dass ich irgendetwas antworten konnte, stapfte er an mir vorbei. Rita öffnete mir wie gewohnt das Tor. „Mensch Claudia, der will mich adoptieren", sagte sie ohne Begrüssung, „ich komm ja hier bald raus und der Sepp will mich dann tatsächlich adoptieren. Ich könnt bei ihm aufm Hof leben und ihm zur Hand gehen. Er würde mir den Hof bei der Adoption auch gleich überschreiben. Natürlich hätte er lebenslängliches Wohnrecht. Wie findst denn det?" „Nun", antwortete ich zögernd, „man könnte dir natürlich Erbschleicherei vorwerfen." In Ritas Augen blitze es gefährlich auf. „Und ich dachte, du kennst mich, Schneider." Sie drehte sich um und wollte weggehen. Ich bekam gerade noch den Ärmel ihrer Bluse zu fassen und konnte sie aufhalten. „Rita, ich weiss, dass es nicht so ist, und dass du es gut meinst, aber du musst damit rechnen, dass die Leute im Dorf oder Sepps Kinder so von dir reden." „Das ist mir aber sowas von, was Leute von mir denken, die ich nicht kenne und die nicht wichtig sind für mich. Die frage ich auch nicht, was sie denken, aber dich habe ich gefragt." Ich erkannte nun ihr Vertrauen. „Ist es dir denn nicht zu einsam hier draussen?", fragte ich sie, „dazu kommt die Verantwortung für den Hof und für Sepp. Seine Demenz wird zunehmen." „Das krieg ich hin. Ich bin glücklich auf dem Hof. Aufgewachsen im Heim, gefangen in einer Ehe und die letzten Jahre im Knast. Es ist, als hätte ich zum ersten Mal ein Leben in Freiheit vor mir, ein Zuhause, eine Familie." Den letzten Satz sprach sie leise, ohne mich anzusehen. Ich nahm sie in meine Arme, was sie bocksteif über sich ergehen liess und sagte zu ihr: „Dann machs. Aber ich erwarte eine Einladung." „Kriegste." Im Weitergehen drehte ich mich nochmals um. „Mindestens zweimal im Jahr." „Und Eier gibt's obendrauf", schmetterte sie mir hinterher.

Die Probe verlief trotz dreiwöchiger Pause über die Feiertage erstaunlich gut. Es gab kaum Texthänger und Lady schmetterte ihren Song mit fester Stimme und ungewöhnlicher Leidenschaft in den Raum. Es war so gut, dass ich spontan applaudierte. Susa fiel in mein Klatschen ein und der Rest der Gruppe trampelte mit den Füssen auf den Boden. Lady errötete. „Stolz wie Bolle", würde Sepp wohl sagen, dachte ich lächelnd. Am Ende der Probe kam Susa zu mir und flüsterte: „Ich habe bei Frau Hartmann etwas für dich abgegeben."

16

Es schneite schon wieder, als ich mich ein paar Tage später zu Simones Wohnung begab. Susannes Brief wog schwer in meiner Tasche. Ich hatte es vermieden darin zu lesen. Was uns wohl erwartete? Es beschlich mich eine unerklärliche Angst, ein Unwohlsein. Konnte ich Susanne danach wieder unbeschwert und neutral gegenübertreten? Ich konnte mir nicht vorstellen, was diese Frau, die alle mochten, verbrochen hatte. Ich wollte nicht wahrhaben, dass sie ein Unrecht begangen hatte. Ach, Susanne.
Ich traf als Letzte bei Simone ein. Aus dem Wohnzimmer vernahm ich verhaltenes, beinahe flüsterndes Gemurmel. Kein schrilles Lachen, kein lautes Gerede war zu hören. Mir schien, als ob wir uns alle vor dem fürchteten, was wir zu hören bekommen würden. Es gab keinen Wein, keinen Champagner, keinen Alkohol. Simone hatte einen Tee gemacht. Als ich das Zimmer betrat, verstummten alle und es wollte kein Gespräch aufkommen. „Gut", sagte ich, „bringen wir es hinter uns."
Hoffend, dass meine Stimme nicht brechen würde, begann ich den Brief vorzulesen.
„Meine lieben Glorreichen
Wie schön ist es doch, dass ihr euch wieder gefunden habt und euch erzählen könnt, was ihr seit unserer gemeinsamen Zeit alles erlebt habt. Wie gerne wäre ich an diesen Abenden bei euch." Bylle schluchzte auf. Ich fuhr fort: „Es ist mir nicht leichtgefallen, euch meinen bisherigen Lebensweg aufzuschreiben. Wie ihr vielleicht schon von Claudia erfahren habt, studierte ich Psychologie. Als ich nach einem erfolgreichen Studienabschluss keine

Anstellung fand, entschloss ich mich, noch eine Ausbildung zur Krankenpflegerin zu machen, denn, wie ihr vielleicht noch von früher wisst, wollte ich immer in die Entwicklungshilfe." „Hab ich's doch gewusst", rief Anna, was Simone mit einem „Nun seid doch mal still und quatscht nicht immer dazwischen" kommentierte. Ich fuhr fort: „Mit 29 Jahren packte ich also meinen Rucksack und ging in ein Spital in Ghana. Ich habe unendliches Leid erlebt. Aber trotz Armut und Krankheit, der täglichen Begleitung vom Tod habe ich bei diesen Menschen viel Lebensfreude gefunden. Die Kinder nehmen lange, gefahrenreiche Wege auf sich, damit sie in die Schule gehen können. Wir hatten Kinder im Spital, die auf dem Schulweg von wilden Tieren angegriffen wurden und dabei ein Bein, einen Arm oder gar ihr Leben verloren haben. Dazu kamen bestialische Rebellen. Immer wieder sind Mädchen einfach verschwunden. Morgens unterrichtete ich Kinder in der Schule in Englisch, Lesen und Schreiben, nachmittags arbeitete ich im Krankenhaus jeden Tag ohne Ferien, ohne einen freien Tag. Im Spital lernte ich einen jungen ghanaischen Arzt kennen. Daddae! Das bedeutet Sonnenaufgang und genauso war er. Wo immer er auftauchte, ging die Sonne auf. Er schaffte es auch nach einem 12-Stunden-Tag nach anstrengenden Operationen, nach Überbringung von Todesnachrichten, mich am Abend noch zum Lächeln zu bringen. Wir wurden ein Paar. Ich kann euch gar nicht sagen, wie glücklich ich war. Ich hatte meine Bestimmung gefunden und die Liebe meines Lebens. Nach fünf Jahren in Ghana erhielt ich die Nachricht, dass meine Mutter im Sterben lag. Mir war bewusst, dass ich meine Familie in den letzten Jahren sehr vernachlässigt hatte. Daddae unterstützte meinen Entschluss, sofort nach Hause zu fahren. Wir überlegten uns, ob wir zusammen nach Europa fliegen sollten, aber es war unmöglich, dass wir beide das Spital verlassen würden. Daddae versprach mi, so schnell wie möglich eine Vertretung zu suchen und nachzukommen. Die Entscheidung, nach Hause zu fliegen, war richtig. Ich werde die strahlenden Augen meiner Mutter nie mehr vergessen, als ich die Türe zu ihrem Krankenzimmer öffnete. Sie konnte nicht mehr sprechen. Ich entschuldigte mich, dass ich sie so im Stich gelassen hatte. Sie sagte nichts, streichelte drei Stunden lang meine Hand und starb. Mein Vater war völlig hilflos und verzweifelt. Ich wollte ihn in diesem Zustand nicht alleine lassen. Und doch hatte ich unglaubliche Sehnsucht nach Afrika. Daddae hatte keine Vertretung gefunden, beschwor mich aber, mich um meinen Vater zu kümmern. Wir telefonierten in den ersten Wochen jeden Abend, dann wurde es immer weniger. Eines Abends meldete sich eine Frau an seinem Telefon. Es war seine neue Freundin. Ich war enttäuscht, wütend und traurig. Unter diesen Umständen wollte ich nicht mehr nach Ghana zurück und beschloss, erst einmal wieder hier zu bleiben. Da ich als Psychologin keinen praktischen Fähigkeitsausweis hatte, war es schwierig für mich, einen Job zu finden. Ich bekam jedoch sofort eine Anstellung als Krankenpflegerin. In meiner Freizeit besuchte ich mehrmals in der Woche das Asylzentrum. Ich sprach mit Asylsuchenden, hörte mir ihre Probleme an, unterrichtete Deutsch und spielte mit den Kindern. Eines Tages fiel mir eine afrikanische Junge auf. Seine traurigen Augen blickten stumpf in die Ferne. Er sass in einer Ecke und wollte nicht mit anderen Kindern spielen. Ich erkundigte mich bei der Leitung über sein Schicksal. Der zuständige Sozialarbeiter zeigte mir eine Frau, die anscheinend seine Mutter war. Mithilfe eines Dolmetschers kam ich mit ihr ins Gespräch. Der Junge, sein Name ist Amidou, war mit seinem Vater aus dem Sudan geflohen. Sie waren monatelang unterwegs, bis sie endlich mit einem Flüchtlingsboot Spanien erreichten. Sein Vater erkrankte schwer und verstarb in dem spanischen Auffanglager. Die junge Frau kümmerte sich um den Jungen. So gelangte er zusammen mit ihr in unser Asylzentrum. Seine Familie, so erzählte uns die junge Frau, würde in grösster Armut leben. Die Mutter sei anscheinend sehr krank. Er sollte mit seinem Vater, einem Rebellen aus dem Süden Sudans, in Europa Geld verdienen, um seine Familie zu unterstützen. „Ich kann mich nicht länger um ihn kümmern", sagte die Frau, die selbst mit einem kleinen Kind geflüchtet war. Wir schätzten den Knaben auf neun Jahre. Ich nahm mir nun immer Zeit für ihn, setzte mich einfach neben ihn, zeichnete, sang ein Lied, oder erzählte ihm eine Geschichte. Natürlich verstand er die Worte nicht, schien mir aber aufmerksam zuzuhören. Eines Tages nahm er einen Stift und zeichnete drei Strichmännchen. Er zeigte auf das grösste Figur, die am Boden lag. „Mama", sagte er. Die beiden anderen nannte er Amidou und Imani. Dann blickte er wieder starr vor sich hin. Vorsichtig nahm ich seine Hand. Er entzog sie mir sofort. Stumm sassen wir nebeneinander, als plötzlich seine kleine Hand die meine suchte. Ein unglaubliches Glücksgefühl durchfuhr mich. Ich hatte sein Vertrauen gewonnen. In den folgenden Monaten lehrte ich ihn unsere Sprache. In gebrochenem

Deutsch erzählte er mir von seiner Familie, von der Krankheit seiner Mutter, von der Armut, dem Hunger und der ständigen Angst vor Razzien des Militärs. Jedes Mal, wenn ich das Zentrum verliess, klammerte er sich an mich und sagte: „Ich bleiben bei Susa." Nach etwa sechs Monaten kam der Leiter des Asylzentrums zu mir. „Wir können ihn nicht länger hierbehalten", sagte er, „tut mir leid, er muss zurück." Ich rannte in das Zimmer, das Amidou mit fünf anderen Kindern teilte und fand ihn in der Ecke sitzend, wie an dem Tag, als ich ihn zum ersten Mal gesehen hatte. Seine Augen blickten starr in die Ferne und er schaute mich nicht an. Schnell ging ich zu ihm und nahm ihn in meine Arme. Ein Weinkrampf erfasste ihn und er schrie wie ein wildes, verletztes Tier. Dieser Junge hatte so viel Leid erlebt. Er war weit weg von seiner Familie in einem fremden Land. Er hatte seine Schwester und seine kranke Mutter zurückgelassen. Er hatte seinen Vater auf der Flucht sterben sehen. Es schien mir, als ob das ganze Leid in seinem kleinen Körper explodierte. Irgendwann schluchzte er nur noch leise vor sich hin und flüsterte: „Susa, ich nicht weg, ich bleiben." Ich rannte zurück in das Büro des Leiters. „Ich will ihn adoptieren!", sagte ich atemlos. „Susa, sei vernünftig. Du kannst ihn nicht adoptieren", antwortete er, „er hat eine Mutter." „Er will aber hierbleiben." „Du könntest vielleicht eine Pflegschaft beantragen, aber es wird sehr aufwendig und kompliziert werden." Bereits am nächsten Morgen ging ich zur Ausländerbehörde."

Ich machte eine Pause und schaute meine Freundinnen an. Bylle hatte sich an Anna angeschmiegt und Beate hielt Simones Hand. Nach einer kurzen Pause fuhr ich fort.

Susanne berichtete von den Schwierigkeiten bei den Behörden. Sie musste dutzende von Papieren vorlegen, Gespräche führen. Die staatlichen Mühlen mahlten langsam und immer wieder mussten sich Susanne und vor allem Amidou gedulden. Dann endlich, nach vier Monaten war es so weit: Susanne bekam die Pflegschaft, die sie jedoch jedes Jahr aufs Neue beantragen musste.

„Nie", so las ich weiter, „nie werde ich den Tag vergessen, an dem ich Amidou mit nach Hause nehmen durfte. Es war das erste Mal in seinem Leben, dass er ein eigenes Zimmer hatte, einen eigenen Ball, eine Badewanne. Alles war völlig neu für ihn.

Er zog sich die neuen Klamotten an, die ich für ihn gekauft hatte und machte allerhand Kapriolen vor dem Spiegel. Wir lachten zusammen, bis uns die Tränen kamen. Es war ein befreiendes, unbändiges Lachen. Wir tanzten gemeinsam durch die Wohnung, sprangen auf die Betten, lagen uns in den Armen. Amidou war angekommen. Er war angekommen in meiner Welt, in unserer westlichen Welt."

„Ja!" Anna war aufgesprungen und streckte mit Siegerpose ihre beiden Fäuste in die Luft. Bylle, meine liebe Bylle mit den Chanel Taschen und ihrem neuen Luxusleben machte es ihr gleich nach und skandierte: „Sie ha'ts geschafft, sie hat's geschafft." Die beiden umarmten sich und tanzten durch Simones grossen Livingroom. „Mon dieu", sagte diese, „nun seid doch mal ruhig und setzt euch wieder hin. Wir wissen immer noch nicht, warum sie im Knast ist."
Anna blieb abrupt stehen und ging auf Simone zu. In ihren Augen blitzte es gefährlich auf. „Weisst du was", sagte sie, „das ist mir scheissegal. Susanne ist einfach ein lieber Mensch." „Ich mach uns dann mal frischen Tee",

antwortete Simone leicht pikiert, stand auf und verschwand in die Küche. Bylle redete leise auf Anna ein und als Simone mit dem Tee zurückkam, hatte sich Anna wieder beruhigt und ich las weiter.

Amidou wurde eingeschult und wurde ein wissbegieriger, guter Schüler. Natürlich gab es hin und wieder kleine Sticheleien wegen seiner Hautfarbe, aber dank der guten Zusammenarbeit mit seinen Lehrern gab es nie grössere Probleme. Allerdings hatte Susanne auch am ersten Elternabend gegen Vorurteile zu kämpfen. Ein mieser kleiner Afd-Wähler, so schrieb sie, machte Stimmung gegen Amidou. Er wollte nicht, dass sein Sohn mit diesem Schokokopf, wie er Amidou nannte, die Schulbank drücken musste. „Wo sind denn überhaupt seine Eltern", rief er in die Runde, „ist ja mal typisch, dass die nicht anwesend sind. Sind wohl gerade am Drogen verticken. Ich will nicht, dass dieser Kerl mit meinem Jungen in die gleiche Schule geht." Susanne merkte, wie ihr die Zornesröte ins Gesicht stieg. Langsam erhob sie sich. „Ich versuchte so ruhig wie möglich zu klingen", schrieb sie weiter, „und erklärte ihm, dass dieser Kerl, wie er ihn nannte, zu mir gehöre. Wenn er nicht möchte, dass sein Kind mit Amidou in dieselbe Klasse geht, so müsse er seinen Jungen versetzen lassen. Zudem versicherte ich ihm, dass ich ihn anzeigen würde, falls er Amidou noch einmal Schokokopf nennen würde. Die Augen des Mannes blitzen böse auf. Nach einigen Sekunden des Schweigens erhob sich eine zarte Frau. Sie bat mich, ihnen Amidous Geschichte zu erzählen. Als ich zu Ende war, meldete sich ein Mann mit Krawatte. „Ihr Sohn ist in der Klasse unserer Kinder herzlich willkommen", sagte er. Nach kurzem

Schweigen fing plötzlich jemand an zu klatschen und beinahe alle Eltern stimmten ein. Tags darauf rief mich die Mutter einer seiner Klassenkameradinnen an und wollte Amidou am Nachmittag zum Spielen abholen. Es folgten zahlreiche Einladungen und Amidou war in kürzester Zeit vollkommen integriert.

Er war auch ein aussergewöhnlich guter Fussballspieler. Ich meldete ihn schon bald in einem Fussballteam an und bereits nach kurzer Zeit durfte er im Kader der Juniorenmannschaft mitspielen.

Dazu kam noch die Geschichte mit meinem Vater. Nach dem Tod meiner Mutter lebte er vollkommen zurückgezogen. Hin und wieder kam er zu mir zum Essen. Dann sass er wortkarg an meinem Tisch. Bei der ersten Begegnung mit Amidou sagte er kein Wort. Am Abend schrieb er mir eine SMS: „Was hast du dir da bloss ins Haus geholt." Beim Abendessen sagte Amidou plötzlich: „Er mag mich nicht." „Wen meinst du", fragte ich. „Deinen Papa, er mag mich nicht." Ich erklärte ihm, dass er immer noch sehr traurig sei, da seine Frau gestorben sei, die er sehr liebhatte. Als ich Amidou am darauffolgenden Wochenende fragte, was er unternehmen wolle, sagte er: „Wir gehen deinen Papa besuchen." Ich beschloss, mich auf das Experiment einzulassen. Aufgeregt, da ich nicht wusste, was uns in seiner Wohnung erwarten würde, klingelten wir am nächsten Wochenende bei meinem Vater. Die Türe sprang auf und zögernd traten wir ein. Überall waren die Vorhänge gezogen und es roch nach alter, ungelüfteter Wohnung. Mein Vater kam fluchend auf uns zu. „Was zum Teufel wollt ihr hier. Und überhaupt, was soll dieses Kind hier." Ich öffnete die Vorhänge. Er hatte sich auf das alte Sofa gesetzt. „Lass das", murmelte er, „ich möchte, dass ihr wieder geht." Amidou ging zu ihm und legte seine kleine dunkle Hand auf die zerfurchte Hand meines Vaters. „Ich weiss, wie du dich fühlst", sagte er mit leiser kindlicher Stimme, „mein Papa ist auch gestorben." Entsetzt schaute mich mein Vater an und ich merkte, wie seine Gesichtszüge weicher wurden. „Ihr könntet doch spazieren gehen", schlug ich vor, „Ich werde in der Zwischenzeit hier etwas Ordnung machen." Von diesem Tag an waren die beiden ein Herz und eine Seele. Mein Vater war wie verwandelt. Er kam nun öfter zu Besuch. Die Menschen in unserem Quartier liebten das ungleiche Paar, den alten Mann mit dem dichten, weissen Haar und an seiner Hand der dunkelhäutige Junge mit den strahlenden Augen. Drei Jahre später, kurz nach Amidous zwölftem Geburtstag starb mein Vater völlig unerwartet. Amidou war untröstlich. Ein Tag nach der Beerdigung kam er in die Küche gerannt. „Sieh nur", rief er mir zu und zog mich zum Fenster. Ich konnte nichts Besonderes entdecken. „Sieh doch die beiden Schmetterlinge." Tatsächlich umkreisten sich ein brauner und ein weisser Schmetterling in unserem Garten. „Mein Papa und dein Papa. Sie haben sich gefunden." Er drückte sich ganz fest an mich und mir liefen die Tränen herunter."

„Wow", entfuhr es Simone. Wir schauten sie an. Eine für Simone äusserst emotionale Äusserung. „Wisst ihr, dass schon bei den alten Ägyptern Schmetterlinge Symbole für verstorbene Seelen waren?" „Wirklich", fragte Bylle und als Simone es kopfnickend bejahte fügte sie hinzu: „Was du alles weisst, Simone." Diese räusperte sich verlegen, wandte sich an mich und sagte etwas barsch: „Nun mach schon weiter."

Susanne berichtete uns von einem weiteren glücklichen, zufriedenen Jahr mit Amidou, von seinen schulischen Leistungen und seinem Wunsch, Arzt zu werden.

„Kurz vor seinem 13. Geburtstag", schrieb Susanne weiter, „bemerkte ich eine Veränderung an Amidou. Er war oft abwesend und das Strahlen in seinen Augen war verschwunden. Ich hatte das Gefühl, dass ich ihn nicht mehr erreichen konnte, dass ihn etwas bedrückte. Erst dachte ich, es sei die Pubertät. Eines Tages, als ich seine Kleider waschen wollte, fand ich in seiner Hosentasche einen 50-Euroschein. Ich erschrak. Woher hatte er so viel Geld? Tausend Gedanken schwirrten mir durch den Kopf. Gestohlen? Nein, das konnte nicht sein. Drogen? Dazu würde sein leerer Blick passen. Unruhig tigerte ich durch die Wohnung, bis er von der Schule nach Hause kam. Als ich ihn darauf ansprach, tickte er zum ersten Mal aus. „Das geht dich nichts an. Das ist mein Geld. Das ist für Imani. Wie kommst du dazu in meinen Sachen zu wühlen?" Ich erklärte ihm, dass ich wie immer seine Wäsche waschen wollte, dass es mich sehr wohl etwas angehe, da ich immer noch für ihn verantwortlich sei. Zum ersten Mal kam es zu einem richtigen Streit. Plötzlich liess er mich stehen, ging in sein Zimmer, kam zurück, warf weitere 200 Euro auf den Küchentisch und rannte aus der Wohnung. Ich erschrak. Woher hatte er so viel Geld? Unruhig verbrachte ich die nächsten zwei Stunden. Als er dann endlich wiederkam, fiel er mir weinend um den Hals. Nachdem es mir endlich gelang, ihn zu beruhigen, beschwor ich ihn, mir die Wahrheit zu sagen."

Es fiel mir schwer weiterzulesen. Der Präsident und Sponsor der Fussballmannschaft, in der Amidou spielte, war eine bekannte und beliebte Persönlichkeit in der Stadt. N. war CEO einer grossen Bank, verbandelt mit Politik und Gesellschaft. Susanne war bekannt, dass er mit Amidou bereits über eine sportliche Karriere gesprochen hatte, dass er das bei sich zu Hause getan hatte, wusste sie allerdings nicht. Auch nicht, dass er bei dieser Gelegenheit Fotos von ihm gemacht hatte. Er hatte dem Jungen dabei 50 Euro zugesteckt und sich mit ihm für ein weiteres Treffen verabredet, bei denen er ihn dazu zwang, auch Nacktfotos zu machen. Der Mann erpresste ihn damit, dass er dafür sorgen würde, dass Amidou in seine Heimat zurückkehren müsste, falls er jemandem von den Treffen erzählen würde. „Es brauchte grosse Überzeugungskunst", las ich weiter, „Amidou zu überreden, zur Polizei zu gehen und Anzeige zu erstatten. Als wir nach fünf Wochen nichts hörten, fragte ich nach, was denn nun mit der Anzeige geschehen sei. Man versicherte mir, dass es diese nie gegeben hätte. Ich war empört und gab erneut eine Anzeige auf. Kurze Zeit später stand die Polizei vor der Türe. Wortlos nahmen sie den schreienden Amidou mit. Er sollte ausgeliefert werden. Ich rief sofort einen befreundeten Anwalt an. Er beschwor mich, nichts Unüberlegtes zu tun. Er sezte alle Hebel in Bewegung. Alles umsonst. Amidou war längst auf dem Weg in den Sudan. Ich konnte mich nicht einmal mehr von ihm verabschieden. In den darauffolgenden Wochen verfiel ich in tiefste Trauer. Ich konnte das alles nicht begreifen. Ich plante in den Sudan zu reisen, bekam aber keine Genehmigung. Als ich wieder anfing klar zu denken, wurden mir die Zusammenhänge plötzlich klar. Die erste

Anzeige, die plötzlich verschwunden war, die Abschiebung von Amidou nach der zweiten Anzeige. Ich stürmte das Büro von N. Natürlich gelang es mir nicht, zu ihm vorzudringen. Zwei Wochen später war ich mit meinem Auto unterwegs zum Asylheim. Der Zufall wollte es, dass N. vor mir die Strasse überqueren wollte. Mein Fuss fühlte sich an wie Blei. Ich konnte ihn nicht vom Gaspedal nehmen. Erst der dumpfe Knall brachte mich wieder zur Besinnung. N. überlebte schwerverletzt. Ich bekam eine Haftstrafe von sieben Jahren. Dank guter Führung werde ich in wenigen Monaten entlassen. Ich träume oft davon, dass ich Amidou nach meiner Entlassung wieder hierherholen könnte und dass er hier sein Medizinstudium machen kann, so wie er sich das immer gewünscht hat. Nachts stehe ich oft am Fenster, betrachte den Mond und denke an ihn. Dabei kommt mir immer ein Gedicht in den Sinn, das eine Mitinhaftierte von mir geschrieben hat. Claudia kennt sie gut und für mich ist sie hier drin schon beinahe eine Pflegetochter geworden. In ihrem Gedicht heisst es:

Ich suche jeden Tag, wo deine Seele wohnt
Und finde sie nur nachts, drei Schritte hinterm Mond.
Drum nimm mich süsse Nacht in deine Arme auf
Und trage mich zum Mond, zu deiner Seel hinauf.

Ich habe nicht mehr viel Kontakte nach draussen. Es ist schön, dass ich nun Claudia wieder getroffen habe. Vielleicht kann jemand von euch zu unserer Theatervorstellung kommen. Und vielleicht könnt ihr mich in eurer Mitte akzeptieren, wenn ich wieder draussen bin, auch wenn ein Knasti das Bild der Glorreichen Sieben etwas verzerren wird. Herzlichst eure Susanne "

Wir schwiegen keine von uns schaute die andere an. Nach geraumer Zeit durchbrach Beate die Stille: „Was für eine verdammte Scheisse. Wir müssen ihr helfen, dass Amidou hier studieren kann." „Das wird schwierig werden", entgegnete ich, „Wir dürfen nicht vergessen, dass Susanne seit Jahren im Knast ist.". Simone kniff ihre Augen zusammen. „Ich", sagte sie bestimmt, „ich werde für den Jungen bürgen. Das krieg ich hin." Ihr Gesichtsausdruck war ernst und entschlossen und ich konnte mir vorstellen, wie unerbittlich sie als Anwältin sein konnte. „Und wir gehen alle in die Vorstellung, so wie sie sich das gewünscht hat", fügte Bylle leise hinzu. Bald darauf verabschiedeten wir uns. Wir nahmen uns alle fest in die Arme.

Zuhause machte ich mir einen Tee, ging auf den Balkon und zündete mir eine Zigarette an. Der Bericht von Susa hatte mich zutiefst getroffen. Und ein Weinkrampf schüttelte mich. Kaum hatte ich mich einigermassen beruhigt, streckten Lena und Tobi ihre Köpfe durch die Türe. Dank der nächtlichen Dunkelheit war wohl kaum zu erkennen, dass ich geweint hatte. „Ich muss dir was erzählen", sprudelte Lena los, „wir hatten heute…" Tobi hielt ihr seine Hand auf den Mund. „Was ist passiert?", fragte er mich. Lena näherte sich meinem Gesicht. „Hast du geweint?", fragte sie unsicher. Ich nickte und bekam wieder einen Weinkrampf. Lena nahm mich in die Arme. „Scht, scht", sagte sie und strich mir über den Kopf. Ich bemerkte, wie ihr Körper zitterte. „Mein Gott", sagte ich schluchzend, „ihr werdet euch noch erkälten. Lasst uns reingehen." Drinnen erzählte ich ihnen in kurzen Sätzen von Susannes Brief. Die beiden jungen Leute waren entsetzt und fluchten einmal mehr über unsere

Gesellschaft, die Polizei und das Asylwesen. „Nun beruhigt euch mal. Zudem wolltest du mir doch etwas Wichtiges erzählen", fuhr ich dazwischen in der Hoffnung die beiden jungen Hitzköpfe abzulenken. „Ach so, wir hatten heute eine Treffen mit den Mitgliedern von unserer Klimabewegung und auf meine Intervention haben wir die zukünftigen Demos auf Freitagabend verschoben, damit niemand von uns mehr Schwierigkeiten in der Schule bekommt. Du wirst also nicht mehr beim Miller antanzen müssen, Misses Sneider." „Was für eine vernünftige Tochter ich doch habe", sagte ich lächelnd und gab ihr einen Kuss, „nun aber ab ins Bett mit euch beiden, nicht dass ich bei Mister Miller antraben muss, weil du während seinem Unterricht eingeschlafen bist." Lachend gab mir Lena einen Kuss. Tobi drückte mich kurz und etwas schüchtern. „Schlaf auch gut", sagte er. Was für ein empathischer junger Mann. Und was für ein Glück ich hatte mit diesen beiden jungen Menschen.

.

17

Die Première in Schwarzheim näherte sich in grossen Schritten. Als mir am darauffolgenden Samstag Rita das Tor öffnete, strahlte sie. Sie begleitete mich die Treppe hinauf zur Aula. „Wir haben heute Hauptprobe. Bist du dabei?", fragte ich sie. „Nö", sagte sie nur. Als ich die Aula betrat, staunte ich. Überall waren Fotos von den Ensemblemitgliedern aufgehängt. Die Bilder waren von bester Qualität. Unglaublich, was Rita in der kurzen Zeit geschafft hatte. „Du bist ja eine Künstlerin", sagte ich. „Na, was meinst du? Sind sie nicht grossartig." Von mir unbemerkt hatte sich Julia zu uns gesellt. Nachdem wir beide Rita nochmals mit Komplimenten überschüttet hatten und sie sich stolz wie Bolle wieder vom Acker machte, übergab ich Julia einen dicken Umschlag für Susanne mit den Lebensgeschichten unserer Jugendfreundinnen, die sie mir alle in der letzten Woche gemailt hatten und die ich ausgedruckt hatte. Dann besprach ich mit Julia noch die Abläufe der Theaterabende. Wie wir bereits festgelegt hatten, war die erste Vorstellung für die Insassinnen. Für die zweite hatten sich schon gut 50 Gäste aus Politik und Gesellschaft angemeldet. Dazu kamen die Angehörigen des Ensembles. Julia wollte wissen, wen ich noch einladen wollte. Da waren meine Glorreichen, Drama, Jochen, Lena und Tobias und falls es noch freie Plätze gab, würde ich noch einige meiner Schauspielschüler einladen.
Die Hauptprobe verlief ohne Zwischenfälle und grössere Patzer. Alle Mitwirkenden waren schon furchtbar aufgeregt. Um wieder ein wenig Ruhe ins Ensemble zu

bringen, setzten wir uns nach der Probe in einen Kreis. „Will mir jemand erzählen, wen sie für die zweite Vorstellung eingeladen hat?", fragte ich. Sieben Hände schossen in die Höhe. Bei drei jüngeren Frauen kamen die Eltern oder Geschwister. Zwei ältere Frauen erwarteten ihre Kinder, die anderen freuten sich auf Freunde. Susa hatte ihren Bewährungshelfer eingeladen. Nur Lady meldete sich nicht. Ich fragte nach. „Meine alten Freunde will ich nicht mehr sehen, mit denen will ich nichts mehr zu tun haben. Und meine Familie hat sich eh nie für mich interessiert. Meinen Vater habe ich nie kennengelernt, mein Bruder ist schon lange abgehauen und meine Mom ist doch immer besoffen. Aber scheiss drauf. Ist doch egal." Ihre Augen glitzerten verdächtig. Susa legte tröstend ihren Arm um sie. Ich bat Susa mir noch beim Aufräumen zu helfen. Als wir alleine waren, gestand sie mir, dass sie von Julia die Adresse von Ladys Mutter bekommen hätte. Sie hatte ihr geschrieben und sie zur Vorstellung eingeladen und sie hätte sich sogar angemeldet. „Ich hoffe, das war richtig und Lady freut sich." „Ganz bestimmt." „Und wenn sie besoffen kommt?" „Dann sind wir alle auch noch da. Du musst dafür nicht die Verantwortung übernehmen. Du sollst diesen Abend genauso geniessen können wie alle andern", versuchte ich sie zu beruhigen. „Wie lange muss Lady eigentlich noch hierbleiben?", fragte ich sie. „Wenn alles gut geht, werden wir beide in circa drei Monaten entlassen. Ich werde mich dann etwas um sie kümmern, vielleicht sogar für den Anfang mit ihr gemeinsam eine Wohnung mieten." „Und wenn Amidou kommt?", fragte ich. Sie sah mich erstaunt und traurig an. „Bitte mach darüber keine Scherze. Wie soll das gehen? Ich werde wohl kaum für ihn bürgen können als Knasti." Ich konnte mich nicht länger zurückhalten und erzählte ihr von dem letzten Treffen mit unserer Clique, wie wir alle betroffen gewesen waren von ihrer Geschichte, und dass Simone als Rechtsanwältin versuchen würde, Amidou und seine Schwester hierher zu holen. „Ehrlich?", fragte sie ungläubig. Tränen schossen ihr in die Augen. „Das wäre... das wäre einfach..." Sie packte mich um die Hüfte und wirbelte mich im Kreis herum. Dann umarmte sie mich stürmisch. „Das wäre unglaublich." „Du kannst nach unserer Vorstellung vielleicht kurz mit ihr reden und einen Besuchstermin ausmachen, an dem ihr dann alles besprechen könnt." „Sie kommt?", fragte sie. „Sie kommen alle", gab ich zur Antwort. Noch einmal wirbelte sie mich umher. „Das ist der schönste Tag seit Jahren", sagte sie atemlos und lachte laut. Zum ersten Mal sah ich wieder ein Strahlen in ihren Augen, das ich von früher kannte. Ich informierte sie noch, dass ich Julia einen Umschlag für sie abgegeben hatte mit unseren Geschichten. Unter der Türe begegnete sie Rita, die uns anscheinend schon längere Zeit beobachtet hatte. Als Susanne an ihr vorbeiging, gab sie der völlig verdutzten Rita einen Kuss auf die Wange und verschwand laut singend. „Was war das denn?", fragte Rita völlig perplex und wischte sich mit dem Ärmel über ihre Wange. „So hab ich die ja noch nie gesehen. Macht die Susa etwa Probleme?" „Ganz im Gegenteil", erwiderte ich, „sie freut sich einfach auf die Vorstellung, und dass sie bald entlassen wird." „Na, dann frag mich mal. Aber deswegen renn ich doch nicht rum und knutsche alle Frauen ab." „Kommt Sepp auch in die Vorstellung?", fragte ich sie lachend. „Na, da kannste aber sicher sein. Ich glaub, der würde im Moment am liebsten hier mit einziehen, solange ich noch hier bin. Wenn du kurz wartest, kannst du ja schnell noch mit rüberkommen. Ich hab gleich Freigang und muss noch ein paar Kleinigkeiten im Haus erledigen." Auf dem Weg zu Sepps Hof erzählte sie mir, dass Julia ihr eine Anwältin besorgt hatte, die bereits einen Schenkungsvertrag für den Hof aufgesetzt habe. „Ab nächster Woche gehört er mir. Und Sepp hat lebenslängliches Aufenthaltsrecht", versicherte sie mir mit strahlenden Augen. „Ach Rita, das freut mich", sagte ich. Sie nickte stumm. Die Tiere und die Ställe waren ja schon immer sauber und gepflegt gewesen, aber als ich das Haus betrat, traute ich meinen Augen nicht. Die Küche strahlte in neuem Glanz. Ein neuer Tisch, ein Herd mit Backofen und gar eine Geschirrspülmaschine standen da. Das Zimmer hinter der Küche war frisch gestrichen. „Das ist Sepps neues Reich", erklärte mir Rita. „Er möchte hier unten bleiben, da er nicht mehr so gut Treppen steigen kann. Da hinten", Rita zeigte auf die einstige Abstellkammer, „ist ein neues Badezimmer. Ich muss nur noch die Kacheln legen." „Das hast du alles selbst gemacht?", fragte ich erstaunt. „Na klar, ist doch keine Sache." Im oberen Teil des Hauses wollte Rita wohnen. Sepp sass bereits am neuen Küchentisch. „Was macht die schon wieder da?", fragte er leicht mürrisch. „Wann wird die denn entlassen, nicht dass die auf die Idee kommt hier einzuziehen." „Keine Angst", beruhigte ich ihn, „Ich habe schon eine Wohnung." „Aber zu Besuch kommen wird sie, das kann ich dir jetzt schon versprechen", mischte sich nun Rita ein, „die ist nämlich echt in Ordnung." Sepp brummte etwas Unverständliches. Schnell verabschiedete ich mich von den beiden. Auf der Heimfahrt erreichte mich eine SMS von Lena: „Esse heute bei Tobi. Kuss Lena." Das verführte mich dazu, einen kleinen Umweg in die Casinobar zu machen. Vor dem Lokal zögerte ich kurz, denn mein Outfit passte einmal mehr nicht in dieses gediegene Etablissement. Da es jedoch noch früh am Abend war, hatte Gregor die Bar eben erst geöffnet und es waren noch keine anderen Gäste anwesend. Er freute sich sehr über meinen Besuch und während er alles für den Abend vorbereitete, setzte ich mich an die Theke. „Du siehst erschöpft aus", sagte er. „Na das nenn ich vielleicht mal ein Kompliment", erwiderte ich lachend. Ich erzählte ihm von der kommenden Aufführung in Schwarzheim. „Wann findet die denn statt?", fragte er. „Nächsten Freitag für die Insassinnen und am Samstag für ein externes Publikum." „Wie schön Claudia, da habe ich dienstfrei. Darf ich mir das auch ansehen?" Hoch erfreut, dass er sich für meine Arbeit in Schwarzheim interessierte, lud ich ihn ein und er versprach zu kommen. Ich nippte gerade an meinem zweiten Drink, als die Türe aufsprang. Ich erkannte sofort die blonde Lady, die sich damals Roman an den Hals geschmissen hatte. Sie steuerte auf die Bar zu, nicht ohne mich mit missbilligend anzusehen. „Guten Abend Celine", sagte ich. Ohne mich eines weiteren Blickes zu würdigen, flüsterte sie Gregor unüberhörbar zu: „Was ist das denn? Wo kommt die denn her?" Bevor Gregor antworten konnte, sagte ich: „Direkt aus dem Knast, Baby." Ich griff in meine Handtasche, um meinen Geldbeutel herauszuholen und zu bezahlen. Wie in einem schlechten Krimi hob Celine die Hände in die Höhe und ging bedächtigen Schrittes rückwärts. Dabei flüsterte sie ununterbrochen: „Schon gut, schon gut, war nicht so gemeint, bitte tun Sie mir nichts." Vor dem Ausgang drehte sie sich blitzschnell um und mit einem Schrei rannte sie nach draussen. Völlig überrascht schaute ich Gregor einige Sekunden an, bevor wir beide in schallendes Gelächter ausbrachen. „Mensch Gregor, das war ja filmreif", sagte ich, als ich mich erholt hatte, „Was hast du bloss für einen spannenden Beruf." „Ja, langweilig wird es mir hier bestimmt nie. Du bist für Typenstudien jederzeit herzlich willkommen." Heiter und angeheitert machte ich mich auf den Heimweg.

„Das ist nun schon die zweite Zigarette und das am frühen Morgen", begrüsste mich meine Tochter am nächsten Freitag. „Es ist schon wieder wärmer, bald kommt der Frühling", antwortete ich unbeirrt. „Erstens ist da noch eine Weile hin und zweitens sollst du nicht ablenken. Rauchen vor dem Frühstück geht gar nicht." „Ich bitte um Gnade, euer Hochwohlgeboren, aber es dient mir zur Stressbewältigung." „Come on Mama, das ist nicht lustig." „Sorry, kommt nicht wieder vor, aber heute ist doch die erste Vorstellung in Schwarzheim und ich bin wirklich schon ziemlich aufgeregt." „Ach, Mama, du schaffst das schon." „Drama hat übrigens gestern noch angerufen", informierte ich noch meine Tochter, „sie ist schon heute abend in der Stadt. Sie kommt mit ihrer Freundin Gloria. Die beiden schlafen im Hotel und würden dich und Tobi gerne zum Abendessen einladen." „Super, ich rufe sie nach der Schule an. Und denk dran, rauchen schadet deiner Gesundheit." „Jaja", antwortete ich und fragte mich, wer hier das Kind sei. Sie machte ein betroffenes Gesicht: „Wir gedenken der grossen Schauspielerin Claudia Schneider.

Sie hat leider nie auf ihre Tochter gehört und starb im zarten Alter von 51 Jahren an einem Lungentumor." „Es reicht, raus hier." Meine Zigarettenpackung traf sie am Oberarm. „Nach einem Mordversuch an ihrer Tochter", fügte sie noch schnell hinzu und verschwand. Bevor sie die Wohnung verliess, streckte sie nochmals den Kopf in die Küche. „Notfalltropfen sollen auch helfen gegen Nervosität, das", sagte sie betont, „Hat mir immer meine ach so kluge Frau Mutter mal vor Jahren beigebracht."
Meinen Nachmittagsunterricht in der Schauspielschule hatte ich auf den Morgen verlegt. Nach diversen Sprech- und Konzentrationsübungen machten wir noch kleinere Improvisationen. Ich merkte, dass ich nicht so ganz bei der Sache war. Ich wollte schon am früheren Nachmittag nach Schwarzheim, um noch alle Requisiten zu kontrollieren. Als ich an Cathys Büro vorbeihuschte, rief sie mir zu: „TOI TOI TOI für heute Abend. Ich freue mich auf morgen." Ich streckte den Kopf in ihr Büro. „Du kommst?" „Na glaubst du vielleicht, dass ich mir das entgehen lasse? Julia hat mir ja nur Gutes berichtet." „Ich hoffe, dass alles gut geht. Es ist ja nicht nur die allgemeine Aufregung vor einer Premiere. Ich bin mir bei einigen Frauen nicht sicher, wie sie auf den Stress, vor Publikum zu spielen, reagieren." „Wird schon schief gehen", entgegnete sie, „hol dir für dich und die Frauen noch Notfalltropfen". Schon zum zweiten Mal riet mir an diesem Morgen jemand dazu. „Mach ich, bis morgen." Auf dem Nachhauseweg sah ich in einer Seitengasse eine Apotheke, die mir zuvor noch nie aufgefallen war. Obwohl bei meinem Eintreten ein Bimmeln zu hören war, rührte sich keine Seele. „Hallo?", rief ich in den etwas düsteren Raum, der von dem typischen

Apothekenduft durchtränkt war. Auf einem Regal standen eine Waage aus dem letzten Jahrhundert, vier Medikamentenpakungen, die schon recht vergilbt aussahen und drei braune, leere Gläser. „Komm ja schon", krächzte eine Stimme aus dem Hintergrund. Vor meinem geistigen Auge sah ich dort hinten eine wahre Hexenküche und es hätte mich nicht verwundert, wenn im nächsten Augenblick ein schwarzer Rabe auf meine Schultern geflogen wäre. Und schon stand der Hexerich vor mir. Er musste sein Pensionsalter schon seit einigen Jahren überschritten haben. „Haben sie Notfalltropfen?", fragte ich ihn. Er stellte eine kleine Flasche auf den Verkaufstisch. „Aber nicht für Kleinkinder, 27% Alkohol." Gitte, dachte ich, sie ist trockene Alkoholikerin. „Wie ist es für trockene Alkoholiker?", fragte ich mein Gegenüber. Er zog die linke Augsbraue in die Höhe. „Tz, tz, tz", gab er von sich. „Sie müssen ja nicht gleich die ganze Flasche saufen. Wie lange sind sie denn schon trocken." Ich zog meine rechte Augenbraue nach oben und antwortete: „Schon ne ganze Weile." „Soso." Er starrte mich kopfschüttelnd an. Als nach einer gefühlten Stunde keine Antwort auf meine Frage kam, packte ich meinen Geldbeutel wieder in meinen Rucksack. „Na, dann lassen wir es eben". Als ich bereits an der Tür war, vernahm ich die krächzende Stimme in meinem Rücken: „Ich hätte auch Bonbons. Damit sind sie auf der sicheren Seite." „Sind die auch frisch?" Ich vermutete, dass Bonbons schneller ablaufen würden. „Na hören sie mal, junge Frau, wir sind hier eine Apotheke und kein Antiquariat." mit einem gch gch gch lachte er über seinen eigenen Witz. Ich kaufte die

Bonbons mit einem prüfenden Blick auf das Verfallsdatum und verliess eilig das Gruselkabinett.

Zuhause informierte mich Lena, dass sie bereits mit Drama telefoniert und sie sich für den Abend verabredet hätten.

Als ich den Zug nach Schwarzheim besteigen wollte, klopfte es von innen an die Scheibe. Sepp winkte mir lächelnd zu und Zottel drückte seine Schnauze an das Fenster. Auch das noch, dachte ich und betrat sein Abteil. „Na, Schneider, alles paletti?". Ich erkannte in der Frage den Tonfall von Rita. Gerade als ich antworten wollte, klingelte mein Handy. „Alles gut", flüsterte ich Sepp lächelnd zu, bevor ich ein klares „Schneider" in mein Natel posaunte. Verdammt nochmal, dachte ich, als ich die ersten Worte vernahm, warum hatte ich bloss vergessen auf mein Display zu schauen, bestimmt hätte ich den Anruf nicht entgegengenommen. „Es tut mir so unendlich leid", vernahm ich die dramatische Stimme von Jochen, „Aber ich kann morgen wirklich nicht kommen." Es folgte eine Aneinanderkettung von Erklärungen, warum er nicht zur Vorstellung in Schwarzheim kommen konnte, zu der er sich bereits vor Wochen angemeldet hatte. Ich fluchte innerlich. Jochen war als nationaler, gar internationaler Geschäftsmann bekannt und sein Erscheinen als Sponsor vor der lokalen Prominenz wäre für Schwarzheim bestimmt positiv gewesen. „Schade", sagte ich harsch und lächelte Sepp zu, der mich neugierig betrachtete. „Du bist sauer?" Ich antwortete nicht. „Ich kann mich nur wiederholen, es tut mir leid, aber wir haben hier in der Firma einen Notfall, ich komme wirklich nicht hier weg." Schweigen meinerseits. „Ich wäre so gerne gekommen, alleine um dich wieder zu sehen. Ich kann unser letztes

Treffen nicht vergessen…Nun sag doch endlich was." „Was soll ich schon sagen, schade, aber da kann man nichts machen. Der Abend wird auch ohne dich stattfinden." „Du bist wirklich sauer. Vielleicht kann ich dich mit einer zusätzlichen Spende etwas aufmuntern." „Hallo", simulierte ich nun in mein Handy, denn ich hatte überhaupt keine Lust mehr, mich mit ihm zu unterhalten, „Hallo, Jochen hörst du mich…Hallo." „Hallo Claudia, ja, ich höre dich klar und deutlich." „Jochen? Jochen, die Verbindung ist sehr schlecht. Ich sitze im Zug, ich kann dich kaum mehr verstehen. Jochen?" Damit schaltete ich mein Handy aus. „Dieses Arschloch", murmelte ich. Der Alte erhob seinen Zeigefinger und schüttelte den Kopf: „Nanana, Schneider…" Während er eine Abhandlung über fluchen anfing, schweiften meine Gedanken zu Jochen. Ich war wirklich enttäuscht, dass er nicht kam. Aber weshalb? Weil er einmal mehr versuchte, sich mit Geld aus der Verantwortung zu ziehen? War es mir wirklich wichtig, ihn an diesem Abend bei mir zu haben? Unsere letzte Nacht war schön gewesen, sehr schön sogar, aber ich hatte mir doch keine Beziehung erhofft. Hatte ich nicht! Oder doch? Ich hatte seither kaum mehr an ihn gedacht. Nun ja, vielleicht hin und wieder. Hatte ich ihn aus meinen Gedanken verdrängt, um nicht enttäuscht zu werden? Er hatte mir seine Welt ja zu Füssen gelegt. Ich war es doch, die nein gesagt hatte. Nein zu gutem Sex, nein zu Luxus, nein zu Putzfrauen und Bediensteten, nein zu einer grossen Villa, nein zur Luxusjacht, nein zu Shoppingtouren in NewYork, nein zu einem gutaussehenden, intelligenten, charmanten, gepflegten Mann, nein zum Vater meiner Tochter. Nein, nein, nein! Wie blöd war ich eigentlich!

Ach, Schwamm drüber, dachte ich, ich will mich jetzt auf meine Vorstellungen konzentrieren. „Das habe ich auch schon der Rita gesagt." Für einmal hatten Sepp und ich die Rollen getauscht. Er hatte anscheinend die ganze Zeit auf mich eingeredet, während ich gedankenverloren zum Fenster hinausgeschaut hatte. Lächelnd schaute ich den Alten an, während „Nächster Halt Schwarzheim" durch den Lautsprecher schallte. „Na, was sagen sie dazu, Schneider?", fragte mich mein Gegenüber. Schnell packte ich meine Sachen zusammen, küsste den verdutzen Alten auf die Wange und rief ihm beim Aussteigen zu: „Sie haben ja so recht, Sepp." Als der Zug sich in Bewegung setzte, riss er das Fenster seines Abteils herunter. „Hals und Beinbruch für heute Abend", schmetterte er mir mit seinem zahnlosen Lächeln nach.

Als Rita mir das Tor öffnete, wollte ich ihr von der Begegnung mit Sepp erzählen, doch ihr ernstes Gesicht liess mich sofort verstummen. „Du musst zu Lady. Sie hat sich in ihrer Zelle verbarrikadiert. Sie will heute abend nicht auftreten. Die Hartmann kommt erst gegen Abend und niemand hat es bisher geschafft, sie zu beruhigen". „Was ist mit Susa Maria?", fragte ich, „Hat sie es schon versucht?" „Nö, die hat noch einen Termin bei ihrem Bewährungshelfer". Rita begleitete mich zu Ladys Zelle in Block C. Drei Frauen standen davor. Eine versuchte mit Lady zu sprechen. „Nun sei doch mal vernünftig, die kann dir gar nichts..." „Du kannst mich mal, ihr könnt mich alle mal", kam es halb schluchzend, halb schreiend zurück. Ich winkte die Sprecherin zu mir und fragte, was passiert sei. „Die Linda aus Block E ist mit ihr aneinandergeraten. Die beiden streiten immer. Sie kennen sich von früher, von der

Strasse. Lady hat wohl ein wenig dick aufgetragen wegen dem ganzen Theater. Die Linda hat gesagt, dass sie dafür sorgen würde, dass Lady heute Abend von allen ausgelacht würde. Langsam habe ich auch die Faxen dicke von der ganzen Scheisse, ist doch alles Kinderkram." Ich bedankte mich bei ihr, dass sie versucht hatte Lady zu beruhigen und hielt ihr meine Zigarettenpackung hin. „Wenn du wieder so einen Kurs machst, bin ich mit dabei", sagte sie, nahm sich fünf Zigaretten und verschwand. Ich klopfte an die Zellentüre. „Nun komm schon, Lady, mach die Tür auf." „Verschwinde, Schneider", schnauzte sie mich an. Hilflos blickte ich zu Rita. Ihr ganzer Körper zog sich in die Länge, als ob sie nicht schon gross genug gewesen wäre. Sie hämmerte an die Türe. „Hier ist Rita, nun mach schon auf, Kleine, und komm raus. Du kannst nicht die ganze Vorstellung schmeissen, das kannst du der Schneider nicht antun. Du bist nämlich echt der Knaller, und wenn irgendjemand etwas anderes sagt, dann kann der was erleben. Dafür werde ich schon sorgen." Es folgte ein paar Sekunden Stille. Dann vernahmen wir ein Geräusch, das sich nach dem Verschieben von etwas Schwerem anhörte. Ein leises Knacken an der Tür und die kleine, zerbrechliche Frau, stand mit tränenverschmiertem Gesicht vor uns. Rita, die grosse, steife, unnahbare Rita breitete ihre Arme aus und drückte Lady an ihren Busen. Wie hatte sich diese Frau doch in den letzten Wochen verändert. Ich genoss den Anblick des ungleichen Paares einen kurzen Moment, dann lächelte ich Rita zu und machte mich auf den Weg zur Aula.

Die Vorstellung sollte an diesem Tag bereits um 17 Uhr beginnen, damit alle pünktlich um 19 Uhr zum Abendessen erscheinen konnten. Ich kontrollierte nochmals den Ton, das Licht und alle Requisiten. Die ersten Frauen erschienen bereits zwei Stunden vor Vorstellungsbeginn. Zwei Frauen, die ich bisher nicht kannte, wollten die Darstellerinnen schminken. Ich beschwor sie, nicht zu dick aufzutragen. Die Luft schien mir von Adrenalin durchdrängt. Mittlerweile war auch Susanne gekommen. Ich winkte sie zu mir „Wie wars mit dem Bewährungshelfer?", wollte ich wissen. „Alles gut", antwortete sie mir, „in wenigen Wochen bin ich draussen." Am liebsten hätte ich sie in meine Arme genommen, aber Lady, die ihre alte Selbstsicherheit wieder gefunden hatte, kam auf uns zu. „Was tratscht ihr eigentlich immer zusammen", wollte sie wissen. Sie fuhr jedoch gleich weiter: „Tut mir übrigens leid, wegen vorhin. Ich war echt gestresst wegen dieser verfickten, blöden Kuh…" Bevor sie sich weiter äussern konnte, nahm Susanne sie an der Hand und zog sie von mir weg. Sie redete beruhigend auf Lady ein und beide kicherten.

Wir wollten uns eine halbe Stunde vor der Vorstellung auf der Bühne treffen, um noch ein paar Konzentrationsübungen zu machen. Karin, die eine Hausfrau spielte und immer sehr textsicher war, schrie plötzlich hysterisch: „Ich weiss meinen Text nicht mehr, kein einziges Wort." Es entstand ein wildes Durcheinander. Auch einige andere Frauen waren überzeugt, dass sie sich an nichts mehr erinnern würden. Ich schmetterte ein „Ruhe" in den Raum. Ich versicherte ihnen, dass ich während der Vorstellung hinter der Bühne sei und soufflieren würde, dass es also keinen Anlass zur Panik geben würde. Wir machten ein paar Atemübungen und

klopften unsere Körper ab, um das Adrenalin abzubauen. Dann durften alle, die wollten ein Notfallbonbon nehmen. Es wollten alle. Ich selbst nahm zwei. Als wir ein Rumoren vor der Türe vernahmen, entliess ich meine Truppe mit einem „Ihr schafft das, ich bin stolz auf euch!" hinter die Bühne. Dann öffnete ich die Türe. Über 60 Insassinnen und etwa 30 Betreuungspersonen strömten in den Saal. Rita kam auf mich zu und sagte mir, dass sie sich neben Linda setzen würde, die es auf Lady abgesehen hatte. „Aber mach bloss keinen Scheiss", flüsterte ich ihr zu, „nicht, dass es eine Schlägerei gibt. Du weisst, dass du bald entlassen wirst." „Kannst dich auf mich verlassen", grinste sie.
Ich flüchtete vor dem lauten Chaos im Zuschauerraum hinter die Bühne. Dort war es mäuschenstill. Einige Frauen gaben sich die Hände, umarmten sich, flüsterten leise miteinander oder sassen einfach nur da und bewegten ihre Lippen. Leise schienen sie den Text zu repetieren. Plötzlich hörte das Getöse auf, das durch den Vorhang vom Publikum zu uns gedrungen war. Kein Laut war zu hören. Die Frauen schauten mich entsetzt an. „Sind die alle wieder gegangen?", fragte Gitte. Dann vernahmen wir Julia Hartmanns feste Stimme. Sie ermahnte die Frauen im Publikum sich anständig aufzuführen. Sie lobte die Darstellerinnen für ihren Mut und ihre Leistung. „Und diejenige, die sich nicht benehmen kann und meint, sie müsste das laut kundtun, hat jetzt noch die Gelegenheit, die Aula zu verlassen", sagte sie zum Schluss bestimmt. Dann streckte sie den Kopf nach hinten durch den Vorhang und sagte zu uns: „Ich glaube, ihr könnt jetzt beginnen."
Vorhang auf, Scheinwerfer an. Alle Frauen sollten jetzt ein Telefongespräch führen, und wild durcheinandersprechen.

Nach zehn Sekunden sollten Susanne und Lady einen Dialog beginnen und die anderen nur noch lautlos, mimisch telefonieren. Sollten. Alle hatten den Telefonhörer in der Hand, aber niemand gab auch nur einen Ton von sich. Der Schweiss lief mir in den Nacken. „Beginnen", flüsterte ich ihnen zu. Susanne hatte sich als Erste gefangen, fing an zu sprechen und die anderen setzten sofort ein. Anfangs musste ich einige Frauen flüsternd ermahnen, lauter zu sprechen und Regine hatte zweimal einen Texthänger. Ansonsten lief alles perfekt. Man spürte bei den meisten eine aufkommende Spielfreude und sah den Stolz in ihren Gesichtern, wenn sie ihren Monolog beendet hatten. Als Lady mit ihrem Lied fertig war, vernahm ich ein „Bravo". Ich erkannte Ritas Stimme. Sie fing an zu klatschen und alle Zuschauerinnen stimmten mit ein. Nach einer guten Stunde war der ganze Spuk zu Ende und die Darstellerinnen holten sich ihren verdienten Applaus. Als gar „Zugabe" skandiert wurde, sang Lady noch einmal ihr Lied mit einer solchen Intensität, dass ich Gänsehaut bekam. Noch einmal verbeugten sich alle, als mich plötzlich jemand am Arm riss und auf die Bühne zerrte. Selten noch in meiner Theaterkarriere hat mich ein Applaus so berührt. Langsam leerte sich der Saal und hinter der Bühne fielen sich alle um den Hals und umarmten mich. Julia stürmte herein und war voll des Lobes. „Ihr habt das grossartig gemacht", beglückwünschte sie die Frauen, „ich freue mich auf morgen. Wenn ihr wieder so gut seid, dann werden alle unsere Gäste und Freunde begeistert sein." „Sabine", sagte sie dann in gestrengem Ton. Diese fuhr gleich dazwischen: „Ich heisse Lady." „Na schön, Lady, das war echt toll, sie sollten nach ihrer

Entlassung ihre Stimme ausbilden lassen. Dann steht ihrer Karriere nichts mehr im Weg." Lady errötete. Mit dem Lob der Direktorin hatte sie anscheinend nicht gerechnet. „Und nun wird aufgeräumt, gegessen und dann geht ihr schlafen, damit ihr morgen alle fit seid." Als sich die Frauen von mir verabschiedeten, wurde ich an so manche Brust gedrückt. „Danke, Claudia", sagte Lady, „Danke, dass du das für mich getan hast. Ich bin so glücklich. Schade nur, dass morgen niemand für mich dabei ist." „Nun warts mal ab", sagte Susanne, die hinter sie getreten war und mir bedeutungsvoll zuzwinkerte. „Naja, Scheiss drauf, ich werde es morgen allen zeigen und wenn ich erst einmal ein Star bin..." „Nur nicht übermütig werden, mein Fräulein", unterbrach ich sie, „da liegt noch ein kleiner, steiniger Weg vor dir." „Den werd ich gehen, da kannste aber sowas von sicher sein. Und wenn ich erst mal den music award bekomme, dann werde ich dich in meine Dankesrede miteinschliessen." Sie drehte sich zu Susanne. „Und dich natürlich auch." Lachend verabschiedeten wir uns.
Samstagabend! Die Leute strömten in die Aula. Von weitem sah ich meine Mädels. Ausser Simone waren alle mit ihren Partnern gekommen: Anna und Jürgen, Beate mit dem einst schönen Roberto und Bylle mit Roman. Ich konnte meinen Augen nicht trauen. Roman trug goldene Schuhe. Er sprach mit einem Mann, der mir den Rücken zukehrte. Dieser drehte sich plötzlich um. Ich erstarrte. Jochen kam auf mich zu, hob mich in die Luft und sagte lachend: „Na, ist das eine Überraschung?" „Bitte, lass mich sofort wieder runter", flüsterte ich. Ein Ehepaar ging an uns vorbei. Jochen klopfte dem Mann auf die Schulter. „Na Karl, darf ich dir die Mutter meiner Tochter vorstellen? Sie

ist die Chefin hier." Ich kannte den Mann, der sich über mich beugte und meine ausgestreckte Hand küsste, von Fotos aus der Yellow Press, die ich selbstverständlich nur beim Friseur las. „Sehr erfreut", sagte er, „Karl von Kastenau." Ich wusste, dass der Mann im Stadtparlament sass und durch sein Amt und seinen Reichtum einen grossen Einfluss hatte. Ich stellte sofort richtig, dass ich nur den Theaterkurs leitete und nicht etwa die Chefin von Schwarzheim sei. „Soso, eine Künstlerin", sagte von Kastenau und ich glaubte in seiner Stimme einen seltsamen Unterton zu vernehmen. Aus der Ferne sah ich Julia, die mir aufmunternd zuzwinkerte und mir wurde sofort klar, dass er auch ein Sponsor des heutigen Abends und ein Fürsprecher unseres Projektes war. Also liess ich mich dazu verleiten mit den beiden Herren einen Smalltalk zu beginnen. Jochen legte dabei besitzergreifend seinen Arm um meine Schultern. Ich schauderte und bereute sofort, dass ich das kleine Schwarze mit dem tiefen Rückenausschnitt angezogen hatte. „Ist sie nicht wunderbar", fragte Jochen sein Gegenüber. Als sich auch Roman wieder zu uns gesellte, fingen die drei Herren ein Gespräch über Autos, Häuser, Hypotheken und das allgemeine Wirtschaftswachstum an. Ich versuchte mitzumachen, lächelte, wenn sie über einen Witz lachten und nickte zustimmend, wenn sie ihre Weisheiten von sich gaben. Das Gedränge wurde immer grösser und ich fragte mich mit Entsetzen, ob das die Hand des edlen Herrn von Kastenau war, die gerade mein Hinterteil tätschelte. Bylle winkte mir von weitem zu, ebenso Gregor, der inzwischen mit seinem Freund eingetroffen war. Und Julia nickte anerkennend. Sah denn niemand meine Not? Die Dame an von Kastenaus Seite, die Celine aus der Casinobar zum Verwechseln ähnlich sah, hüstelte leise. „Können wir jetzt weiter?", sagte sie gelangweiltzu ihrem Mann. „Tja", versuchte ich die Situation zu retten, „ich denke, ich muss nun auch hinter die Bühne. Es hat mich gefreut meine Herren." Mit hochrotem Kopf und einer unglaublichen Wut im Bauch bahnte ich mir einen Weg durch die Menge. Warum hatte ich dem edlen Herrn von und zu nicht einfach eine runtergehauen. Vor der Garderobentüre stand Rita engumschlungen mit Sepp. „Hallo Schneider", sprudelte es aus dessen zahnlosem Mund, „wir werden heiraten und sie sollen unsere Trauzeugin sein." „Nein", antwortete ich vollkommen entsetzt, „bestimmt nicht." Ich trat durch die Türe in die Garderobe. Dort empfing mich Lady in einem vollkommen durchsichtigen Kleid. „Was soll das denn? Du willst doch nicht etwa so auftreten?" sie lachte mir nur frech ins Gesicht, als auch schon Julia zu mir trat. „Du musst auf die Bühne und die Gäste begrüssen." „Nein", entgegnete ich, „das war aber nicht vorgesehen, das musst du machen." „Geht nicht, die wollen dich." Mit diesen Worten stiess sie mich vor den Vorhang. Im Saal sassen lauter Jochens, Romans und von Kastenaus. Sie grinsten mich lüstern an. Ich trug nun das Kleid, das Lady vorhin anhatte.

„Mama, Mama, wach endlich auf." Jemand schüttelte mich. Ich schlug die Augen auf und meine Tochter stand vor mir. „Was hast du denn geträumt?", fragte sie mich. „Frag nicht", gab ich zur Antwort, „ich geh da heute Abend nicht hin", sagte ich und zog mir die Decke über den Kopf. „Sei nicht albern", erwiderte meine Tochter erwachsen. „Drama und Gloria kommen heute zum Frühstück. Tobi und ich waren bereits einkaufen." Sie sah mich prüfend an. „Was ist denn los mit dir? Ist es gestern so schlecht gelaufen?" „Gestern ist es ganz gut gelaufen, aber heute Nacht war es schrecklich", sagte ich immer noch ganz benommen. Beinahe mütterlich gab sie mir einen Kuss auf die Stirn. „Kommt alles gut. Und jetzt zieh dich an, die beiden kommen schon bald." Beim Verlassen meines Schlafzimmers schüttelte sie den Kopf. Ich zog mir noch einmal die Decke über den Kopf. Einen weiteren Schlaf jedoch vereitelte Filou, der mein Verhalten als Aufforderung zum Suchspiel verstand. Benommen schlurfte ich zum Badezimmer und eine kalte Dusche holte mich in die Realität zurück. Zitternd vor Kälte vom realitätsspendenden Nass hörte ich auch schon die Stimmen von Drama und Gloria. Die Begrüssung war herzlich. Gloria, die ich einige Jahre nicht mehr gesehen hatte, sah wirklich unverschämt gut aus. Die gute Stimmung am Frühstückstisch vertrieb meine Geister der Nacht. Drama und Gloria erzählten von ihrer bevorstehenden Hochzeit und allerlei Anekdoten aus dem Theater. Lena und vor allem Tobias hingen begeistert an ihren Lippen. Irgendwann erreichte mich eine SMS von Julia. Sie schrieb mir, dass es vor der Vorstellung einen Apéro für die Sponsoren gab. „Es wäre schön, wenn du auch dazukommen könntest. Und bring doch auch deine Freundin Drama mit. Die Leute vom Verlag werden bereits da sein. Nach der Vorstellung gibt es dann für alle noch einen kleinen Umtrunk". Meine Gedanken wanderten zu meinem Traum. Oh Gott, wenn nur ein kleines Fünkches davon Wahrheit werden würde. „Mimi, hallooo, Mimi, träumst du?" Vier Augenpaare waren auf mich gerichtet.

„Mimi?", fragte Lena „Wieso nennst du Mama Mimi?". „Naja, als deine Mutter mich zum ersten Mal Drama nannte, weil ich Dramatikerin bin, sagte ich Mimi zu ihr von Mimin." „Echt jetzt? Davon hast du mir gar nie erzählt", wandte sich nun meine Tochter an mich. „Nun, deine liebe Patentante nennt mich eigentlich nie mehr so." „Nur wenn sie mir nicht zuhört", warf Drama ein. „Oder wenn wir uns streiten", ergänzte ich. „Also erinnerst du dich an Barenau?" „Du meinst...", antwortete ich zögernd, „den Regisseur? von Kastenau?" „Also wirklich, Claudia, er hiess von Barenau." „Hab ich doch gesagt". „Nein, hast du nicht! Du hast gesagt von Kastenau". Dieser blöde Traum hing mir also immer noch in meinen Gehirnwindungen. „Er hiess aber von Barenau", fuhr Drama unbeirrt fort, „ja, Kinder, früher gab es sie noch wirklich, die Besetzungscouch." „Die was?", fragte Tobi. „Naja, die Besetzungscoutsch. Von „metoo" war noch keine Rede. Es gab immer wieder Regisseure und Produzenten, die ihre Macht ausnutzten und wenn Frau und manchmal auch Mann nett zu ihnen war, bekam sie oder er ein Engagement." „Nicht dein ernst", sagte Lena und ihr entsetzter Blick streifte mich. „Schau mich nicht so an. Ich blieb mehr oder weniger verschont. Ich habe bei diesen Spielchen nie mitgemacht." Ihr Blick ging zu Drama. Diese sagte lachend: „Bei mir konnte eh kein Mann landen. Zwar haben es einige versucht. Vor allem von Barenau." „Als er sich aber die erste Ohrfeige von Drama holte, liess er uns in Ruhe", ergänzte ich. Nach dem Frühstück machten wir noch einen Bummel durch die Stadt. „Was willst du eigentlich heute Abend anziehen?", fragte mich Gloria, als wir die Schaufenster einer Edelboutique begutachteten.

„Warum? Ist doch gut so." „Du musst doch bestimmt zum Schlussapplaus. So ein bisschen aufbrezeln solltest du dich schon", warf Drama ein und alle betrachteten mich kritisch. „Mama, du hast doch noch das kleine Schwarze." „Auf keinen Fall, nicht das kleine Schwarze", sagte ich etwas zu vehement und meine Gedanken kehrten zu meinem Traum zurück. Drama schubste mich in die Boutique. „Wir würden gerne den dunkelgrünen Overall aus dem Schaufenster anprobieren", sagte sie zu der anrauschenden Verkäuferin. „Spinnst du?", wandte ich ein, „hast du gesehen, was der kostet? Ich werde mir doch für diesen einen Abend kein neues Outfit kaufen." „Du vielleicht nicht, aber ich", erwiderte sie bestimmt. Nachdem auch alle anderen auf mich einstürmten, liess ich mich dazu überreden, ihn wenigstens zu probieren. „Mensch Mama, du siehst Klasse aus", kommentierte Lena, als ich aus der Umkleide kam. Ich musste zugeben, dass selbst mir mein Spiegelbild gefiel. Mit einem bezaubernden Lächeln ging Drama zur Verkäuferin. „Wer ist denn die Besitzerin dieser traumhaft schönen Boutique?", fragte sie mit Engelszungen. „Sie steht vor Ihnen", antwortete die Angesprochene. „Ich muss sagen, Sie haben wirklich einen ausserordentlichen Geschmack. Man sieht, wie kultiviert Sie sind. Bestimmt sind Sie auch eine Liebhaberin der schönen Künste. Meine Freundin und ich arbeiten beide am Theater." Mit diesen Worten zog sie ihren Ausweis des Staatstheaters aus der Tasche. „Meine Freundin ist Regisseurin. Sie hat heute Premiere. Glauben Sie, dass sich der Overall beim Schlussapplaus auf der Bühne gut machen würde." Die Besitzerin war nun voll des Lobes über mein Aussehnen. „Allerdings müssten wir am Preis noch etwas drehen. Wir würden natürlich allen, die danach fragen, auch den Namen ihres Geschäftes verraten und sie als Sponsorin lobend erwähnen", fuhr Drama mit ihrem aufgesetzten Lächeln fort. Sie hätte wirklich Schauspielerin werden sollen. „Wenn das so ist, dann würde ich ihnen das elegante Stück für die Hälfte überlassen." „Grossartig", sagte Drama und zückte ihre Kreditkarte. Eilig verliessen wir das Geschäft und als wir ausser Sichtweite waren, lachten wir wie Teenagers, nach einem gelungenen Streich. „Mensch Drama", sagte Tobi, „mit dir gehe ich auch mal shoppen." „Aber ein bisschen fies ist es schon", meldete sich meine Tochter, „du hast sie ganz schön abgezockt und zudem glaubt sie, Mama steht heute mit ihrem neuen Outfit auf der Bühne eines grossen Theaters." „Also erstens verdient sie immer noch mehr als genug an dem Verkauf und zweitens willst du doch nicht wirklich behaupten, dass eine Knastbühne weniger wert ist als eine Staatstheaterbühne", beruhigte sie Drama. „Kaffeerunde geht auf mich", beendete Gloria die Diskussion und wir stürmten ins nächste Cafe. Mit den beiden Paaren, dem Jugendlichen und dem Verrückten, hätte ich beinahe meine Nervosität vergessen. Nach dem ersten Schluck Kaffee änderte sich dies schlagartig und ich alterte in Sekunden um mindestens 40 Jahre. „Ich muss gehen. Ich muss noch duschen, mich umziehen und nach Schwarzheim. Der VIP- Apéro beginnt um 19Uhr." „Nu mach mal halblang", sagte Drama, „das reicht noch lange. Wenn du zu früh dort bist, machst du nur alle verrückt." Es gelang ihr aber nicht mich zu beruhigen. Schnell trank ich meinen Kaffee aus, wünschte allen noch einen schönen Nachmittag und gab Drama einen dicken Kuss. „Danke, für das wunderschöne Outfit. Du bist einfach die Beste, meine Dramaqueen." „Na ich denke mal, den Titel kann ich für heute an dich abgeben." Nachdem sie mir versprochen hatte, pünktlich zum Sponsorenapéro in Schwarzheim zu sein, machte ich mich vom Acker.

Zuhause: Zigarette, Dusche, Zigarette, Haare hochstecken, Zigarette, diskrete Schminke, Zigarette, Overall anziehen, Zigarette, zarter Lippenstift, Zigarette, Lippenstift nachziehen, Blick auf die Uhr, Kaffe, Zigarette, Lippenstift nachziehen, husten. Vorsatz mit dem Rauchen aufzuhören. Zigarette.

Natürlich war ich viel zu früh in Schwarzheim. Rita empfing mich vor dem Hauptgebäude. Wir verzogen uns hinter das Haus und rauchten gemeinsam. „Wie war die Stimmung heute?", fragte ich sie. „Ach eigentlich sehr gut. Linda hat einmal versucht, Lady dumm anzumachen, aber die hat ganz cool reagiert." Nach einer kurzen Pause fuhr sie fort. „Du kannst den Kurs bestimmt noch jahrelang weiterführen. Heute morgen wollten schon ganz viele „Kolleginnen" zu der Hartmann, um sich dafür anzumelden." Ich hatte noch gar nicht darüber nachgedacht, ob ich den Workshop wiederholen sollte. Ich schaute Rita an und es wurde mir bewusst, dass sie dann nicht mehr hier sein würde. „Und wer öffnet mir dann das Tor?", fragte ich sie. Sie schaute mich verdutzt an: „Biste jetzt froh, dass ich rauskomm, oder nicht?", fragte sie mich beinahe entsetzt. „Natürlich bin ich froh und freue mich sehr für dich, aber ich werde dich vermissen." „So'n Quatsch", antwortete sie und ich sah, dass sie nun doch etwas gerührt zu sein schien, „Du kannst jederzeit nach dem Kurs zu uns rüberkommen. Da würd ich mich schon drüber freuen und der Sepp bestimmt auch." Nach einer kurzen Pause fügte sie hinzu: „Die Hartmann hat sich auch schon angemeldet. Und Susa und Lady wollen auch kommen. Da wird ganz schön was los sein auf dem Hof vom Sepp." „Auf deinem Hof", korrigierte ich sie. „Ich kann's noch immer nicht fassen. Der Knast war mein grösstes Glück. Ich hatte nie Freunde, nie ein Zuhause. Und jetzt kommen mich meine Freunde auf meinem eigenen Hof besuchen. Dabei bin ich doch ein Knasti." „Eine Mörderin", fügte sie leise hinzu. „Schluss jetzt", sagte ich, „das ist Vergangenheit".

Es ertönte ein Horn. „Die Insassinnen müssen heute früher in ihre Zellen", erklärte mir Rita, „die Gäste kommen ja schon bald. Das hat am Morgen für einigen Unmut gesorgt, aber die Hartmann hatte das schnell wieder im Griff." Wir gingen ins Hauptgebäude. Als ich meinen Mantel ablegte, schnalzte Rita mit der Zunge: „Mensch Schneider, du siehst ja Hammer aus. Na, dann geh ich mich auch mal frisch machen. Ich soll ja auch zu dem Apéro. Die Hartmann will meine Fotografien anpreisen und die Künstlerin vorstellen." Verlegen zwinkerte sie mir zu und verschwand mit den Worten: „Ich und Künstlerin."

Ich ging die Treppe hoch in die Garderobe der Schauspielerinnen. Ich kontrollierte die Requisiten, und die Kostüme. Alles war sauber und bereit für die abendliche Vorstellung. Danach setzte ich mich einen Augenblick in die leere Aula. Ich erinnerte mich an den Augenblick, als ich vor Monaten das erste Mal vor meiner Truppe sass. Meine Unsicherheit, der erste Wutausbruch von Lady, ihr Gedicht. Ich erinnerte mich an den Augenblick, als ich Susanne erkannte, an ihre traurigen Augen, an die Freude, als ich ihr sagte, dass Simone für Amidou bürgen wollte. Ich erinnerte mich an die Übungen und die schweisstreibenden Proben mit den Frauen, an die Rückschläge und Fortschritte, an Streitereien, Schimpftiraden und Freudentränen. Und ich erinnerte mich an die ersten Begegnungen mit Rita. Die spröde, unnahbare Rita. Die liebenswerte, herzliche Rita. Plötzlich tippte mir jemand auf die Schulter. Ich fuhr zusammen, denn ich hatte nicht bemerkt, dass jemand hereingekommen war. „Woran denkst du?", fragte mich Julia. „Ach, an all die schönen Momente, die ich hier erlebt habe", antwortete ich. „Du hast wirklich tolle Arbeit geleistet. Das war gestern eine grossartige Aufführung." „Danke", sagte ich, „aber das war vor allem der Verdienst der Frauen". Völlig unkontrolliert schossen mir die Tränen in die Augen. „Es fällt dir schwer loszulassen?" Auf ihre Frage nickte ich bejahend. „Ich habe hier sehr wertvolle Menschen kennengelernt". „Nun, das kannst du auch weiter tun", antwortete sie, „loslassen ist nicht wirklich deine Stärke, was? Heute morgen waren übrigens 17 Frauen bei mir und wollten sich für einen nächsten Workshop anmelden. Du machst doch weiter? Ich bin sicher, dass die Finanzierung bereits heute abend gesichert sein wird." Ich nickte halb weinend, halb lachend und wir sassen noch eine ganze Weile schweigend in der leeren Aula. „Und nun ab in die Höhle der Löwen", unterbrach Julia die Stille, „Ich glaube die ersten Gäste treffen ein. Du siehst übrigens grossartig aus."

Der Empfang fand in der leergeräumten Kantine statt, die mit weiteren kunstvollen schwarz-weiss Fotos sowohl Portraits wie auch Landschaftsaufnahmen von Rita geschmückt war. Als ich eintrat, klopfte Julia an ihr Glas.

Mit einer kurzen Rede bedankte sie sich bei den Sponsoren, lobte mich und meine Truppe, gab ihrer Freude Ausdruck über die bevorstehende Aufführung und erwähnte noch Rita und ihre fotografischen Arbeiten. Drama und Gloria waren bereits im Gespräch mit den Leuten vom Verlag. Links und rechts von mir wurde leise geredet, als ich Rita in einer Ecke stehen sah. Ich ging zu ihr. „Das ist nichts für mich. Ich verdünnisier mich dann mal." Sie wollte gerade Richtung Ausgang schleichen, als sich Julia in Begleitung eines älteren Ehepaars uns näherte. „Meine Damen, darf ich euch Herrn und Frau von Kastenau vorstellen. Sie sind Sponsoren und grosse Fürsprecher und Unterstützer unserer Institution." Mir stockte der Atem und ich kniff mich in den Oberarm um sicherzugehen, dass ich nicht wieder in meinem Traum steckte. Allerdings sah dieser Mann jetzt ganz anders aus und schien mir äusserst kultiviert. Auch seine Frau hatte mit der Begleitung des von Kastenaus aus meinem Traum überhaupt keine Ähnlichkeit. Eine attraktive, sympathische ältere Frau. Sie begann mit mir ein Gespräch über den Workshop und meine Inszenierung, während ihr Mann sich angeregt mit Rita unterhielt. Aus meinen Augenwinkeln sah ich, wie sich Ritas Wangen immer mehr röteten, während sie, die so wortkarge Frau, auf von Kastenau einredete. Als das Ehepaar weiterging, stürmte Rita zu mir. „Der hat gerade sechs Bilder von mir gekauft. Und wenn ich hier raus bin, dann soll ich in seine Firma kommen und Portraits von seinen Angestellten machen. Mensch, Schneider, ich glaubs grad nicht." Nach einer halben Stunde schlich ich mich davon, denn ich wollte zu meinen Frauen in die Garderobe. Als ich eintrat, stand Lady auf einem Stuhl und hielt eine Rede. „Ja, Leute, ihr könnt heute schon mal ein Autogramm von mir bekommen, denn ich werde ein Star." „Ach ja", unterbrach sie Gitte, „als Lady Gaga Nummer 2?" „Hab ich mir schon Gedanken drüber gemacht. Lady werde ich natürlich nicht ablegen. Ich werde die Lady Bee." Gitte schaute sie fragend an. „Na ist doch klar. Sabine, Bine, Bee, also Lady Bee." „Na dann komm mal runter, Lady Bee, sowohl von dem Stuhl, wie auch gedanklich", sagte ich. Sie erschrak, denn niemand hatte bemerkt, dass ich die Garderobe betreten hatte. „So schnell wird man kein Star", fuhr ich fort, „ aber wenn du hart an dir arbeitest und heute eine gute Performance hinlegst, ohne zu übertreiben, dann ist das schon mal ein wichtiger Schritt in die richtige Richtung." Sofort sprang sie vom Stuhl, stand vor mich hin und salutierte: „Sorry Schneider, weiss ich ja alles, aber das war gestern so ein geiles Gefühl. Ich hab alles um mich vergessen." „Du hast das gestern auch sehr gut gemacht. Darum solltest du jetzt nicht abheben. Versuch den Song heute wieder genau so authentisch zu singen wie gestern." „Du kannst dich aber sowas von auf mich verlassen. Ich danke dir für alles." Damit fiel sie mir schluchzend um den Hals und drückte mich so fest, dass ich Angst hatte, keine Luft mehr zu bekommen. Was mir in diesem Moment allerdings dazu half, nicht in Tränen auszubrechen. Dann bedankte ich mich bei allen noch für die erste Vorstellung. „Ich bin sehr stolz auf euch und ich danke euch für die tolle Arbeit…auch wenn sie manchmal ganz schön anstrengend war." Dann versagte mir die Stimme. Susa nahm mich fest in die Arme. Als ich vereinzeltes Schluchzen vernahm, löste ich mich von ihr. „Hört sofort auf", rief ich, „wir

können uns nicht noch einmal schminken." Alle fielen in ein befreiendes Lachen ein.
Der Geräuschpegel im Zuschauerraum stieg. Ich machte den Schauspielerinnen ein Zeichen leise zu sein. Es dauerte nicht lange und wir vernahmen die Stimme von Julia. Durch ein kleines Loch im Bühnenvorhang konnte ich sehen, dass sie auf der Vorbühne stand und eine Ansprache hielt. Sie erzählte dem Publikum kurz ihren Werdegang, brachte den Gästen die Institution Schwarzheim näher und sprach von unserem Stück. Sie lobte die Autorin, die Regie und das Engagement der Frauen hinter und auf der Bühne. Zum Schluss machte sie nochmals auf die Fotos aufmerksam und das Video, das wir anstelle eines Programmheftes produziert hatten. Während ihrer Rede betrachtete ich das Publikum. Ich sah Lena mit Tobias und Leon, die mit Stolz – so kam es mir zumindest vor – neben Drama und Gloria sassen. In der dritten Reihe sah ich Bylle mit Roman, Anna mit Jürgen, Beate mit Roberto und Simone. Cathy, meine Schulleiterin und Julias Partnerin, war hier. Einige meiner Schüler aus der Schauspielschule, Gregor mit einem Mann an seiner Seite. Mein Gott, sie waren alle gekommen. Die Aula war überfüllt und ganz hinten konnte ich Sepp ausmachen, der neben Rita thronte. Als Julia die fotografischen Arbeiten erwähnte, stand er auf und rief: „Bravo", dabei zeigte er auf Rita, die ihn sogleich wieder auf seinen Stuhl zog. Nach Julias Ansprache wurde das Video gezeigt. Es waren alles kleine Portraits, in denen die Frauen kurz etwas über sich selbst erzählten und dann über ihre Rolle im Stück. An den Reaktionen merkte ich jetzt bereits, dass die Zuschauer uns wohl gesinnt waren. Am Ende des Films wurde begeistert geklatscht und dies

war für uns das Zeichen auf die Bühne zu gehen. Es wurde eine wunderbare Vorstellung. Die Schauspielerinnen waren natürlich und fanden den richtigen Rhythmus. Einzig unsere Lady Bee hatte einen kleinen Texthänger. Susanne sprang sofort ein, sprach ihren Part und kein Mensch merkte etwas. Lady machte ihren kleinen Patzer mit ihrem Lied wieder wett. Sie sang noch besser, als am Abend zuvor. Nach einer guten Stunde endete das Stück und meine Schauspielerinnen verbeugten sich unter frenetischem Applaus. Ich war nassgeschwitzt und mein dunkelgrüner Overall klebte an meinem Körper. Plötzlich war es still und ich, die ich hinter der Bühne stand, vernahm Ladys Stimme. „Is ja jetze auch mal gut, nu seid doch mal still!" Gelächter im Publikum.

„Wir möchten nu mal unserer Regisseurin danken. Das ist die Schneider. Nu komm doch mal auf die Bühne Schneider." Zögernd trat ich in das Scheinwerferlicht, wo mich wiederum ein begeisterter, nicht endenwollender Applaus empfing. Plötzlich stand jemand auf: „Bravo." Es war tatsächlich Simone. Bylle und die anderen aus meiner Clique taten es ihr gleich. Im hinteren Teil des Zuschauerraumes stand Rita auf und zog Sepp gleich mit. Es dauerte nicht lange und das ganze Publikum erhob sich von den Plätzen. Ich bat alle auf die Bühne, die Frau von der Technik, vom Licht und alle die geholfen hatten. Ich trat hinter Lady und flüsterte ihr zu, dass sie noch einmal ihren Song singen sollte. Sie nickte begeistert. Schnell ging ich zur Technik und liess die Musik laufen. Die Zuschauer setzten sich alle wieder hin, die Aktiven blieben auf der Bühne und ich glaubte in manchen Augen ein verdächtiges Glitzern zu sehen. Den folgenden Applaus unterbrach wiederum Lady: „Ist schon gut Leute, die Schneider hat mir gesagt, ich soll nicht abheben und wenn ihr noch lange weiterklatscht, dann kann ich für nichts garantieren. Und ihr wollt ja auch alle noch was trinken." In dem allgemeinen Gelächter zog ich nun den Vorhang. Hinter der Bühne fielen sich alle um den Hals. Lady sass wie paralysiert in einer Ecke. „Na freust du dich?", fragte ich sie. „Ich hab meine Mama gesehen, jetzt zum Schluss habe ich meine Mama gesehen. Das war ne echt krasse Hallination, oder wie auch immer das heisst." „Nun, ich glaube nicht", widersprach ich vorsichtig, „deine Mama ist hier." „Red kein Scheiss Schneider, die weiss gar nicht, dass ich hier auftrete, ich glaub, die weiss gar nicht, dass ich im Knast bin." „Und wenn sie doch hier wäre?", fragte ich behutsam weiter, denn ich wusste nicht, wie sie reagieren würde. „Naja, das wär, ich weiss gar nich, wie das wär. Ich glaub, ich würd mich freuen, aber is ja doch alles nur Quatsch." Ich winkte Susa zu uns rüber. „Lady meint ihre Mama im Zuschauerraum gesehen zu haben." „Nun ja, meine Kleine", sagte Susa behutsam, „Ich habe sie eingeladen. Ich weiss, ich hätte dich vorher vielleicht fragen sollen, aber ich dachte, das wäre eine schöne Überraschung für dich. Bitte entschuldige, wenn es dir nicht recht ist." „Is schon gut", erwiderte Lady zögernd. Plötzlich grinste sie: „Ich finds sogar echt gut. Die hat sogar echt geklatsch zum Schluss." Dann fiel sie Susanne um den Hals. „Ich will nicht, dass jetzt alles zu Ende ist. Wenn ich das nochmals erleben dürfte, würde ich freiwillig hierbleiben." „Nanana", vernahm ich nun Julias Stimme, „lass das ja niemanden draussen hören, sonst heisst es wieder der Knast ist ein 5-Sterne-Hotel." Dann gratulierte sie allen zu ihrer Leistung. „Ihr dürft alle noch mit euren Leuten anstossen. Aber benehmt euch. Sonst ist sofort für alle Einschluss."

Der Umtrunk fand wiederum in der Kantine statt. Die Leute klopften mir auf die Schulter und beglückwünschten mich. Julia, die mit einer ganzen Gruppe von Leuten zusammenstand, winkte mich dazu. Wie ich das hasste. Ich vermutete, es waren Politiker und Sponsoren und so musste ich wohl in den sauren Apfel beissen. Ich versuchte ein zuckersüsses Lächeln aufzusetzen und machte mich auf den kurzen, aber qualvollen Weg zu ihr. Als ich an Cathy vorbeiging, flüsterte sie mir zu: „Das kannst du aber besser." „Das mit dem Lächeln", beantwortete sie leise meinen fragenden Blick. Nach einem kurzen Smalltalk mit Julias Gruppe, die voll des Lobes war, entschuldigte ich mich und flüchtete zu meinen Kindern. Lena strahlte über das ganze Gesicht. „Das war soooo toll, Mama." Leon und Tobias bestätigten ihre Aussage. Dann stand plötzlich Lady neben mir. An ihrer Hand eine ältere Frau, der man ansah, dass sie schon Einiges erlebt hatte. „Hey Schneider, schau, das ist meine Mama", sagte sie begeistert. „Ich gratuliere ihnen zu ihrer Tochter. Ich nehme an, sie sind ganz schön stolz auf sie", begrüsste ich die Frau und nahm ihre zerfurchte Hand. Die Angesprochene nickte bejahend und zeigte ein unsicheres, zahnloses Lächeln. „Ja, hat sie gut gemacht", sagte sie leise. „Du musst unbedingt noch Susanne kennenlernen. Keine Ahnung, wo die wieder steckt", unterbrach Lady die kurze Pause und zog ihre Mutter auch schon weiter. „Das ist vielleicht ne Nummer", sagte Tobias. „Ja", entgegnete ich, „es war nicht immer einfach mit ihr, aber sie hat das Herz am rechten Fleck und hat in ihren jungen Jahren schon echt viel Scheisse erlebt." Die gespielte Empörung meiner Tochter über meine Ausdrucksweise bekam ich nur am Rande mit, denn meine Gedanken waren immer noch bei Lady. Sie war mir ans Herz gewachsen und ich hoffte sehr, dass sie sich in der baldigen Freiheit zurechtfinden würde. Wieder überkam mich eine leise Wehmut, dass die intensive Zeit mit diesen Frauen nun ein Ende hatte. „Da winkt dir jemand zu", holte Lena mich in die Realität zurück. Es war Bylle. Ich gesellte mich kurz zu meinen Mädels, die mit ihren Männern zusammenstanden. Sie gratulierten mir alle aufs Herzlichste. Als Roberto mich dazu auf den Mund küsste, sah ich aus meinen Augenwinkeln, wie sich die linke Augsbraue von Roman erstaunt nach oben bewegte. Na warte, dachte ich angriffslustig und winkte sehr auffällig Gregor zu, der mit seinem Mann mitten im Raum stand. „Ein guter Freund von mir", erklärte ich der Runde, „er ist Barkeeper in der Casinobar. Vielleicht kennt ihn ja jemand von euch." „Ach ja, genau", erwiderte Bylle, „er kam mir doch gleich so bekannt vor. Du müsstest ihn doch auch kennen." Der letzte Teil des Satzes war an ihren Zukünftigen gerichtet. Ohne jedoch seine Antwort abzuwarten, wandte sie sich wieder an mich: „Das hätte ich jetzt nicht gedacht, dass du in der Casinobar verkehrst." „Ach weisst du, als ich ihn kennenlernte, hatte ich ein etwas schwieriges Date. Er war sehr nett zu mir. Seither besuche ich ihn hin und wieder kurz bevor die Bar schliesst, oder wenn sie gerade öffnet. Dann hat es noch kaum Gäste." Mit einem kurzen Seitenblick zu Roman, fügte ich hinzu: „Er hat immer so spannende Geschichten zu erzählen. Ihr könnt euch ja gar nicht vorstellen, was der alles erlebt." Ich bemerkte, wie sich Romans Körper anspannte. „Dabei nennt er natürlich keine Namen" ergänzte ich versöhnlich. „Wo ist eigentlich Simone?", fragte ich schnell in die Runde. „Sie ist mit Susanne nach draussen gegangen, um das weitere Vorgehen mit Amidou zu besprechen." Ich ging zu dem grossen Fenster und winkte den beiden zu. Gerade als ich mich wieder abwenden wollte, sah ich, wie sich Ladys Mutter davonschlich. Unter dem Arm hielt sie verstohlen eine Flasche Wein. „Geklaut", sagte es leise neben mir. Lady schaute ihr mit traurigen Augen nach. Als sich ihre Mutter noch einmal umdrehte, winkte sie ihr zaghaft zu. „Kommt hierher und klaut ne Flasche Wein." Ich legte meinen Arm um sie. „Trotzdem", sie atmete schwer und schien den Tränen nahe, „Sie ist meine Mama." „Und sie ist gekommen, um dich zu sehen", versuchte ich sie zu beruhigen, „Das war bestimmt nicht einfach für sie. Und das mit der Flasche bleibt unter uns." „Sie sieht aus wie 60, dabei ist sie erst 40. Sie hat mich im Alter von 17 Jahren bekommen. Sie hatte nie Geld zwischendurch haben wir auf der Strasse oder bei irgendwelchen Typen gewohnt, bis mich das Jugendamt ins Heim steckte. Zweimal hat sie versucht, mich da rauszuholen. Wir sind zusammen abgehauen. Das ging aber nicht lange gut. Das erste Mal haben uns die Bullen geschnappt und mich zurückgebracht, das zweite Mal, da war ich gerade mal neun Jahre alt, bin ich freiwillig wieder ins Heim zurück. Immerhin gabs da was zu essen und ein warmes Bett. Weisste, meine Mama hat mich vielleicht geliebt, aber der Spruch man kann von Luft und Liebe leben, ist echt Scheisse." Wir standen noch eine ganze Weile am Fenster, bis wir Ladys Mutter nur noch als winzigen Punkt in der Ferne ausmachen konnten. Man hatte von hier eine traumhafte Aussicht über die hügelige Landschaft. Ich versuchte den Hof von Sepp ausfindig zu machen. Als ich mich wieder Lady zuwenden wollte, war sie verschwunden.

18

Mein Leben verlief in geordneten Bahnen weiter. Die Hochzeit von Bylle war mit etwa 200 Gästen sehr pompös. Dank meiner alten Mädchenclique und dem guten Champagner fühlte ich mich jedoch ganz wohl. Monika war aus Amerika angereist. Sie passte wunderbar in die illustere Gesellschaft, schien mir aber für die amerikanischen Kreise, in denen sie sich bewegte, recht bodenständig geblieben zu sein. Bylle war eine strahlende und glückliche Braut und Roman, das musste ich ihm zugestehen, kümmerte sich rührend um sie. Ganz anders jedoch verlief die Hochzeit von Drama und Gloria. Sie feierten in einer Kneipe mit viel Bier und Currywurst und ich traf auf zahlreiche alte Bekannte aus meiner aktiven Theaterzeit. Es war ein ungezwungenes, fröhliches Fest, bei dem Humor und Intellekt Hand in Hand gingen.
Einmal pro Jahr leitete ich weiterhin einen Theaterworkshop in Schwarzheim. Die Aufführungen waren jeweils mehr oder minder erfolgreich, aber nie mehr hatte ich dieses Glücksgefühl wie bei meinem ersten Kurs. Nie mehr gab es so viele Emotionen, waren mir die Frauen so nahe, wie damals Rita, Susa oder gar Lady. Oft besuchte ich nach dem Kurs Rita auf ihrem Hof für ein bis zwei Zigarettenlängen. Die beiden Kühe starben in hohem Alter ein gutes Jahr, nachdem sie das Gut übernommen hatte. Sepp tauchte immer mehr in seine eigene Welt ein und schlief eines Tages mit einem seligen Lächeln auf den Lippen für immer ein. Rita behielt den Hühnerhof. Sie war mittlerweile eine gefragte Fotografin, wurde viel gebucht

von Firmen und für Hochzeiten und eine Galerie stellte einmal im Jahr ihre Bildern aus.

Mein privates Leben gestaltete sich in den nächsten Jahren harmonisch und zufrieden. Ich hatte tatsächlich einen Mann gefunden, der meinen Ansprüchen genügte. Frank, Architekt, geschieden und kinderlos war humorvoll, intelligent, glatzköpfig und verstand sich bestens mit Lena und Tobias. Ich liebte die Abende, an denen wir vier nach einem guten Essen stundenlang bei einem Glas Wein in der Küche sassen, diskutierten, lachten, philosophierten oder auch ganz belanglosen, schnöden Unsinn redeten. Frank behielt seine eigene Wohnung und das war gut so, denn ich brauchte einen gewissen Freiraum. Ich genoss die gegenseitigen Besuche, seine Ruhe und seine Nähe. Nach zwei Jahren wechselte Tobias den Namen und ein Giovanni sass an unserem Küchentisch. Ich mochte ihn, er konnte Tobias jedoch in keiner Weise ersetzen. Aber was sollte ich machen. Meine Tochter liebte ihn, wenigstens für die nächsten 13 Monate. Drei Wochen vor Lenas 20. Geburtstag hielt Tobias allerdings wieder Einzug. Er studierte mittlerweilen Theaterwissenschaften und Lena machte eine Ausbildung zur Sozialarbeiterin. Ich war zufrieden, dass ich die beiden wieder bei mir hatte. Mein Glück hielt allerdings nicht allzulange, denn sie gründeten mit vier weiteren StudentInnen eine Wohngemeinschaft. Der Ablösungsprozess von meiner Tochter bereitete mir Mühe. Ich kam mir alleine und verlassen vor und verfiel in Trauer und Schwermut. Frank versuchte mich aufzuheitern und machte mir gar den Vorschlag, dass er bei mir einziehen würde. Natürlich war es gut gemeint, überforderte mich in diesem Moment jedoch völlig.

Glaubte er denn wirklich, dass er mein Kind in irgendeiner Weise ersetzen konnte? Er verstand meine Reaktion nicht und unsere erste grosse Krise setzte den i-Punkt auf Lenas Auszug. Nach einigen Wochen grössten Selbstmitleids hatte ich mich einigermassen an die neue Situation gewöhnt und es gelang mir sogar hin und wieder, mein Alleinsein und die Zweisamkeit mit Frank zu geniessen. Lena kam jeden Sonntag zum Abendessen. Diese Treffen waren mir heilig. Hätte mich George Clooney an einem dieser Abende zum Essen eingeladen, um mir an seiner Seite eine Filmrolle anzubieten, ich hätte, ohne mit der Wimper zu zucken, abgesagt. Naja, vielleicht.

Eines Tages machte mir Cathy den Vorschlag, die Schauspielschule zu übernehmen. Die Übernahmesumme war sehr moderat, überstieg aber trotzdem meine finanziellen Möglichkeiten. Jochen, der von Lena davon erfuhr, wollte mir die Summe sofort überweisen. Wir einigten uns auf ein zinsloses Darlehen und so wurde ich Inhaberin und Leiterin einer Schauspielschule. Jochen sah ich allerdings nur noch bei meiner jährlichen Zahnkontrolle. Dort thronte er jeweils im Wartezimmer in einem Klatschmagazin. Die neue Frau an seiner Seite war gute 20 Jahre jünger, hatte eine beneidenswerte Figur und immer ein strahlendes Lächeln. Sie passte perfekt in die Magazine im Vorzimmer meines Zahnarztes. Lena, die weiterhin lockeren Kontakt mit ihrem Vater pflegte, nannte sie die Eiskönigin.

Drama und Gloria waren nach ihrer Hochzeit, nach London ausgewandert. Gloria hatte ihre alte Tanzschule wieder eröffnet. Drama arbeitete bei einem Verlag als Lektorin. Das Theaterleben fehlte ihr sehr und stürzte sie in eine mittlere Krise. Wir telefonierten oft und versuchten uns gegenseitig aufzuheitern und zu trösten. Sie, die verpflanzte deutsche Zimmerlinde, ich, die verlassene Mutterkuh. Mit meinen ehemaligen Schulkolleginnen traf ich mich weiterhin regelmässig. Trotz mehrfacher Aufforderung blieb Susanne nach ihrer Entlassung unseren Zusammenkünften fern. Ich erhielt eines Tages einen Brief:

Liebe Claudia

Nach meiner Entlassung hatte ich vermehrt Kontakt mit Amidou. Er hat sich sehr verändert. Obwohl Simone für ihn bürgen wollte, möchte er nicht mehr nach Europa zurück. Das kann ich einerseits nachvollziehen, anderseits hat es mich auch verletzt, aber er ist erwachsen und trifft seine eigenen Entscheidungen. Ich habe mich entschlossen in Nepal beim Aufbau einer Schule mitzuhelfen. Ich denke noch oft an Dich und den Theaterworkshop zurück. Bitte grüsse alle sechs Glorreichen von mir. Falls Du Lady, Rita, oder eine der anderen Frauen wieder siehst, drücke sie ganz fest von mir. Ich hoffe, dass mein Entschluss Dich nicht zu sehr enttäuscht, aber es hält mich nichts mehr in Europa.

Alles Liebe

Deine SusaMaria

Ich berichtete den Glorreichen Sieben davon. „Ach nö" rief Bylle aus, „jetzt wo wir uns alle so auf sie gefreut haben und Simone sich noch für sie eingesetzt hat." „Lass gut sein", entgegnete Simone, „ich kann sie verstehen."

Eines schönen nachmittags rief mich Rita an. „Du musst sofort kommen. Ich bin in der Stadt, am Bahnhof. Frag nichts, komm einfach." Es war erst das zweite Mal, dass sie sich bei mir meldete. Das erste Mal hatte sie mich über

Sepps Tod informiert. Es musste irgendetwas passiert sein. Ich schwang mich auf meinen Drahtesel. Als ich am Bahnhof ankam, hielt ich angestrengt nach Rita Ausschau. Plötzlich packte mich jemand am Arm und Rita zog mich wortlos zum hinteren Ende des Bahnsteigs. Dort führte eine kleine dunkle Gasse zu einem Platz, den man, dies war stadtbekannt, am besten meiden sollte und den ich auch nur von Gerüchten und aus der Zeitung kannte. Trotz regelmässigen Polizeirazzien kam es in diesem Quartier immer wieder zu Gewalt und Schlägereien. Jegliche Art von Drogen konnte man dort käuflich erwerben. „Mensch, Rita, was soll das, ich will da nicht hin", sagte ich zu meiner Begleiterin, als wir uns dem Platz näherten. „Nu mach dir mal nicht in die Hose, Schneider, ich muss dir was zeigen", entgegnete sie barsch. Der Platz war übersät mit Abfall und es roch nach Fäulnis und Urin. Es gab einige kleine Gebilde aus Karton, die aussahen wie kleine Hundehütten, aber eindeutig von Menschen bewohnt wurden. Ich war entsetzt. „Das gibt's doch alles gar nicht", flüsterte ich Rita zu. Ihr Gesichtsausdruck schien mir mit einem Mal verhärtet. „Tja Schneider, in deiner bürgerlichen, heilen Welt darf es sowas nicht geben. Ihr solltet alle mal die Augen aufmachen, dann könntet ihr mal sehen, was für arme Schweine in eurer Stadt leben." Eine Rechtfertigung meinerseits beim Anblick dieses Elends schien mir nicht angebracht. Dann zog sie mich in ein Haus. Die Türe gierte, als wir eintraten. Es gab kein Licht. Die hölzerne Treppe, die nach oben führte, war eingestürzt. Wir betraten einen ebenerdigen Raum, in dem die Fensterscheiben eingeschlagen waren. Auf dem Boden lagen einige alte Decken. In einer Ecke schien eine Person zu schlafen. Rita ging zu ihr und schüttelte sie. „Komm schon, wach auf, du hast Besuch", sagte sie mit rauer Stimme. Als ein Arm unter der Decke hervorschaute, erkannte ich das Tatoo von Lady. Bitte, bitte, lieber Gott, bitte nicht, dachte ich und Tränen schossen mir in die Augen. „Hau ab, lass mich endlich in Ruhe", zischte sie Rita an. „Da kannst du lange drauf warten", erwiderte diese, „nun guck doch mal, ich hab die Schneider mitgebracht." Langsam schälte sich der Kopf aus der Decke. Zwei trübe Augen blickten mich erstaunt an. „Kenn ich nich", sagte Lady mit schwerer Zunge. „Natürlich kennst du sie", erwiderte Rita. Vollkommen falsch begann sie das Lied von Lady Gaga zu trällern, das Lady an der Aufführung gesungen hatte. Ein Lächeln trat in Ladys Gesicht. Plötzlich verdrehte sie die Augen und schien wieder zu schlafen. „Scheisse", gab Rita von sich. Sie schüttelte Lady und schnauzte mich an: „Schneider, steh nicht rum. Ruf einen Krankenwagen, aber schnell." Während ich mich sogleich ans Handy machte, setzte sich Rita auf den Boden und nahm den kleinen geschundenen Körper, der nur noch zitterte, in ihre Arme. Dabei summte sie weiter Lady Gagas Lied. Ich war unendlich froh, dass ich nach draussen gehen konnte, um den Krankenwagen abzufangen. „Ich fahre mit", rief mir Rita zu, als zwei kräftige Sanitäter Lady ins Auto getragen hatten.

Am Abend kam eine SMS von Rita. „Alles gut, die Kleine ist in der Klinik." In den nächsten zwei Wochen konnte ich sie nicht erreichen, dann ihr Anruf. „Na, Gott sei Dank", sagte ich. „Dem brauchst du nicht zu danken", entgegnete sie tonlos, „sie ist tot."

An einem frühen, kalten Morgen war die Beerdigung. Ausser dem Friedhofangestellten standen einzig Rita und ich an Ladys Grab. Rita blickte plötzlich in den Himmel. „Hast du gesehen, dass man heute morgen noch den Mond sehen kann?", fragte sie und leise fing sie an mit zittriger Stimme Ladys Gedicht zu zitieren.
Drei Schritte hinterm Mond liegt deine Seele, drei Schritte hinterm Mond, da möchte ich sein
Drei Schritte hinterm Mond, da liegt die Freiheit, drei Schritte hinterm Mond wäre ich nicht allein.